文学碑所在地

中村憲吉
ふるさとの碑
中村憲吉
“入会の森”の碑
中村憲吉
牧野富太郎の碑
安芸高田市
北広島町
鈴木三重吉
「山彦」の碑
安芸太田町
中村憲吉上根峠
安佐北区
山頭火
佐伯区
安佐南区
東広
東区
安芸区
西区
府中町
廿日市市
中区
南区
海田町
熊野町
坂町
正岡子規呉の碑
呉市
大竹市
宮島の碑
（正岡子規・渡辺為吉・雨村・丹靖・爽雨）
江田島市
鈴木三重吉
「千鳥」の碑
吉川英治
の碑
「音戸の舟
白華寺の万葉歌碑
倉橋島の

広島の文学碑めぐり

西 紀子

溪水社

まえがき

かねて広島市内、広島県下の文学碑めぐりをつづけ、そのつど、文章化をして、六年間に計四六編もの報告を積み重ねられた、西紀子さんが『広島の文学碑めぐり』として刊行される運びになった。〃広島の文学碑めぐり〃を思い立たれたきっかけは、巻末に記された「あとがき」に述べられているとおりであるが、「碑めぐり」自体についても、「あとがき」に左のように述べられている。

「何としても文学碑めぐりは楽しかった。事前に調べた文学碑をあちこち捜しながら、碑に出会い対面した時の感激は一入である。人から聞いたり、書物や新聞で読んだり、写真で見たりしていても実際に自分の目で見、手で触れてみると、あたかもその作家に会ったような気がして、周囲の実景と相まって、その作家なり作品の中に入っていける。碑に刻まれたことばを通して先人たちの足跡をかいま見る思いで、感動したものである。と同時に自ら足を運ぶことの大切さを実感した。」

さらに、左のようにも述べられた。

「遠路県北の方へ、また県東部の方へと求めて行くこと自体、期待がふくらみ、自然にもひたることができて楽しかった。その上、その作家について調べ、関連作品や研究書などを読んで、鑑賞が深まり、その作家がだんだんわかってくることは、この上なく充実感のあることであった。私はその喜びを、毎月会員（「じゅんや博士　読書、文章作法の会」）の方に報告するつもりで書いてきた。」

「碑めぐり」の文章化は、西紀子さんにとって調査・研究そのものでもあった。

『広島の文学碑めぐり』の構成は、左のように五部（Ⅰ～Ⅴ）立てになっている。

Ⅰ　原爆文学の碑めぐり

1大木惇夫の碑～10井伏鱒二『黒い雨』の碑

Ⅱ　句碑めぐり

1正岡子規広島と呉の碑～9木下夕爾の碑

Ⅲ　歌碑めぐり

1倉橋島の万葉歌碑～9近藤芳美の碑

Ⅳ　詩碑めぐり

1頼山陽広島の碑～5「音戸の舟唄」の碑

Ⅴ　文学碑めぐり

1倉田百三広島の碑～13三滝寺郷土作家の碑

まえがき

わが国における文学碑については、たとえば、「文学碑辞典」（昭和52〈一九七七〉9月25日、東京堂刊、朝倉治彦・井門寛編）によれば、広島県の場合、一一名の方の文学碑が挙げられている。

西紀子さんは、昭和29（一九五四）年から平成2（一九九〇）年まで、三六年間、広島市内の中学校に勤められ、国語科を担当された。書道にもすぐれた方である。

〝広島の文学碑めぐり〟という課題に周到に取り組まれ、五部門（原爆文学碑、句碑、歌碑、詩碑、文学碑）の碑についてみごとにまとめられた、その真摯な取り組みに深く敬意を表したい。――広島にとって、不朽の記念碑が誕生したことを感謝せずにはいられません。

平成21年5月4日

広島大学名誉教授
鳴門教育大学名誉教授　野地潤家

もくじ

V　文学碑めぐり……299

広島の文学碑めぐり

I　原爆文学の碑めぐり

1　大木惇夫の碑

一

広島出身の詩人大木惇夫の、広島市内にある三つの詩碑を訪ねた。

原爆投下後五九年目のこの夏（平成一六年）、平和記念公園の原爆慰霊碑に参拝した折、かねて大木惇夫の詩碑が平和公園内にあることを聞いていたので、捜してみた。

それは、中央にある原爆慰霊碑のすぐ東側、元安川との間にあった。原爆慰霊碑とは丹精に刈り込まれたかいづかの生け垣で仕切られ、よく整備されたその一画に〝祈りの像〟という慰霊碑があり、その足元に、御影石に刻まれた詩碑を見つけることができた。よく磨き上げられた黒光りのする御影石が、やや勾配のある平面に近い形で安置され、細く美しい文字で、「鎮魂歌・御霊よ、地下に哭くなかれ」の詩が刻まれていた。

〝祈りの像〟は、昭和三五（一九六〇）年八月一五日、平和記念慰霊国民大祭を記念して、同実行委員会によって建立され、広島市に寄贈されたものだという。乳のみ子を抱いた若夫婦の、平和を願い求めて祈る姿の像である。それを受けて、大木惇夫が依頼され次の詩を書いて、昭和三六年詩碑が建立されたのである。彼の詩集『失意の虹』の「あとがき」によると、原爆の惨禍の痛ましさを思うと、記念の式典には参加し得なかったと述べている。

詩　平和を祈りみ霊を鎮めん

大木惇夫

山河に歎きはみちて／叫ぶ声あり、戦ひは／げに人類の恥辱ぞと／ああ奮ひ起ち挙り立て／心つなぎてつつましく／世界の平和祈らばや／やすらぎの日をもたらして／国に殉ぜしもろ人の／み霊をこそは鎮めまし／み霊よ、地下に哭くなかれ

青空の光をうけて／闇を絶たずや

戦ひは／げに人類の愚劣なり／ああ奮ひ起ち挙り立て／呼べば應へてたくましく／世界の平和祈らばや／やすらぎの日をもたらして／国に殉ぜしもろ人の／み霊をこそは鎮めまし／み霊よ、地下に哭くなかれ

夕星のさとしはありて／こだま地にみつ戦ひは／げに人類の自滅ぞと／ああ奮ひ起ち挙り立て／まこと盡して美はしく／世界の平和祈らばや／やすらぎの日をもたらして／国に殉ぜしもろ人の／み霊をこそは鎮めまし／み霊よ、地下に哭くなかれ

一〇行三連よりなる定型詩である。原爆が投下されたあの忌わしい戦争を、「人類の恥辱ぞと」、「人類の愚劣なり」「人類の自滅ぞと」と反省し、「ああ奮ひ起ち挙り立て」、「世界の平和祈らばや」と繰り返して、平和を希求している。そして、犠牲となったみ霊に対し、「み霊をこそは鎮めまし　み霊よ、地下に哭くなかれ」と強い鎮魂の気持ちを吐露している。

また、大木惇夫の母校である広島県立広島商業高等学校にも、鎮魂の詩碑が建てられている。これは、同校の同窓会の依頼により、勤労奉仕中に原爆の犠牲となった二〇〇人あまりの下級生のために捧げられた詩で、昭和三六（一九六一）年九月三〇日に建立された。

舟入南町にある同校の校門を入ると、前庭の西側に、植込みに囲まれて一段高い石組みがあり、その上に自然石に刻まれた詩碑が建っている。

鎮魂歌　祖国の柱

十一回生　大　木　惇　夫

戦ひのいけにゑとして
散りし花　わかき友らは
今も生く　この門に生く
仰ぎ見ん　御霊安かれ

合掌礼拝

大木惇夫の故郷を思う気持ち、同窓の下級生を思い、悼む心情が痛いほどに伺える。

二

広島市の西部三滝山の三滝寺境内には、郷土人の温かい心を受けて、彼の書いた「流離抄」の詩碑が建っている。

三滝山には、多くの石仏や原爆に関わる詩碑が点在している。その中に混じって、参道の途中にある鐘楼を少し上った左側奥に、自然石に素朴に刻まれた詩碑を見つけ出した。昭和四〇（一九六五）

年に建てられたというこの詩碑は、四〇年近い風雪に耐えかねて、詩句がわからないくらいに風化してしまっている。

流離抄

この市《まち》やわれを追ひけり、／そのかみにわれを追ひけど／二つなきこれやふるさと、／かりそめに今日《けふ》帰り来て／三篠川《みささがは》ひたに下《くだ》れば、／あかあかと夕陽《ゆふひ》さすにも／わが旅の愁ひ新たに／落ち舟は留《と》むるすべなし、／水清く岸をひたして／柳絮《やなぎわた》しきりに飛ぶを、／舟子《かこ》はただ煙草ふかして／こころなく楫《かぢ》をとるのみ、／こころなく楫《かぢ》をとるのみ。
この市《まち》やわれを追ひけり、／そのかみにわれを追ひけど／父母《ちちはは》のこれやふるさと、／わが舟子《かこ》よ、／流るるままに／舟をやれ、江波《えば》の入り江に、／白魚の夢はいかにや／青海苔の香《か》にも咽ぶや、／牡蠣《かき》生《あ》るる磯辺の宿に／一夜泊《ひとよね》て、灯《とも》しのかげに／なつかしき音戸《おんど》の瀬戸の／潮鳴りを飽かず聴かむと／ひたぶるに落ちてゆくぞも、／ひたぶるに落ちてゆくぞも。

註「落ち舟」はわが郷土広島にては、川上より市街に下る軽舟を一般に呼んでかく言ふなり。

（『ふるさと文学館』第四〇巻〔広島〕〈ぎょうせい〉による）

この詩は、惇夫の若い頃のもので、何かで広島に帰郷した折に詠まれたものであろう。

「この市《まち》やわれを追ひけり」で始まっているが、初恋に破れ、自暴自棄となった彼は、自らの意志で上京したのであった。しかし、上京を反対する家族に心配をかけ、周囲からも白い目で見られたりしたこともあって、こう詠んだものと思われる。

「かりそめに」郷里に帰って来て、高陽町あたりか、三篠川から落ち舟に乗って川を下りながら、「旅の愁ひ新たに」ふるさとへの思いにひたっている。彼の育った天満川を下り、初恋の人との思い出の多い江波の入り江に舟を進めようとしている。「牡蠣生《あ》るる磯辺の宿」に宿泊して、海の香を懐かしみ、海鳴りを聴こうと思いをはせている。

故郷を遠く離れ、さすらいの生活をしている者が、ふるさとの川の流れにさすらって、ふるさとへの思いを深くしている。まさに、「流離抄」である。

（平成一六年九月七日稿）

2　大木惇夫比治山の碑

先日（平成一六年九月）比治山に行く機会があった。久々に、カマボコ型をした建物、放射線影響研究所の近くにある展望台に行ってみた。ここも、現在は立派に整備され、広い視野で広島の街を展望することができる。

かつてこの地点から眺めた広島とはうって変わった広島が展けているのに驚いた。遠く海まで見晴らされ、似島の安芸の小富士がくっきりと見えるのは昔と変わらないが、市街地はすっかり変貌していた。高層ビルから眺める風景とはまた違って、低い目線で見晴らすパノラマは、所々に超高層ビルがそそり立ち、その間にがっちりとひしめくビル群、折から真昼の秋の陽に鮮やかに輝いて、偉容であった。思わず広島の隆盛に感動した。夜景もさぞかし美しいだろうと思った。

広場の中央に、大きな自然石の碑が建っていた。近づいてみると、上部に、横書きで、「ひろしま文芸の碑　森戸辰男書　昭和五十四年佳日」と豪快に彫られている。そして、その下に次のような文章が刻まれていた。

古くから比治山は広島をはぐくみ見まもって
きました　私たちは広島とひろしまの文芸の
発展を願ってここに碑を建てました　この中
にはヒロシマの世紀にゆかりのある作品を納
め永く保存します
年ごとにその活動が大きな輪となり栄えてい
くことを祈ります
昭和五十五年五月五日
ひろしま文芸の会

この石組みの中に、「ヒロシマの世紀にゆかりのある作品」が納められているのかと思いつつ、石碑の裏側に回ると何とそこには、記憶にある詩句が見覚えのある筆跡で彫られていた。

日の暮れて夜明けまで

美はしやヒロシマは
灯しびの海なるか
はた星の遊ぶ地か
大木惇夫

この詩は、彼の詩「ヒロシマ夜景」の初めの四行である。「ヒロシマ夜景」は、彼の詩集『失意の虹』の第三部「広島風物詩抄」の冒頭にあげられている詩である。昭和三六（一九六二）年、『六時礼讃』（仏典詩）の和訳をした折、三滝の〝観音山荘〟から眺めたヒロシマの夜景を詠んだものである。この詩には、原爆の惨禍から広島の街が復興した喜びと、原爆犠牲者への鎮魂と平和への希求の気持ちがこめられていた。

ここに「ひろしま文芸の碑」を建てるに当って、〝ひろしま文芸の会〟が、原爆投下直後に多くの市民が逃げのびてきた比治山に思いを馳せ、さらにここから眺める広島の夜景の美しさに感動して、恐らく惇夫の「ヒロシマ夜景」の詩に注目したのではないかと想像できる。そこで、惇夫に依頼して揮毫してもらったのではないだろうか。大木惇夫は達筆家であったようだ。彼の自伝的小説『緑地ありや』の中に、就職の際履歴書を提出したら、「自分で書いたのか」と尋ねられたというくだりがあり、筆には自信があったようである。平和公園にある詩碑も、広島商業高等学校にある詩碑も同じ筆跡なので、多分惇夫の直筆だろうと思う。
思いがけない所で、大木惇夫の詩碑に出会えてとてもうれしく、豊かな気持ちで山を下った。

（平成一六年九月二七日稿）

3　大田洋子の碑

一

今年（平成一六年）七月、草津公民館で野地潤家先生の日本文学講座「広島原爆の文学を求めて」という講座を受講した際、四回目に大田洋子の原爆の文学について学んだ。その時いただいた資料の中に、栗原貞子の「悲運の作家大田洋子への傷み」という解説があり、次のような部分があった。

「一九七七年八月、日本ＹＷＣＡの第九回の『広島を考える旅』があり、私は文学グループといっしょに、洋子が白島九軒町の妹さんの家で被爆し三日間を過した裏の神田川の河原と、『夕凪の街と人と』の舞台になった相生通りの原爆スラムや基町の戦災者住宅一帯を歩いた。基町一帯は中央公園として整備されることになり、戦災者住宅も原爆スラムもとりこわされて消えてしまっていた。私は『夕凪の街と人と』の場所が消えてしまったことが、洋子の文学まで消されて行くような寂しさを感じた。私は原爆スラムのあった太田川の護岸に向かって建つ洋子の文学碑を夢見た。」と。

その後、栗原貞子は、大田洋子の研究家である長岡弘芳氏にそのことを手紙に書いて送り、東京で働きかけてもらった。自らは、地元で公文書館の小堺吉光氏や中国新聞の大牟田稔氏にはかった。原民喜や峠三吉の碑は早い時期に建立されているのに、洋子の碑のみが建立されていないということで、話は順調に運んだ。一方、東京では洋子と生前親交のあった女流文学者会の佐多稲子らを中心に、全国の知人有志が集まって全国に募金を呼びかけ、一九七八年の七月に除幕したとあった。

私はこのことを知って、ぜひ大田洋子の文学碑を訪れてみようと思った。

二

その後一〇月になって、「じゅんや博士　読書、文章作法の会」で、指導者の野地潤家先生より〝広島文学碑めぐり〟という絵はがき（「ヒロシマと文学を考える会」発行）をいただいた。瀬古正勝氏筆の絵入りはがき八枚セットである。かつて大木惇夫の碑については文章化したことがあったので、あとの七枚を順次訪ねて書いてみようと思った。

台風23号後の青空の美しい秋晴れの日であった。原爆ドーム前で市電を下り、かつての相生通りの桜土手を北へ向かった。自分で勝手に青少年センターの西側あたりだろうと見当をつけて見渡すが、一向にそれらしいものはない。その時、土手下から、「大田洋子さんの文学碑をご存じありませんか。」

というご婦人の声がした。「実は私も捜しているんですよ。ご一緒しましょう。」渡りに舟とばかりに答えた。

道すがらお話を伺うと、このご婦人のお母様のおじに当たる方が、佐伯町の玖島（現廿日市市）にいらして、その家の二階に大田洋子が間借りして、『屍の街』を執筆したという縁故があるということであった。全く奇遇であった。「前々からずっと大田洋子さんの文学碑を訪ねたいと思っていたんだけど、なかなかかなわず、今日は何が何でもと思ってやって来たんです。」とおっしゃって、二人はすっかり意気投合した。

しかし、通りすがりの人や散歩を楽しんでいるらしい人に尋ねても、みんな分からないという。空鞘橋までやって来たが何の手がかりもない。絵はがきに「碑は中央公園西側河畔」とあった。いろいろ尋ねるうち、中央公園というのは城南通りの北側の公園なのだということがわかって、車のひっきりなしに走る城南通りを横切って、北側の公園に入った。中国庭園渝華《ゆか》園の横の土手から公園内を見ると、絵はがきどおりの、大きな石の並んでいる一画が見えた。思わず二人であれだ、と叫んだ。土手から下りて、その黒っぽい大きな自然石に彫られた碑に対面できた時の感動は、言いようのないものであった。二人して喜び合った。私一人だったら、恐らく途中で断念していただろう。

少女たちは

3　大田洋子の碑

天に焼かれる
天に焼かれる
と歌のやうに
叫びながら
歩いていつた
　　大田洋子
　　　「屍の街」より

と彼女の筆跡と思われる白い文字が大きく刻まれている。この碑文は、『屍の街』の最初、「鬼哭啾々の秋」２章に描かれている一文である。

　その日から一カ月経った九月六日は、ふり続いた雨のあと、晴れわたって輝くような日であった。

　陽のなかを、近くの小学校から帰ってきた

小さな少女のひと群が、にぎやかに喋りながら通りかかった。私は二階から村の少女たちを眺めていた。

十一、二歳の、もんぺズボンをはいた少女は、ふいに立ちどまり、思い出したようにつよい太陽をふり仰いだ。そして額に手をかざしながら云った。

「おお、いべせやいべせ（ああとてもこわい）天に焼かれる！　原子爆弾――」

ほかの少女たちもいっせいに空を向き、太陽を仰いで、怖ろしそうに両手で頭をおさえたり、顔をおおった。天に焼かれるという、子供の表現は面白い。あの朝の青い閃光は、この村までも染めたのである。――広島市から村までまっすぐにして六里――。その朝、山の高みで草刈などしていた村の人は、光につづいて起った爆風で、横ざまによろめいた。

少女たちは、天に焼かれる、天に焼かれると歌のように叫びながら歩いて行った。

……

（傍線筆者）

この部分は、『屍の街』の中でも、子供たちの様子が生き生きと描かれている明るい場面である。「天に焼かれる」は原爆の象徴としてうまく表現されている。どの家でも、「たいてい一人か二人の傷ついた肉親か、縁故のひとりが帰って来ていて、むごたらしく死んで行ったり、死にかけたりしている」という原爆の怖さ、悲惨さを子供のことばとして表現している。碑文には、さすがに適切な部分が抜粋されていると感心させられた。
碑文の裏側には、石に銅板がはめこまれ、次のように記されていた。

作家大田洋子は本名初子　一九〇三年（明治三十六年）十一月二十日広島県北に生まれる（筆者注・広島市西地方町に生まれ、山県郡原村で育つ。）　白島九軒町の妹宅に疎開中原爆に被災　負傷して佐伯郡玖島の縁故をたどり避難　作品「屍の街」を書く　ＧＨＱの報道管制きびしく初版は意を得ず後日増補版により完成　以後「人間襤褸」「半人間」「夕凪の街と人と」など発表　一九五五年頃より次第に心境小説的作風となり　「八十歳」「八十四歳」など新境地を拓く
一九六二年十二月十日福島県猪苗代町中の沢温泉で取材中急逝　遺骨を広島市十日市町妙頂寺に葬る　享年六十
全国の知人有志その文学を惜しみ　核時代の平和の道標として之を建つ
一九七八年七月十六日
大田洋子文学碑建立委員会

太田川を背にし、広々した中央公園の芝生を前にして、静かないい場所に建立されている。欅や楠、椎などの植込みを背景にして、大きな自然石の碑を中央に、大小一五個の石がバランスよく配置され

ている。手前の小さな石に大田洋子文学碑とあり、その裏に四国五郎氏の設計と書かれていた。それらの石は太田川上流の流れのようでもあり、瓦礫と「屍の街」のようでもあり、また、大田洋子の波瀾に満ちた人生のようでもある。碑の前に千羽鶴と生花が供えられていたのも印象的だった。碑の前で合掌し、『屍の街』を思い、感慨を新たにした。

三

この度改めて『屍の街』を読んでみた。洋子はその序に、「人々のあとから私も死ななければならないとすれば、書くことも急がなくてはならなかった。（中略）寄寓先の家や、村の知人に障子からはがした、茶色に煤けた障子紙や、ちり紙や、二三本の鉛筆などをもらい、背後に死の影を負ったまま、書いておくことの責任を果してから、死にたいと思った」と述べており、体調の悪いなか、その年の一一月にすでに書き上げていることにまず感動した。被爆を直接体験した洋子が、自己の受けた衝撃と惨状を、苦しい思い出に堪えてなまなましく、しかし女性の細かい眼で愛情をもって、豊かな描写力で描いている。

けがの治療のため逓信病院へ行く道すがら、ごろごろころがっている「眼も口も腫れつぶれ、四肢もむくむだけむくんで、醜い大きなゴム人形のような」死体を見ている主人公の「私」に、妹は「お姉さんはよくごらんになれるわね。」ととがめる。私は「人間の眼と作家の眼とふたつの眼で見ているの」と語り、「いつかは書かなくてはならないね、これを見た作家の責任だもの」（17章）と語っている。その使命感の根底には、原爆の悲惨をもたらしたものへの怒りがにえたぎっていると思った。

この作品には、そうした小説的な部分のみならず、被爆状況やその後の被害などが詳細に記述され、治療風景や原爆病患者の心理をも描き、さらには戦争との関わりについての思想的問題をも追求している。そうした原爆とは何かについて描こうとしている意志が強く感じられる記録文学である。

その後、一九五〇年から一九五四年にかけて、『人間襤褸《らんる》』、『半人間』、『夕凪の街と人と』など精力的に書き、原爆を告発し続けた。しかし、一九五五年頃から、老母を主人公にして、愛欲流転の漂泊文学に転向している。それは、同じように原爆の文学『夏の花』を書いて後、自ら命を絶った原民喜と通じるところがあるのではないかと思った。

（平成一六年一〇月三一日稿）

4　原民喜の碑

一

原民喜の文学碑は、絵はがきに「原爆ドーム東側」とあった。大田洋子の文学碑を訪ねたその足で寄ってみた。

電車通りからドームに向かって入っていくと、いつもながら大勢の観光客や修学旅行生が訪れていた。慰霊の碑の前に立って手を合わせ、東側に回った。小さな石碑はすぐに見つかった。ドーム東側入口のすぐ手前内側の一隅に、ひっそりと佇んでいた。道路を隔てた向い側の西蓮寺の方を向き、ドームには背を向けた形で建立されている。第一回平和祭記念樹の楠が茂って、程よい木陰を作っていた。縦一メートル足らず、横六〇センチ、奥行二〇センチほどの長方形の御影石の上部に黒い陶板がはめこまれ、その中に次のように刻まれていた。

碑　銘

原　民喜

遠き日の石に刻み
　　砂に影おち
崩れ墜つ　天地のまなか
一輪の花の幻

裏側には、次のような説明があった。

原民喜詩碑の記

原民喜は人から清純沈鬱に流俗と遇い難い詩人であった。一九五一年三月十三日夜、東京都西郊の鉄路に枕して濁世を去った。蓋しその生の孤独と敗戦国の塵労とは彼の如き霊の能く忍ぶところでは無かった。遺書十七通、先づ年来の友情を喜びさてさりげ無く永別を

告げんと記し、うち二通の文尾に書き添へた短詩「碑銘」は思を最後の一瞬に馳せて亡妻への追慕と故郷壊滅の日を記した力作「夏の花」に寄する矜持と又啼泣とを「一輪の花の幻」の一句に秘めて四十六年の短生涯を自ら慰め弔うもの。辞は簡に沈痛の情は深い。遺友等ために相謀り地を故郷に相し銘記せしめて之を永く天地の間に留めた。

一九五一年七月十三日　夜

遺友中の老人　佐藤春夫記す

碑設計　谷口吉郎

二

私の記憶では、原民喜の詩碑は初め広島城入口付近に建立されていたと思う。子供たちがボールを投げて遊ぶので、現在の位置に移されたと聞き及んでいる。調べてみると果たしてそうであった。

佐藤春夫に「広島日記」（『ふるさと文学館』第四〇巻〈ぎょうせい〉所収）という作品がある。この作品は、一九五一年一一月一五日、原民喜の詩碑除幕式に列席するため、広島を訪れた際の随想である。

「十一月十三日。九時三十五分（筆者注・午後）の急行で広島に向ふ。」で始まる。この列車は当時の急行「安芸」であろうか。明くる一四日の午後三時に広島着とあり、呉線での描写もある。初め三分の一くらいは、夜中の車中の様子や翌日の車窓の風景を愛でる名文が続く。そして、「宿に落ち着く遑《いとま》もなく、やつと間に合って出来たところといふ詩碑の下検分をして来ようといふ人々に誘はれて出た。ぐづぐづしてゐては日が暮れて了ふと思つたからである。然し場所は近かつたから、車でほんの数分。予め計画中に聞いたとほり、城の入口の石垣の前である。もとはその上に城門のあつたのが焼け落ちたとか、思つたより低い石垣の根の大きな三角形自然石の前に浅黒くよく磨かれた花崗岩のくつきり角張つた小型な、たて長方形の碑、その根は那智黒の礫を敷いて周囲のやや散漫な光景をこの一点にひき緊め、甚だ効果的に思へた。陶板の出来もよい。」とあった。

氏は除幕式で三分ばかり挨拶をすることになっていて、詩の朗読でもあるとさらによいと言われて、その夜案じて、一二時頃浄書し終わったという。

原君の詩碑を祭る

人の世のみじめさを戦争のむごたらしさを
天に訴へやうと雲雀となつて
青空に溶け入つた詩人の孤独な霊よ
君の影を我々は辛うじて地上に捕へ
それを今ここに封じこめた。

見給へこのつつましやかな詩碑を
焼け落ちたこの古城の
崩れ残る石垣一帯の
原子爆弾まんだらを背景に
ささやかにしかし清潔に堅牢に
君が一輪の花の幻は保存された。
すなはち事を告げて君が霊を祭る。

その夜、「広島市民に告ぐ」と題した講演会があった。要旨について、「原民喜は原子爆弾の精神的な被害者である。広島市は云はば一種の特権を持つた市民である。（中略）原子爆弾の洗礼を受けた土地として広島市は云はば一種の特権を持つた市民である。自分は市民が進んでこの特権を行使せん事を希望する。ノオモア・ヒロシマなどの空念仏よりも広島市民自身が起つて世界の各国の戦争、特に原子爆弾行使の惧のある戦争に対して、そんな野蛮に無智な事をするのはやめよと抗議するがいい。義を見て為さざるは勇なき也と広島市民が億劫がらないでこれだけの抗議をする事はその特権の行使の権利であつて同時に人間としての義務であらう。我々が原民喜の詩碑を軍都の軍事的中心地帯に設けた所以も市民がこれを見る度毎にこの抗議の権利と義務を思ひ出されん事を希望する意味である」と述べられている。この佐藤春夫の熱い叫びは、現在の広島市民にどれほどの思いで受けとめられているであろうか。詩碑も多くの人々が訪れる原爆ドームの側に移されてはいるものの、どれだけの人が注目しているだろうかと目立たない碑であるだけに、寂しい気持ちになった。

三

原民喜の代表作『夏の花』は、中学校三年生の教科書に読書単元として入れられていたこともあって、何度も読んでいる。

原民喜は、明治三八（一九〇五）年広島市幟町生まれ。広島高師付属中学校から慶應大学文学部予科に入学、詩や俳句、短編小説を書き始める。昭和四年英文科に進み、左翼運動にも参加したが、七年慶大を卒業。八年佐々木基一の姉にあたる永井貞恵と結婚。一〇年三月小品集『焔』を白水社から自費出版し、一六年にかけて「三田文学」に多くの短編を発表した。昭和一九年秋に妻が死去。二〇年空襲が激しくなり、郷里広島の兄信嗣の家に疎開した。八月に原爆に遭い、広島東練兵場に二日間いて、次兄守夫と広島市郊外の八幡村（現広島市佐伯区）に転居。この体験を『夏の花』ほかの作品に書いた。二二年『夏の花』を「三田文学」に発表し、翌年第一回水上滝太郎賞を受賞、二四年に、『夏の花』は能楽書林より単行本として刊行された。二六年吉祥寺と西荻窪間で鉄道自殺した。『定本原民喜全集』全四巻（昭和53〜54〈青土社〉）がある。

『夏の花』は、妻の墓を訪れた「私」がその翌々日、原子爆弾に襲われ、厠にいたため一命を拾った日から八月八日八幡村へ移っていくまでの三日間を描いた作品である。この作品のモチーフは、作中の「私」の「このことを書きのこさねばならない」という呟きの中に示されている。感傷も誇張もなく、ただ見たままを描写しているが、そのことによって生々しい現実感を生んでいる。そして、その「言語に絶する人々の群」や「ひどく陰惨な地獄絵巻」は、「超現実派の画の世界」のように奇怪なものに見えたのである。その底には「愚劣なものに対する、やりきれない憤り」が横たわっている。

『壊滅の序曲』は、原爆に襲われる前の日常を、家族の動静など中心に描いており、戦争批判がテーマに流れている。

『廃墟から』は、八幡村に移ってからその年の秋までの生活を辿って描かれており、「私」も下痢と飢餓に悩まされながら精力的に歩き回って、「廃墟」の姿を観察している。

『夏の花』『壊滅の序曲』『廃墟から』は三部作をなしており、すべて原爆への怒り、憤りを強く訴えている作品である。

（平成一六年一一月七日稿）

5　正田篠枝の碑

一

被爆六〇周年を迎える今年（平成一七年）一月五日、原爆慰霊碑に参拝し、正田篠枝のうたが刻まれている「原爆犠牲国民学校教師と子どもの碑」を訪れた。新年の平和公園は静かで、来訪者もまばらであった。

「原爆犠牲国民学校教師と子どもの碑」は、平和公園国際会議場の南側、平和大通り緑地帯に建立されている。被爆した裸身の女性教師が両手で子どもを抱えて空を仰いでいるこの像は、昭和四六年八月四日、広島県被爆教師の会の提案で、教師、生徒、保護者などの募金によって建立除幕された。（碑石には、なぜか「昭和四十六年八月六日建立」と彫られている。）台座の上の像の高さは二・四メートル、台座の裏面に、正田篠枝の、『耳鳴り』に収録されている「さんげ」からとったという次の短歌が刻まれている。

太き骨は　先生ならむ　そのそばに
ちいさきあたまの骨　あつまれり

この短歌の「太き骨」は、最初に発表された『不死鳥《ふしどり》』や私家版の『さんげ』には、「大き骨」となっている。また『不死鳥』では、「あたまの骨」が「あまたの骨」ともあるが、あとで篠枝が手を入れたのであろうと考えられている。教師が子どもたちをかばいながら、瞬時に散っていった姿が痛々しく詠まれている。

この碑の前では、毎年八月四日午前八時から慰霊祭が行われ、広島の小中学校の児童生徒が校番順に参加している。私も生徒を引率して、何度か参加したことがある。

二

正田篠枝は、明治四三（一九一〇）年一二月二二日、広島県安芸郡江田島村秋月（現江田島市）に、父正田逸蔵、母リハの長女として生まれる。シノヱ（戸籍名）と命名。大正七年母リハ三〇歳で死去。一家は広島市元宇品町に移住し、父は船舶エンジンの製造工場、鉄工所などを経営。大正一四年大手町小学校高等科二年卒業後、安芸高等女学校二年に編入。昭和二年、八歳年上の従姉妹が義母となる。昭和四年安芸高女研究科卒業（一九歳）。この頃から短歌を作り始め、『晩鐘』主宰の山隅衛《まもる》、および「短歌至上主義」主宰の杉浦翠《すい》子に師事する。昭和六年一二月高本末松と結婚。七年義母シズヱ急逝（三〇歳）。九年九月、長男槇一郎を出産。一五年夫高本末松病死（三七歳）。二〇年一月、居住していた元宇品町の家宅は建物疎開のため取り壊し、一家は平野町へ移住。四月、槇一郎は山県郡谷村へ学童疎開。八月六日、シノヱと父逸蔵は、平野町の自宅（爆心地より一・七キロ）で被爆、従業員らと共に、御幸橋のたもとから船で佐伯郡大野町の宮島山荘（別荘）に避難する。

昭和二一年八月、杉浦翠子主宰の短歌誌『不死鳥《ふしどり》』（ガリ刷り）第七号に原爆歌三九首が掲載される。これは『さんげ』の原形とみられる。二二年一〇月、正田篠枝私家版歌集『さんげ』一〇〇部を秘密出版。二三年篠枝再婚。二五年次男俊郎出産。二六年父逸蔵胃がんにより死去（六九歳）。同年一一月、一年九か月の俊郎を夫に託して離婚。二七年、平野町の自宅で割烹旅館を開業、のち学生下宿業に転業。二九年、広島別院にて得度。三四年、有志と発起し「原水爆禁止母の会」を結成、機関誌『ひろしまの河』に次々作品を発表する。三五年、師の杉浦翠子、胃がんにて死去（七五歳）。

昭和三六年九月、広島原爆病院の紹介により、岡山大学医学部分室三朝《みささ》療養所に約一か月保養。三七年一一月三〇日、『耳鳴り―被爆歌人の手記』を平凡社より刊行する。三八年九月、九州大学付属病院において、原爆症による乳がんで転移もすすんでおり、来春までの生命だと診断される。一〇月、月尾菅子の配慮により上京、珠光会診療所にて蓮見ワクチン療法を受ける。一〇月、「南無阿弥陀仏」の名号三〇万書写を開始し、四〇年一月、三〇万名号書写を成就、精根尽き果てる。四月、NHKテレビ「ある人生」シリーズ「耳鳴り―ある被爆者の記録」に出演、放映される。同（一九六五）年六月一五日、原爆後遺症の乳がんのため平野町の自宅で永眠（五四歳）。墓碑は江田島町秋月にある。

四一年、『百日紅―耳鳴り以後』が文化評論出版より刊行。五二年、童話集『ピカッ子ちゃん』が太平出版より刊行。五八年、『さんげ』が復刻（複製社　藤浪会）される。平成三年、「女ひとり『さんげ』を生きて」のタイトルで正田篠枝文学資料展が広島市立中央図書館で開催された（協力は広島文学資料保存の会）。

三

「死ぬ時を　強要されし　同胞《はらから》の　魂《たま》にたむけむ　悲嘆の日記」を序のうたとする『さんげ』は、一〇〇首の原爆短歌が収められている。

全体が「噫！原子爆弾」（八首）、「悲惨の極」（一二首）、「急設治療所」（五首）、「戦争なる故にか」（五首）「生き残る者の苦」（四首）、「愛しき勤労奉仕学徒よ」（七首）、「殉死学徒の母」（一〇首）、「罹災者収容所」（三首）、「戦災孤児収容所」（三首）、「血肉を裂かる嘆き」（六首）、「哀れ人身」（三首）、「省みる原爆前日」（三首）、「原子爆弾症臨床記」（一二首）、「混沌の中より生るるもの」（五首）などの一八部に分かれている。

ピカッドン　一瞬の寂《せき》　目をあけば　修羅場と化して　凄惨のうめき
目の前を　なにの実態か　黄煙が　クルクルと　急速に過ぎる
奥さん奥さんと　頼り来れる　全身火傷や　肉赤く　柘榴《ざくろ》と裂けし人体
あちこちに　火の手上がると　聞きながら　薬ぬる手は　やめず動かす
手当の薬　つきて初めて　気づきたり　肩の傷より　吹き出づる血潮

夢の中か　現実か　まさに耳まで裂けし　人間の顔面《かお》
天上で　悪鬼どもが　毒槽を　くつがへせしか　黒き雨降る
さあ避難だ　生命《いのち》さへあれば　結構だ　船に来いといふ声に　意識とりもどす
背負はれて　急設治療所に　来てみれば　死骸の側に　臨終の人
傷口を　縫う糸も　これでもう無いと　医師つぶやけり　手あてなしつつ
石炭あらず　黒焦の　人間なり　うづとつみあげ　トラック過ぎぬ

これらのうたは、原爆投下の瞬間から船で京橋川を下り、宮島山荘に避難していく状況がつぶさに詠まれている。『耳鳴り』の手記によれば、途中船のエンジンが故障して井口あたりに上陸し、仮設治療所で手当てを受けて山荘にたどり着いたようである。
また、八月六日の朝早くから建物疎開の作業をしていた学徒のいたましい姿も、「太き骨」のうた以外にたくさん詠んでいる。

目玉飛びでて　盲《めしい》となりし　学童は　かさなり死にぬ　橋のたもとに
可憐なる　学徒はいとし　瀕死のきはに　名前を呼べば　ハイッと答へぬ
臨終を　勤労奉仕隊の　学徒は　教師にひたと　だきつきて死にぬ

この歌集の最後は、「混沌の中より生るるもの」と題して次のようなうたでしめくくっている。

混沌の　さなかにありて　敗因に　思ひをいたし　ざんげに痛む
みあぐれば　山おごそかに　しづもりぬ　混沌の世を　はろかに遠く
史の上に　この混沌の　今の世が　昭和改新と　呼ばるる時ぞあれ
武器持たぬ　われら国民《くにたみ》　大懺悔《ざんげ》の　心を持して　深信に生きむ

『耳鳴り』によれば、この『さんげ』の原稿を持って、広島の師山隅衛（歌誌『晩鐘』主宰）を訪ねたところ、これらの歌を「短歌ではない」と批評され、篠枝は落胆している。しばらく逡巡したのち、原爆症のからだをおして、杉浦翠子（「短歌至上主義」主宰）を軽井沢沓掛の山荘に訪ねている。翠子は、この原爆歌に眼をみはり、「この歌は日本短歌史に於て古今絶無の作品である」と絶賛した序を書いてくれた。それに勢を得て、当時ＧＨＱの検閲が厳しいなかで、「死刑になってもよいという決心で、身内の者が止めるのに、やむにやまれぬ気持ちで、秘密出版しました」といっている。

四

その後、家庭的にも不幸が続き、原爆症と闘いながら、多くのうたを作り続けている。

旅館業　創めて四とせに　なりたれど　ただおろおろと　心は寂し
夜は仕事　昼は銀行　税務署と　働くおみな　肌はすさみぬ
このわれに　若き日ありや　なしとさへ　思ふことあり　四十二となり

そのうち乳がんと診断され、原爆病院や九大病院に入退院を繰り返すようになる。

主治医には　脾臓肝臓の　痛み告ぐ　心のいたみ　誰に告ぐべきや
いつまでも　生きる生命《いのち》と　おもはねば　眺めて過ぎぬ　博多人形

そうした中で、『さんげ』とその後の作品を収録して、三七年一一月三〇日、『耳鳴り―原爆歌人の手記』を平凡社から刊行する。

耳鳴りの　はげしきわれは　耳遠く　されど聞こゆる　対岸の蝉

夜の更けに　ものおもひゐる　わが耳に　はげしき耳鳴り　聞こへ来るなり

その後、篠枝は蓮見ワクチン治療のため上京する。その際、仏教への信仰心の厚い篠枝は、三〇万名号の書写を心に決める。広島の二三万人、長崎の七万人の原爆犠牲者の冥福を祈って、「南無阿弥陀仏」の名号を、三〇万名号書くことを発起し、完成させたのである。

家康が　日課念仏書きたりき　われも一途に　書きつがむとす

死も生も　み仏のままと　名号を　書きつつ死なむ　書きつつ生きむ

原爆症　乳がんのこと　忘れをり　ただひたすらに　名号書くとき

刻々と死が近づいてくる不安のなかで四〇年一月二六日、一年三か月余をかけて悲願の三〇万名号は遂に成就し、功徳を修めた。その後、容態は一路悪化し、激しい痛みと吐きけに襲われ、遂に四〇年六月一五日、平野町の河畔荘で永眠した。五四歳であった。

篠枝が乳がんになった頃知り合った作家、古浦千穂子氏は篠枝の晩年度々見舞っていたが、篠枝から洋服箱一杯の草稿を預かった。広島文学資料保全の会で整理され、古浦氏が執筆して『さんげ　原爆歌人正田篠枝の愛と孤独』（広島文学資料保全の会編〈社会思想社〉）がまとめられた。私も同書を読んで、多くの篠枝の短歌を味わい、彼女の不屈の生きざまに非常に感動した。

篠枝の短歌について、『火幻』の豊田清史氏は、氏の『原水爆秀歌』〈日本文芸社〉の中で、「如何にせん採れるのは『骨の歌』一首であった。（中略）産《う》ぶの感傷に染ったもの、事実に事大的におぼれて、作者のものを見透す眼、生きる姿勢というものが何んとしても弱い」と評している。私は短歌の本質論についてはよくわからないが、篠枝のうたは、鋭い感受性と優しいおだやかさでもって、目に触れたもの、心に浮かんだものをすべてそのままうたにして、形式にとらわれないところがかえって、悲惨きわまりない原爆の実相をリアルに描いているのではないかと思った。こうした技巧に走らない、赤裸々な心の叫びは、読む者の心を強く打つ。

何としても、原爆で叩きのめされた正田篠枝が、原爆投下という極限状況をうたい、未来へ警告した意義は大きいと思う。

（平成一七年一月一〇日稿）

6　峠三吉の碑

一

心地よい小春日和に誘われて平和公園に向かった。中電前で市電を降りると、公園の桜紅葉が美しく見渡せた。原爆資料館前の広場まで来ると大型バスがずらりと並んでいて、今日も多くの修学旅行生が訪れていた。

峠三吉の文学碑は、原爆資料館東館の北側（〝広島文学碑めぐり〟の絵はがきには南側と誤記されている）にある。資料館本館と東館の間から入っていくと、以前はすぐその場所が確認できたが、今は手前に立派な公衆トイレができていて、見えなくなってしまった。碑の側に、小学生のひとグループがやって来た。「ああ、やっと見つかった！」「これ、書いといた方がええんとちゃう？」など口々にしゃべっている。東大阪からの修学旅行だという。

碑は、大きな玉石が埋めこまれた二〇センチばかり高くなった台座の上に、高さ六〇センチ、幅八

○センチ、厚さ二〇センチほどの矩形の石に、美しいひらがながくっきりと刻まれている。

ちちをかえせ　ははをかえせ
としよりをかえせ
こどもをかえせ
わたしをかえせ　わたしにつながる
にんげんをかえせ
にんげんの　にんげんのよのあるかぎり
くずれぬへいわを
へいわをかえせ

峠　三吉

あまりにも有名なこの詩は、彼の『原爆詩集』

の「序」の詩である。この詩は被爆者の叫びであり、人類全員の絶叫である。原水爆に対する鋭い抗議の言葉として、世界中の人々に感銘を与え、核兵器廃絶運動のスローガンともなっている。「にんげんをかえせ」は原爆投下への怒りが最も簡潔明快に表現されていて、心にくい入ってくる。それは、ひらがな書きと「かえせ」の繰り返しによって、いっそう力強く訴えかけてくる。

『峠三吉詩集にんげんをかえせ』（増岡敏和編〈新日本出版社〉）の解説によると、「〃序〃の詩は、ガリ版の『原爆詩集』をまとめた際、一番最後に書いた。かれは原子兵器の廃棄を求め、平和を守りとおすことのできないとき、同じ惨禍が再び人類の頭上に降りかかる〃予言のことば、前兆のうた〃として、これを書いたのである」と述べている。

この詩碑は、昭和三八（一九六三）年八月六日、平和のための広島県文化会議峠三吉詩碑建設委員会によって建立されている。詩碑の裏側には、この詩の英訳も刻まれていて、全世界へ語りかけている。その下に、碑文三宅一子書、大原三八雄英記書と記されていた。

二

峠三吉は大正六（一九一七）年、父嘉一、母ステの末っ子（兄姉は四人）として、豊中市で生まれた。本名三吉《みつよし》。大正一二年広島市大手町小学校に入学、広島県立商業学校に進み、この頃から詩作を始めた。昭和一〇年広島ガスに入社したが、結核にかかり療養生活に入る。昭和一六年頃から短歌や俳句作りを始め、俳句では左部赤城子に師事し、「俳句文学」同人となって新興俳句を作った。昭和一七年長姉の奨めでキリスト教の洗礼を受ける。

昭和二〇年八月六日、爆心地から三キロの翠町の自宅で被爆し、原爆症の状態となるが、その後やや回復し、広島文化連盟の運動に力を注ぐ。広島詩人協会の中心的存在として活躍した。また新日本文学会に入会し、日本共産党にも入党した。二五年一〇月、「われらの詩の会」を組織する。喀血の後、二六年入院加療。この年九月ガリ刷りで『原爆詩集』を出し、後（昭和二七年）青木文庫に入れられる。小康を得て活動を再開し、新日本文学大会出席のため上京の途中で再び喀血し、静岡日赤病院に入院。二八（一九五三）年二月退院し、間もなく国立広島療養所で、肺葉摘出手術を受けるが、その中途で死亡した。享年三六歳。死後『峠三吉追悼集　風のように炎のように』（峠三吉記念事業委員会一九九三）が出版された。四五年一一月には、『峠三吉全集にんげんをかえせ』が風土社から刊行され、彼の詩人としての仕事が集大成された。

三

峠三吉が詩人として不動の位置をもたらした『原爆詩集』は、序詩に続く「八月六日」を初め、二五編（ガリ刷り版は二〇編）が収められている。

増岡敏和著『原爆詩人峠三吉』〈新日本新書〉によると、出かける寸前に室内で被爆した三吉は、額にガラス片で傷を負ったものの、八月八日から親戚や友人知人を探し回り、傷ついた人を介抱したりした。そうした中で彼は日記をつけ、詩を書いた。八月八日の日記に、近所で親しくしていたK女を被服廠の収容所に見舞った際の状況を詳細に記録している。これが後に『原爆詩集』の中の「八月六日」「仮繃帯所にて」「眼」「倉庫の記録」「ちいさい子」という作品の基礎になったということである。

『原爆詩集』の作品のうち一五編は、昭和二六（一九五一）年一月から三月の三か月間に一挙に書かれた。それは、アメリカが朝鮮戦争で原爆使用を考慮中であるというトルーマン声明が出されたからである。幸いにも全世界の世論におされて挫折したが、この声明に激しい怒りを呼び起こしたのである。折しも国立広島療養所に入院中であったが、病院の一室でこの作品を書きあげた。アメリカ占領軍の弾圧を避けるため、窓ガラスに歯みがき粉を溶いて塗ったり、夜は新聞紙をピンで止めるなど苦労して書いたようである。

兵器廠の床の糞尿《ふんにょう》のうえに
のがれ横たわった女学生らの
太鼓腹の、片眼つぶれの、半身あかむけの、丸坊主の

誰がたれとも分らぬ一群の上に朝日がさせば
すでに動くものもなく
異臭のよどんだなかで
金ダライにとぶ蠅の羽音だけ

三十万の全市をしめた
あの静寂が忘れえようか
そのしずけさの中で
帰らなかった妻や子のしろい眼窩《がんか》が
俺たちの心魂をたち割って
込めたねがいを
忘れえようか！

これは「八月六日」（五連三三行）の終わりの二連である。この詩の前半は、被爆後の広島の惨状を淡々と描いている。そして、女学生たちの一群の状況に焦点化して、死の静寂の情景を凄絶に描いている。「金ダライにとぶ蠅の羽音」がきけている。そして、「忘れえようか」と原爆投下者に怒りの矛先を向けている。

こうした被爆体験を赤裸々に述べ、怒りを強く呼びかけている一連の作品と並んで、次のような詩もある。

ちいさい子かわいい子
おまえはいったいどうしているのか
裸の太陽の雲のむこうでふるえ
燃える埃の、つんぼになった一本道を
降り注ぐ火弾、ひかり飛ぶ硝子《ガラス》のきららに
追われ走るおもいのなかで
心の肌をひきつらせ
口ごもりながら
母さんがおまえを叫び
おまえだけ
おまえだけにつたえたかった
父さんのこと

母さんのこと
そしていま
おまえひとりにさせてゆくせつなさを
たれがつたえて
つたえてくれよう

これは「ちいさい子」（五連七〇行）の後半の一連である。非常に抒情豊かな優しい切なさの溢れる詩である。「としとったお母さん」や「墓標」など、心優しい作品は私たちに切々としたリズムをもって迫ってくる。

いずれのタイプの詩にしても、愛とヒューマニズムを怒りに転化し、彼の切迫したやむにやまれぬ思いが表現されている。

四

『原爆詩人峠三吉』や『原爆詩集』以外の詩を読んで、私は、今まで峠三吉の「一九五〇年の八月六日」の詩に見られるような、闘士としての一面しか見ていなかったことに気がついた。

三吉は、一〇歳の時亡くした文学好きの母の血を受けて、早くから詩・短歌・俳句を作った。短歌は、昭和二〇年まで書き、その中から三〇〇〇首をノートに自選しているそうだ。

真夜深く血泡鳴る胸押ゆとき『第五』が聞ゆ『第五』が聞ゆ
生くるというは虚しきものか一本の鉛筆を冬の雲にころがす
たそがれて昏《くら》く蒼ざむ空の遠音《おち》なく飛びて炎ゆる病葉《わくらば》

病と必死にたたかって強く生きようとする姿が痛々しく表現されている短歌が多いが、短歌の師と仰いだのが『『療養生活』詩歌壇選者の石村英郎と、広島の歌人で『言霊』の主宰であった岡本明であった」ということを知って驚いた。

また、戦後の詩の中にも、「由美子と火事」など美しい愛の抒情詩が沢山ある。

春暖い　夜の　野原の中の
一軒屋《ママ》の　火事は　何と　美しい　ものだろう

で始まる「由美子と火事」（一四連一〇三行）は、燃えさかる炎を眺めながら次のような部分もある。

音もなく執拗《しつよう》に
縮んでは又　からみ合い　からみ合ってはのび上り
勢いを盛り返す焔の群か
凝視《みつ》めている私の心を次第に昂奮《こうふん》させ
もどかしがらせ
何か　こう体の底から狂い上る力のはけ口を
求めねばならなくさせる時
ふと鼻口をなでて通る　豊醇《ほうじゅん》な　微風は
そのまま
あの時のお前の熱い息吹だ！

……………………

こうした官能的な世界にまで愛を表現した生命力あふれる詩である。増岡敏和氏によると、「由美子というのは架空の名であるが、ある愛の挫折から、自虐に身をひさぎつつそれに負けないで一気に浄化せしめていった。（中略）この愛の爆発が強く純度高いのは、革新的な青年たちとともにした文化活動の充実の反映があったからでもあろう」（『峠三吉詩集にんげんをかえせ』解説）と述べられている。

抒情詩人として、クリスチャンとして、人間の温かい、やさしい心の溢れた詩に出会って心打たれた。

（平成一六年一二月七日稿）

7　峠三吉「河のある風景」の碑

一

峠三吉の『原爆詩集』自筆原稿が新たに見つかったというテレビニュースや新聞記事を見た。かつて、広島市中央図書館で、おびただしいまでに推敲されたその詩集の原稿展示を見たことがあった。今回見つかったものについて、「広島に文学館を！　市民の会」の幹事海老根勲氏は、中国新聞（19・2・6）文化面で次のように述べておられる。

今回三吉のおい・鷹志氏（68）宅＝東京都足立区＝で確認された「原爆詩集」自筆原稿は、あらためて清書し、さらに推敲を加えたものである。「一九五一・五・一〇」という「あとがき」の日付がある。同詩集の「あとがき」は六月一日となっているから、印刷に回すもう一つ前の草稿だと分かる。ぎりぎりまで推敲を加え、言葉と格闘していた姿がうかがえて、「原爆詩集」

の成立過程をたどることのできる貴重な資料である。（以下略）

三吉が、自分の命を削りながら推敲に推敲を重ねて平和を訴えたことがよくわかる。

このニュースを見て、「広島に文学館を！　市民の会」から出された〝広島文学散歩絵はがき〟の中に、三吉の詩碑があったことを思い出し、早速はがきを携えて訪れることにした。

二

立春を迎えたばかりというのに、暖かい日ざしが降り注ぎ、コートもいらない陽気であった。その所在地昭和町の平和アパートは、わが家から徒歩で三〇分足らずの散歩コースである。比治山線の電車通りを北上し、南区役所前の電停から左折して平野橋を渡ると、右手京橋川沿いに三棟並んだアパートがすぐに見える。以前はもっと目立った建物だったが、川土手の樹木が大きくなったのと、周囲に高いビルが建ち、存在感が薄くなった。

土手下の道路からさらに数段下りると、アパートの広い敷地に入る。ちょっと見回してもそれらしいものが見えないので、掃除をしておられた初老の婦人に、「峠三吉の詩碑はどこにありますか。」と尋ねた。「峠三吉？　それは何者なんね？」という返事が返ってきた。はがきを見せて、「こんな碑ですけど。」というと、すぐに案内してくださった。『原爆詩集』の話をすると、「わたしも二十歳《はたち》の時、専売（現日本たばこ）で被爆して、建物の中におったけん、ガラスの傷だけで、何とか助かったんよ。」と問わず語りに話される。そういう体験をされた方でさえ、原爆詩人峠三吉のことはご存じない。そして、目の前にある碑のことなど、全く念頭にないようである。

その碑は、アパート前庭中程にある集会所の北側陰にひっそりと建っていた。五メートル四方くらい地面がアスファルトで固められ、赤い山茶花のこぼれ咲くフェンスの前に、アパートの方を向いている。幅二メートルくらい、高さ一メートル余り、奥行四〇センチほどの長方形。上部が三段の階段状に装飾されたコンクリート造りの素朴なものである。中央に銅板がはめ込まれ、アパートの由来と三吉の詩「河のある風景」の第一節のみが自筆と思われる書体で刻まれていた。

この平和アパートは、昭和23・24年度に建設された広島市で初めての鉄筋コンクリート造の市営住宅です。

当時の住宅はほとんどが木造で、また、著しい住宅不足の時代でもあったため、モダンな住まいとして市民の注目をあびました。恒久平和と焦土からの復興を願い「平和」の名を冠しています。

このアパートは、詩人峠三吉も入居し（昭和25年〜28年）、部屋の窓から京橋川を眺めてうたったと思われる詩「河のある風景」を残しています。

河のある風景

（略）原爆詩集「河のある風景」より

昭和62年度に河岸に映える住宅づくりの一環として、国の補助を受け景観改善事業を行いました。

昭和63年3月　　　広島市

このアパートの住人に、峠三吉の住んでいた当時のことを伺いたいと思い、つてをたどってみたが、すでに世代は代わっており、住人同士の交流もほとんどないようで、取材することはできなかった。昭和六〇年代に住んでいたという二〇数歳のDさんが、「当時は碑がもう少しアパート寄りにあって、周囲にシュロなどの木が植えられて

いて庭風だった。子供心に原爆詩人峠三吉の詩碑だということは知っていた。」と話してくださった。

三

河のある風景

すでに落日は都市に冷い
都市は入江の奥に　橋を爪立たせてひそまる
夕昏《ゆうぐ》れる住居の稀薄《きはく》のなかに
時を喪《うしな》った秋天《しゅうてん》のかけらを崩して
河流は　背中をそそけだてる

失われた山脈は　みなかみに雪をかずいて眠る
雪の刃は遠くから生活の眉間《みけん》に光をあてる
妻よ　今宵もまた冬物のしたくを嘆くか
枯れた菊は　花瓶のプロムナードにまつわり
生れる子供を夢みたおれたちの祭もすぎた

眼を閉じて腕をひらけば　河岸の風の中に
白骨を地ならした此の都市の上に
おれたちも
生きた　墓標

燃えあがる焔は波の面に
くだけ落ちるひびきは解放御料の山襞《やまひだ》に
そして
落日はすでに動かず
河流は　そうそうと風に波立つ

（且原純夫編『峠三吉全詩集にんげんをかえせ』〈風土社〉による）

ここ京橋川は河口に近く、満潮時とみえて水は満々と静かに流れていた。時折吹く風が頬に心地よい。しばし土手に腰を下ろし、この詩を口ずさんでみた。

晩秋の夕暮れ、落日も間近い。京橋川にかかる比治山橋もひっそりと静か。家の中にも夕闇が迫ってくる。目前に流れる河は、あの日の思い出と共に背中をそそけだてる……とアパートの窓から眺めた情景から一節は始まる。

二節に入ると、現実の生活に目が注がれていく。戦後のインフレの波の中、雪の刃がつきささるような厳しい生活。食べることに追われる苦しい世相の中、妻和子夫人は広島電鉄株式会社に炊事婦として勤め、病身の三吉との生活を甲斐がいしく支えていた。「生れる子供を夢みた……」の一句については、和子夫人は資産家の前夫と死別しており、婚家のある事情から子供の産めないからだになっていたので、三吉には大きな苦悩となっていたようである。

三節では、「眼を閉じて腕をひらけば……」と一転し、焦土と化した広島の地に今を雄々しく生きる自分たちも、原爆の生き証人であると、叫んでいるのではないか。

そして、四節に入り、あの日八月六日、「燃えあがる焔は波の面に」、「くだけ落ちるひびきは解放御料（二葉山の通称）の山襞に」と、目に焼きついた光景を吐露し、今、目の前の夕闇の中、そうそうと音をたてて颪に波立つ河流を描いて、結んでいる。

この詩は、漢詩を思わせるようなひびきがあり、起承転結の構成が感じられる。静かな詩情の中に、「生きた墓標」として懸命に生きている三吉の強い闘志がにじみ出ている。

この度、『峠三吉全詩集にんげんをかえせ』（且原純夫編〈風土社〉）を目にして、おびただしい数の詩にまず驚いた。そして、その大半が『原爆詩集』とはまるで異なる優しい愛にあふれた抒情詩であることに、さらに驚いた。

四

同書の編集をされた且原純夫氏の解説や、以前に読んだ増岡敏和氏の論考などによると、峠三吉は母を早く失い、病弱でもあったし、もともと純情な優しい性格であったようである。そして、クリスチャンでもあったことなどから愛に溢れた優しい、ロマンティックな詩を多く残している。しかし、原爆被爆の体験が彼の生涯を大きく変えていったようである。戦後しばらくの詩は、戦前のものとあまり変化はないが、その後急激に変わっている。広島青年文化連盟や広島詩人協会、さらにわれらの詩の会などでの活動や、日本共産党入党などにより急速に尖鋭化し、社会的にも詩作の上でもめざましい変貌をとげたということである。そして、遂に『原爆詩集』という核兵器廃絶を世界にアピールする作品をまとめ上げたのである。

それにしても、気管支拡張症という難病により、何度も喀血、入院を繰り返しながら、精一杯に活躍した峠三吉。これからさらなる飛躍を遂げようというとき、手術台の上で三六歳という若さでこの世を去ったことが惜しまれてならない。

（平成一九年二月一一日稿）

8　再び峠三吉「河のある風景」の碑

一

「じゅんや博士　読書、文章作法の会」の二月例会で、〝峠三吉「河のある風景」の詩碑〟について作文を提出したところ、早速会員のTさんから中国新聞の〝どうしょーるん〟の記事（17・3・12）が送られてきた。「平和アパート昭和町かいわい（中区）」という見出しのあるものだ。

「河のある風景」の詩碑があるそのアパートの住人にインタビューしたかったが、果たせなかったという私の作文を読まれて、二年前のこの切り抜きを捜してくださった由である。その記事を見落としていた私は、Tさんの綿密な情報収集態度に敬服し、温かいお心遣いに感動した。

その記事を頼りに平和アパートを訪れた。

二

このアパートの一号棟に「一番乗りで入居」された冷泉ヨネ子さん（当時八七）を訪ねることができた。「足が痛うて、思うように歩かれんのですよ。」と言いながら掃除機をかけておられる最中だった。「どうぞ上がってください。」と誘われるまま、ソファーにお邪魔する。数年前ご主人を亡くされ、一人暮らしとのことだが、九〇歳近い方なのに、室内には美しい花も活けられ、几帳面に整えられていた。「入ったころは、基町の一戸建ての市営住宅の家賃が月百円だったが、ここは千円で、なかなか入り手がなかったんですよ。」「みんな年をとってしもうて、私も去年一一月、ころげて腕を折ってねえ…」次々と話が続いて、肝心の話題がなかなか出せない。話相手が欲しいんだなあとしばらく耳を傾ける。やっと取材の趣旨を話したが、「ここ（一号棟）は三号棟とは離れとるけん、誰も何にも知りませんでしたよ。」ということで終わってしまった。

書物によれば、三吉は当時（昭和二五〜二八）三号棟（一番南側）の四階に住んでおり、葬儀もここから出されたということだ。〝どうしょーるん〟の記事に、

花壇のそばに碑があった。原爆詩人の峠三吉が五三年に亡くなるまでの三年間、三号棟に住ん

でいた―と記してある。峠の作品「河のある風景」は部屋から眺めた京橋川がモチーフだという。

それを知る人はもう、多くない。三号棟の現在の住人で最も早い五三年に入居した佐内岩男さん（八九）も「話には聞くね。入れ違いかもしれん」と首をかしげる。五三年は、峠が三十六歳の生涯を閉じた年だ。

とあったので、左内さんを訪ねたが、二度とも不在で、取材はできなかった。

三

先月、「河のある風景」の鑑賞について、疑問を持ちつつ、期限切れで提出してしまった。激しい怒りをぶっつけた『原爆詩集』の中で、この詩だけ全く傾向が異なり、静かで悲哀に満ちた詩であったからだ。特に四節の「おれたちも／生きた　墓標」の句が読み解けなかった。『原爆詩集』だからと、勝手な解釈をしてしまった。

その後ずっと気になって資料を捜すうち、県立広島大学にあった『八月の詩人―原爆詩人・峠三吉の詩と生涯』（増岡敏和〈東邦出版社〉）の中に、「河のある風景」の鑑賞文を見つけた。さらに、『峠三吉作品集下』（峠一夫　増岡敏和編〈青木書房〉）の解説においても、増岡氏が触れられている。その中で、

（前略）『原爆詩集』でもっとも問題を孕んでいるのは、「河のある風景」である。たった一つの異質な作品である。自分の生活をうたったということでなく、それを原爆にたいする怒りやかなしみとはちがう立場で、自分の生活を悲哀にみちたものとしてうたったという点で異質な作品である。「生れた子供を夢みたおれたちの祭もすぎた」といい、「おれたちも生きた墓標」とうたっている。そこでは、展望を失ったことを嘆き、新しく生きいきと育つものを生みえぬ恨みを噛んでいる。峠自身この抒情の後退について、「絶望的な風景を絶望的な視角に身を置いてうたいながら、それをうたわせる私自身をまで、いくら我々が努めても傾いてゆく日本列島を支えようもないんだ、というような敗北的感情に陥らさせたこと。入院して第一線より退いてゆかねばならぬ感傷なども加わってそれが主因」（『われらの詩』第十一号）といっている。

しかも『原爆詩集』を編むときあえてこの詩を除かなかったのは、原爆にたいする怒りとかなしみをうたう人間がともすればどういうところに陥られかけていたかという姿を、この詩集のなかに一ヵ所とどめておいて人びとに証しておく必要を考えたのかもしれない。（中略）この後退の抒情に対して、（この「河のある風景」の後におかれている作品で〈筆者挿入〉）かれははげしくたちむかった。（後略）

と述べておられ、「後退の抒情」であったことに改めて気づかされた。そして、増岡氏が『八月の詩人』の中で、『原爆詩集』の前半では、「被爆下の悲惨な光景をふまえてうたって」おり、後半の作品は、「反原爆・平和のたたかいや、原爆の悲劇にも負けぬ人間のつよさをみつめる作品や、原爆のもつ政治的社会的背景とその本質をみきわめてゆく作品などをならべて」いると述べられた上で、「この『河のある風景』はその両方の結節点に位置するところにおいている。そしてそこに、一面後退的ではあるが、そうであっても、自分の生活状況の提示、そこでの自己凝視を、ひとつのバネとしてゆこうとする意図をあらわしたかったのであろう。」と纏めておられる。以上のことからこの詩を十分納得することができた。

（平成一九年三月一日稿）

9　栗原貞子の碑

一

　生ましめんかな

こわれたビルディングの地下室の夜だった。
原子爆弾の負傷者たちは
ローソク一本ない暗い地下室を
うずめて、いっぱいだった。
生まぐさい血の匂い、　死臭。
汗くさい人いきれ、うめきごえ
その中から不思議な声がきこえて来た。
「赤ん坊が生まれる」と言うのだ。

この地獄の底のような地下室で
今、若い女が産気づいているのだ。
マッチ一本ないくらがりで
どうしたらいいのだろう
人々は自分の痛みを忘れて気づかった。
と、「私が産婆です、私が生ませましょう」
と言ったのは
さっきまでうめいていた重傷者だ。
かくてくらがりの地獄の底で
新しい生命は生まれた。
かくてあかつきを待たず産婆は
血まみれのまま死んだ。
生ましめんかな
生ましめんかな
己が命捨つとも

この詩は、原爆詩の中でも高い位置を占めている栗原貞子の絶唱である。これは、栗原貞子の文学碑として、白島線電車終点に近い郵政公社（現日本郵政グループ広島ビル）の前庭に刻まれている。この詩の中の「地下室」は、広島市千田町の旧郵便局（貯金局）の地下室である。原爆投下直後ここで、この凄絶な営みが行われたのである。平成元（一九八九）年三月、この建物の取り壊しにより、屋上のタイルを使ってこの詩が刻まれ、ここに文学碑が建てられたのである。

先日（平成一七年一月）、私は〝広島文学碑めぐり〟の絵はがきの案内に従って、この碑に対面することができた。郵政公社の広い前庭の北側一帯に植え込みがあり、石畳を入って行くと、原爆犠牲者の慰霊碑がある。その右手前に栗原貞子の文学碑が建てられていた。白い大きな玉じゃりが敷かれた台座の上に、一メートル足らずの御影石の直方体の碑があり、上下二段に区切って、黒いタイルがはめ込まれている。上段には、被爆当時の貯金局の写真と、場所、被爆の日時、取り壊しの日付が明記されている。下段に「生ましめんかな」の詩が刻まれ、裏面に「旧庁舎取壊しにあたり、被爆屋上タイルを採取しここに保存する。平成元年（一九八九年）八月六日建立　中国郵政局」とある。

「生ましめんかな」は、貞子の処女詩集『黒い卵』〈中国文化連盟叢書〉に収められている。『黒い卵』は、昭和二一（一九四六）年八月、三〇〇〇部自費出版された。その中には、昭和一五年から二〇年にかけて作られた詩と短歌が収録されている。占領軍の検閲によって、詩三編と一一首の短歌が削除されたということだ。「完全版」は昭和五八（一九八三）年七月、人文書院から発行された。

「生ましめんかな」は、原爆投下直後、息絶え絶えの負傷者のうごめく暗い「地獄の底」での、生と死との交代のドラマが描かれている。死を寸前にしていた産婆の使命感と無事に生まれてきた新しい命から、極限状況における生命の尊さと生への力強い讃歌を感じ、強烈に心打たれる。原子爆弾の残酷さを告発しようとしている栗原貞子の強靱な精神、積極的な姿勢を感ぜずにはおれない。

二

栗原貞子は、大正二（一九一三）年三月四日、広島市可部町字上町屋に農家の次女として生まれる。父は土居小六、母はタケヨ。三入尋常小学校を経て、大正一五（一九二六）年広島県立可部高等女学校へ入学。文学書を読み、詩、短歌を作り始める。昭和五年同校卒業。歌誌「処女林」（後に改題「真樹」）同人となる。昭和六（一九三一）年一八歳でアナキストの栗原唯一氏と結婚。昭和二〇（一九四五）年八月六日、安佐郡（現安佐南区）祇園町長束の自宅で被爆。一二月、夫唯一氏、細田民樹氏らと中国文化連盟を結成。二一年三月、「中国文化」創刊。創刊号は「原子爆弾特集号」とした。八月、詩歌集『黒い卵』〈中国文化連盟叢書〉刊行。昭和二六年「旬刊広島生活新聞」を夫と二人で発行する。昭和三五年正田篠枝らと「原水禁広島母の会」を発足。八月、広島詩集『日本を流れる炎の河』を刊行する。四二年、詩集『私は広島を証言する』刊行。五二年七月、大田洋子文学碑建立実行委員として募金活動など行う（五三年七月三〇日、碑除幕）。その他、詩集『ヒロシマ・未来風景』『ヒロシマというとき』など著書多数。

三

詩集『黒い卵』には、次の詩が収められている。

黒い卵

私の想念は無精卵のやうに、
いくらあたためてもあたためても
現実の雛とはならないのか、
私の胸底深く秘かにあたためている黒い卵よ、
飛ぶ日は来ないのか、
お前がその固い殻を破つてはばたく時
人々はどんなにお前を讃美することだらう
極楽鳥のやうに幸いを約束する鳥よ

はばたけ、はばたけ。

（昭和十七年十一月一日）

「黒い卵」を抱き続けて戦時中をくぐり抜けてきた貞子の辛い思いが伝わってくる。自らを「はばたけ、はばたけ」と心の中で叫んでいる。『黒い卵』には、戦時中広島に疎開していた作家細田民樹氏が次のような序文を寄せている。

「栗原貞子さんの『黒い卵』の原稿を通読して、まづ思はれることは、さすがに夫婦で、長い間の思想的苦練を経てきただけに、あのたうたる帝国主義的侵略戦争の間にも、女性ながら、よく堪へ忍んで、ぢつと自分の思想を操守してきたといふことであつた。貞子さんはどちらかといふと、いはゆる苦吟派ではなく、流露調の詩人と思はれるのだが、見るままに、感ずるままに、極めて率直簡明にうたひこなしてゐる。女流詩人によくある、持つてまはつたやうな慇懃な気どりなどは微塵もなくて、いかにも開放的であり、活動的でしかも民衆的な楽な愛情に溢れてゐる点、今後の新しい時代を約束せられた詩人のやうに思はれる。（後略）」（『栗原貞子詩集――日本現代詩文庫――17』〈土曜美術社〉解説〈吉田欣一〉による）と述べられている。

夫と共に中国文化連盟を組織し、「中国文化」の発刊に全力投入し、広島の地獄を見た証人として、詩作品を次々に書き上げていく。しかし、占領軍のプレス・コードにより思うにまかせなかった。

昭和四三（一九六八）年、貞子は耐えに耐えていたものを叩きつけるように、詩集『私は広島を証言する』を出版した。パンフレット状のものであったが、二段組でぎっしり詰めこまれた六三編の詩が収められ、七部に分けられている。その第一部原爆創生記に次の詩がある。

原爆で死んだ幸子さん

硫黄島陥ち／沖縄玉砕し／空っぽの骨箱もかえらず／国中の街々は黒く焼き払われ／その上に／青い空が森閑としずもる／一九四五年八月六日。／あなたは綿の入った防空頭巾を／肩にかけ／強制疎開の家屋の破壊作業に動員された

突然

きらめく青い閃光／ビルが崩れる／炎が燃える／渦巻く煙のなか／たれ下った電線の下をくぐりながら／逃げて行く人の群。

あの日から三日目の晩／あなたは死体になってかえって来た。／空襲警報に入ったなり／解除されない暗い夜。／闇夜のなかで広島が赤く燃えている。／日本全土がお通夜のような敗戦の／その前夜。／防空幕で遮閉した暗い部屋。／仏壇の前にねかされたあなたの顔に／白いハンカチがかけてある。

たそがれどき／既に発狂した罹災者たちは／獣のようにおらびながら／教室のなかを駈け廻り／

男か女かわからない火ぶくれた人間が／生きながら死臭を発してうめいていた。／己斐小学校の収容所の土間、／ぼろ布を並べたような死体のなか／鉄製の認識表でやっとわかったあなた。／あなたの顔に／誰がかけたのか白いハンカチが／かけてあった。／そのハンカチは焼け爛れた顔に／ぴったりくっついて離れはしない。女学校三年生、／今度の戦争の意味さえ知らず／花咲かぬま、死んで行った幸子さん。／あなたのお母さんは／あなたの皮膚に焦げついて／ぼろぼろに焼けた防空服の上に／真新しい花模様の白い浴衣を／着せかけた。／「縫ったま、戦争で一日も着せて／やる日がなかった」と／あなたを抱いたま、崩れて泣いた。

貞子の詩は、すべてこうした淡々とした調子で平易な言葉で、率直に怒りを訴えていて、社会への世界への抗議がほとばしり出ている。

栗原貞子は、朝鮮戦争、安保反対闘争、ベトナム戦争等々激動する社会の状況下にあっても、また戦争経験が風化していく時代にあっても、常に反戦を訴え続けた。また、平和のために、反核のために、国内はもとより、ヨーロッパ・アメリカなどでも会議に出席し、自分の詩を朗読し訴えかけている。その意志はますます烈しく、多くの詩集を通して核の脅威が完全になくなる日をめざして、あらん限りの力を尽くしている。

（平成一七年二月七日稿）

執筆後間もなく平成一七（二〇〇五）年三月六日、栗原貞子さんの訃報に接した。御冥福をお祈りいたします。

10 井伏鱒二『黒い雨』の碑

一

被爆六〇周年を迎えた前年、平成一六年六月から七月にかけて広島市草津公民館において、野地潤家先生の「広島原爆の文学を求めて」という文学講座を受講した。原民喜、峠三吉、大田洋子の原爆文学の最後を井伏鱒二でまとめられた。

井伏鱒二については、磯貝英夫氏の「井伏鱒二の人と文学」（NHK広島放送センターオープン記念「井伏鱒二の世界展」図録より）という論考をもとに井伏鱒二の紹介があり、「かきつばた」と『黒い雨』を扱われた。「かきつばた」は全文のコピーをいただき、冒頭部分のみ先生の朗読をお聞きして、残りは自宅に帰って読んだように記憶している。

「かきつばた」は、昭和二六（一九五一）年『中央公論』文芸特集に発表された短編小説である。今回改めて読んで、非常に感動した。井伏は、戦時中昭和一九年七月から、故郷現福山市加茂町粟根にある生家に疎開していた。

「広島の町が爆撃されて間もないころ、私は近郊の知人のうちでカキツバタの花の狂ひ咲きを見た。たつた一輪、紫色に咲いてゐた。ちやうど停戦命令が出た直後、八月中旬すぎのことであつた。」で始まるこの小説は、八月八日の福山の空襲を中心に広島の原爆投下をからめて、終戦前後の異常事態を淡々と、きめ細かく描写している。

小説のクライマックスでは、冒頭のカキツバタの狂い咲きの傍らに、あお向けになった若い女性の水死体を見たのである。この女性は、広島の原爆と福山の空襲の両方に遭って発狂し、入水自殺を図った。カキツバタの狂い咲きと女性の水死体、何もかも異状だった。戦争の酷さ、悲惨さを感ぜずにはいられない。

この小説の中で、広島で被爆し命からがら戻って来た知人の元校長や、義勇兵として働いた村の青年たちが原爆病で苦しむ姿を描いたのち、ちょうど中程あたりに、「私」が十箇月後罹災後の広島を訪れて、焼け跡に芽吹いた棕櫚の木の「底ぢからの逞しさ」に驚いた描写が入れられている。これは人間の悲惨な状況から立ちあがることのできる希望、願いを訴えている。この願いが、彼の代表作『黒い雨』につながっていったのではないだろうかと思う。

二

井伏鱒二の『黒い雨』の文学碑は、神石高原町三和のつつじが丘公園にあると聞いていた。あらかじめ広島本通りの〝夢プラザ〟で神石高原町のガイドマップを手に入れていたので、平成二〇年三月上旬生家を見て（V－9参照）そのまま足を延ばした。

加茂町から東城へ抜ける国道一八二号線をさらに北上すると、間もなく大きな峠にさしかかった。ループ状になった所もあり、どんどん登っていく。広島県内で唯一神石郡に入ったことのなかった私は、「まさに神石高原町ですね」と話しながら三〇分ばかり走ると、右手に地図で目やすにしていた〝道の駅さんわ182ステーション〟が見えた。さらに一〇分ばかり走って左折し、県道二五九号線に入る。この地点は、標識によると、奇しくも東城までと福山までの距離が全く同じだった。一五分ほど進むと町並が広がってきた。この辺りは神石高原町三和のメーンに当たるようで、町役場や郵便局、県立病院などが並ぶ。地図を頼りに、役場の横の細い道を北へ入っていく。農作業中の方に尋ね、道の辺の小さな駐車場に車を置いて、急な石段を登って行った。

さして広くない丘だが、ここがつつじが丘らしい。案内のパンフレットに、一五、〇〇〇本のつつじがあり、憩いのスポットだとあったが、シーズンオフの今は、手入れも十分でなく寂しい。なるほど檜葉の木立ちを背に、遊歩道に沿ってさまざまな種類のつつじが植えられている。五、六月のシーズンには、鮮やかな紅の丘に彩られることだろう。眼下に三和の町が開けている。

　頂上あたりにやや広い場所があり、つつじの生垣に囲まれて、早春のまだ冷たい空気をついて堂々とした碑が建っていた。石を組んで、高さ六〇センチほど四メートル四方の広い台座が作られ、その上にさらに薄い台石が置かれて、高さ一メートル幅一・五メートルほどの薄茶色の自然石ががっちりと載せられている。碑石いっぱいに達筆の黒い文字が彫られていた。

　　　文学碑

　戦争はいやだ

勝敗はどちらでもいい

早く済みさえすればいい
いわゆる正義の
戦争よりも
不正義の
平和の方がいい
井伏鱒二「黒い雨」の一節より
福山市蒼心書道会　田中蘆雪書

台座の正面にあずき色のよく磨かれた石板がはめ込まれ、白い文字で次のような解説が刻まれていた。


「八月六日の午前八時十五分、事実において、天は裂け、地は燃え、人は死んだ。」

昭和二十年八月六日、広島に原爆が投下され、一瞬のうちに二十数万人もの尊い生命が断たれた。

日本を代表する文豪、井伏鱒二先生により著作された「黒い雨」は、原爆の悲惨さを訴えた作品である。

小説の主人公　閑間重松は仮名であるが、本町に実在した人物であり小説のテレビ放映に続き映画化もなされ、本町はその人と共に舞台となり全国に放映された。

井伏文学と深い係わりのある本町を文学の町として、そして平和を愛する町として、永く継承するため、ここに文学碑を建立する。

一九九二年十月

三和町長　名和善治

碑文は『黒い雨』の中ほど八月一〇日の日記の中にある一節である。この文章は、前半の山場となる部分にある。主人公閑間重松が原爆投下後五日目に市内に入って死体焼場に遭遇し、積み重ねられた屍に真黒になるほどの蠅が群がり、口や鼻からぽろぽろ蛆虫が転がり落ちる光景を目にし、頭がぐらつくような臭気の中で、心の中で叫んだ言葉である。

「この言葉は、当時の人々の本音ですね」

「現在にもつながる平和への願い……」

など友人と話し合いながら、西に傾きかけた陽の中で、しばらく碑を見つめていた。

久々に『黒い雨』〈新潮文庫〉を通して読んだ。苛酷な被爆の惨状が生々しく描かれていながら、それが何かゆったりとした風土と時の流れの中に融け込んで、なぜか息づまるような凄惨さは感じなかった。しかし、作者の戦争に対する深い怒りと悲しみが伝わってきて心動かされ、井伏の筆のうまさに改めて感嘆した。

三

『黒い雨』は、昭和四〇（一九六五）年一月に、「姪の結婚」と題して『新潮』に連載され、八月から「黒い雨」と改題されて、翌昭和四一年九月まで二一回にわたって連載された。そして、この年の一〇月に単行本として新潮社から刊行された。井伏鱒二六七歳の作品である。

松本武夫氏の『井伏鱒二人と文学』〈勉誠出版〉や萩原得司氏の『井伏鱒二の魅力』〈草場書房〉など研究書によると、井伏が郷里粟根に疎開中、釣り仲間を通して知り合った小畠町の重松静馬氏から「被爆日記」の提供を受けた。被爆していない井伏は、原爆投下という空想では書けない破天荒な出来事を作品にするため、「重松日記」を精読し、重松夫妻らの協力も得、小畠や広島の大勢の被爆者とも会って取材活動をつづけた。被爆軍医岩竹博氏の記録を初め、「熊手で掻き集めるように」（筑摩書房版『井伏鱒二全集』第二二巻「月報」）して、「新聞の切抜、医者のカルテ、手記、記録、人の噂、速記、参考書、ノート、録音、などによって書いた」（「感想」『群像』昭四二・一）という。『黒い雨』は、事実を基にした、いわば記録的手法による小説である。

この作品は、「被爆日記」による被爆前後の時点と、その「被爆日記」を清書している数年後の小畠での時点とがないまぜになって、並行して展開されている。主軸は、日記による、被爆時の一瞬にして起こった異常事態や、目を被うような被爆の実相が克明に描写されている部分であるが、その間を縫うようにして、のどかな牧歌的な小畠での生活が描写されている。

主人公閑間重松は、勤務先へ向かう横川駅で、妻シゲ子は千田町の自宅で被爆した。姪の矢須子は疎開の荷物を運んでいて、郊外の古江で遠目にその瞬間を見た。三人は奇跡的に自宅近くで会うことができたが、地獄絵図の広島の街を横切り、熱気で倒れそうになりながら彷徨し、重松と矢須子の勤務先である古市の繊維工場まで、やっとのことで辿り着いた。その後終戦までこの地で過ごし、シゲ子と矢須子は先に、重松は後日郷里の小畠へ帰って来たのである。

矢須子に縁談があるたび、原爆症にかかっているというあらぬ噂を立てられるので、それを晴らそうと、重松は矢須子と自分の「被爆日記」を清書し始める。重松には、軽い原爆症が出ており、同じような仲間と鯉の稚魚の放養を手がけながら、のんびりと日を送っている。

そのうち、直接的には被爆を免れた矢須子に原爆症が現れた。矢須子は「黒い雨」に打たれていたのである。初め彼女は自分で病気を隠していた。しかし、次第に病状が酷くなり、遂に入院となる。

シゲ子の「高丸矢須子病状日記」は簡潔な名文で、原爆症の苦しみがじかに伝わってきて心打たれた。重松夫婦の矢須子への深い愛情と、矢須子の叔父叔母に心配をかけまいとする忍耐強さと健気さには深く感動させられた。

八月一四日、昼間の白い虹が出た。二・二六事件の前日にも白い虹が出たという。「白虹、日を貫く」と史記にあり、悪いことの起こる前兆だと工場長が話した。

八月一五日、ラジオが重大放送を告げ、「被爆日記」もここで終わる。その翌日、養魚地の様子を見に行った重松は、「『今、もし、向こうの山に虹が出たら奇蹟が起る。白い虹でなくて、五彩の虹が出たら矢須子の病気が治るんだ』どうせ叶わぬことと分かっていても、重松は向こうの山に目を移してそう占った。」というところで『黒い雨』は終わっている。五彩の虹と白い虹を対応させ、ここに井伏の祈りが示されており、主題が提示されていると思う。

この小説には随所に美しい描写が見られる。今まで原爆文学といわれる沢山の小説を読んできたが、生々しい惨状の中にこんな心和む描写の入っている作品は知らない。被爆瓦を描くにしても、「閃光を浴びた屋根瓦などに至っては、小豆色に変色しているばかりではなく、泡を吹いたように表面にぶつぶつが出来ている。古伊部の茶人の灰釉のような趣になっている」と、陶芸の経験を生かした美しい描写である。また、終戦の重大発表のさ中、重松は工場裏の用水溝の所に出る。透き徹った清冽な感じの水の流れを無数の小さなピリコ（鰻の子）の群が行列をつくっていそいそと遡っていく。「やあ、のぼるのぼる。水の匂がするようだ」といって眺めている。敗戦が告げられているその時の場面として、何と美しい描写であろうか。険しい顔をしたり泣いている工員たちの描写との対比によって、いっそう際立って感動的であった。

河上徹太郎氏の、『黒い雨』は「凄惨さと同時に、それよりもしみじみと人生永遠の哀愁の籠った、戦争文学の傑作である」（新潮文庫『黒い雨』所収）という解説が納得できる作品であった。

（平成二〇年四月二八日稿）

Ⅱ　句碑めぐり

1　正岡子規広島と呉の碑

一

わが家の近くの千田廟公園に正岡子規の句碑があることを、最近になって地元の広報紙で知った。千田廟公園は宇品御幸一丁目にあり、明治一七年から五年余りの歳月をかけて宇品の築港に尽力した、当時の県令千田貞暁の功績を称えて建立された銅像と、貞暁を祀った廟社のある小さな公園である。地元では「千田さん」と呼んで、夏祭りなどの催しを行ったり、子供たちの遊び場として親しんでいる。私もかつては、子供や孫を連れてよく遊びに行ったものだが、ここに子規の句碑があることには全く気づかなかった。

千田貞暁の銅像は、公園の少し小高くなっている場所に、さらに一段と高い石垣が築かれ、その上に全身像が威風堂々と建っている。その右奥の一隅に木立ちに囲まれて、句碑はひっそりと建っていた。高さ一メートル余りの石組みの上に、やはり一メートルほどの自然石が重ねられ、三行書きで句が刻まれている。文字は大きくはっきりとしているが、草書体と変体仮名の達筆で、にわかには読めなかった。

行かば我　筆の花散る　処まで

裏面に説明があるが、これまた行草体の達筆である上に、かなり風化していて読みづらく、所々しか分からない。書道が堪能なSさんを誘ってみたが、午後の逆光のせいもあり読めなかった。地元新聞社にも尋ねてみたが、古い新聞は一面しか残されていないそうで、句碑の記事はなかった。判じ物を読み解く思いで何回も対峙してみたが、歯が立たなかった。ある時、朝早目に出かけてみると、太陽に照らされて、文字がいくらか鮮明に浮かび上がっていて、肝心な部分だけは何とか読み取ることができた。細部にわたっては、意味の上から色々見当を立ててみるが、字面とかみ合わない。自分の語彙不足も悔やまれて、はがゆい思いのま

である。

是は○○○俳諧の○○正岡子規大人が日本新聞社従軍記者として　明治廿八年四月十日宇品湾港を発○の句なり　○者○　大人を○懐してこれを建て記念となす

大正十一年九月十九日　　　　　　○○○○

『子規全集』（二一巻〈講談社〉）でこの句に当たり、関連記事が「陣中日記」（旧版『子規全集』九巻〈改造社〉）にあることがわかった。

四月十日の朝晴れて心よきに疾く車に上れば日南、大我、南八の諸氏吾を送りて宇品に来る。道すがらの桜花桃花紅白に乱れて風流ならぬ旅路さすがに心残るふしなきにもあらねど、一たび思ひ定めたる身のたとひ銃把る武士ならぬとも再び故国の春に逢はん事の覚束なければ

行かば我れ筆の花散る処まで

出陣や桜見ながら宇品まで

この二句のうちの一句が彫られている。

当時の子規の状況について、明治三三年に執筆された小品「わが病」(『子規全集』一三巻)によると、

明治廿八年二月廿八日の日に新聞社で評議があって余はいよ〳〵従軍することにきまつた。……嬉しいの嬉しくないのは今更いふ迄も無い。十年許り前に国に居て始めて東京に来る事を許された嬉しさにどうしても飯が喰へなんだ事があるが、其後今度のやうな嬉しい事は無い。勿論余の従軍に就いては新聞社の人も皆余の病体をあやぶんで止めてくれた。……余は思ひ止まる気遣は無い。(略)

とあり、明治二二年にすでに一度喀血をしている病体でありながら、同輩が次々に戦地に赴くのを見て、時代から置いてきぼりをくうことに耐えられなかったようである。

「行かば我」の句には、従軍できた喜びの一方、従軍記者といえどももう二度と故国に帰れないかも知れないという覚悟のほどが伺えて、切ない思いが伝わってくる。特に病の身を押しての出陣であるだけにその思いは一入である。折から満開の桜の下、「筆の花散る」の表現はさすがである。

日清戦争は間もなく講和条約が締結されたが、従軍記者生活は一か月余り続き、近衛師団司令部からはひどい冷遇を受けていたようである。五月一四日になってようやく乗船し帰国の途についたが、

船中で喀血し、容態が悪化した。その後回復はしたが、子規の宿痾の闘病生活の始まりはここにあったのである。

二

「陣中日記」によると、子規は従軍に際して三月三日に東京を発ち、途中大阪、神戸に立ち寄り、三月六日広島入りしている。約一か月余り広島に滞在中、途中で郷里松山にも一時帰郷しているが、広島市内のあちこちを歩いたり、呉にも出かけて吟詠している。

鶯の口のさきなり三萬戸　　子規

この句碑は、比治山公園の富士見展望台（放射線影響研究所の下）の入口右手にある。隣に売店があったりして、正面を見て歩いていると、気付きにくい場所である。

高さ二メートルほどの立派な天然石に、大きな文字でくっきりと刻まれている。裏面に次のように記されていた。

俳聖正岡子規明治二十八年の春この地に遊び吟詠す
昭和三十三年三月
広島市観光協会建之
碑石寄贈者田中庄吉氏

多分比治山のこの辺りから広島の街を眺めた感慨であろう。日清戦争下の広島は、大本営が置かれたこともあって活気にあふれていたようである。遠くまで沢山の家々の続く軍都広島をどんな思いで眺めていただろうか。まだ春浅く、折から鶯の声が聞こえてきた。

『子規全集』二巻（俳句集）の明治二八年の項から、このほかいくつかの広島での句を拾うことができる。広島東照宮、饒津神社、練兵場、段原村、宇品、呉港など。しかし、広島市内には二つの句碑以外は見付からないようである。

三

「呉港」の句について、句碑のことを呉在住の友人Uさんに尋ねたところ、ご案内くださるというので、Sさんを誘って訪ねることにした。

平成一七年一一月上旬青空の透き通るような美しい日、ＪＲ呉線に乗って島々の紅葉と碧い海を楽しみながら、Ｓさんとおしゃべりするうち、またたく間に呉駅に着いた。久々の呉は「大和ミュージアム」効果なのか、活気に満ちていた。私たちは、小学校時代呉に住んでいた私のおぼつかない記憶を頼りに、Ｕさんの指示通り入船山公園に向かった。美術館通りに入ると、時代を感じる松並木が続き、レンガやタイルが敷かれた歩道にさまざまな彫刻が点在し、静寂な、ほっとする空間となった。程なく左手に美術館を見つけることができた。ここでＵさんと落ち合った。門を入ると、美術館玄関の右横に大きく立派な句碑が建っていた。

呉　港　　　子規

大船や　波あたたかに　鷗浮く

緑の高い生け垣を背に、高さ二メートル位の褐色の自然石がいきなり地上に建っている。子規の直筆を復刻したと思われる大きな文字が三行に深く彫り込まれ、白い塗料が流し込まれて鮮やかに浮き上がっていた。

別に右下に、解説の書かれた銅版が設置されていた。

「大船や――」の句について

この句は　明治の俳聖正岡子規が　明治二十八年当時の新聞「日本」の従軍記者として広島に滞在中海軍に従軍する同社記者　古嶋一雄（一念）を見送って　三月九日呉軍港を訪れ一泊、その時の感懐を詠んだものです。

子規全集に「九日古一念を送りて呉港に遊ぶ。春雨蕭々として分捕の軍艦三艘はものうげに浮び無心の間鷗は檣頭に飛び廻れり」と誌されてあります。

しかしながら詩情豊かなこの句の風情は軍港以前、以後を通じ　変転流動極まりない歩みをつづけた呉港の盛衰にもかかわらず、今尚奇しくも永く生きつづけている感じがいたします。

これまでも屢々建碑の議がありましたが実現せず、偶々明治百年を迎え、このたび呉俳句協会の好意により郷土資料館として生れかわったこの地を撰び、昔の呉港を望む丘に子規の自筆の碑を建立　本市の文学史を飾るものとして、保存顕彰することになったものであります。

昭和四十三年九月

呉市入船記念館

この句を読んだ時、一瞬春光の中で、波あたたかに大船の回りを鷗が飛び回っている平和な呉港をイメージしたが、明治二八年は日清戦争下である。「大船」は軍艦であろう。「大船や」には、間もなく出陣する作者の複雑な思いも込められていると思われる。しかし、戦争は勝ち戦で、すでに終末にかかっている時期であり、切迫感はなかったのではないだろうか。しかも解説にある「分捕の軍艦」であればなおさらである。その大船の回りで、春日の中、波に揺られて鷗が浮いている穏やかな呉港の風情を詠んでいる。子規の従軍中の句も全集の中に何句か見られるが、戦地で詠まれたものでさえも、のんびりした感じを受ける。

大聯湾
大国の山皆低き霞かな
金州の城門高き柳かな

戦地はすでに砲声も上がらない状況だったようで、写実を重んじる子規の句らしいと思う。
解説の文中『子規全集』からの引用があるが、これは「陣中日記」に記されているもので、この文章の終わりに、「大船や」の句ではなく次の句が挙げられている。

のどかさや檐端の山の麦畑

「檐端」は辞書に当たると「エンタン・のきば」とあり、傾斜地が多く、山裾まで段々畠の続く呉の街の様子、風情がうまく表現されている。この句は石碑として残されていない。

四

今一つの句碑は、〝歴史の見える丘〟に建立されている。〝歴史の見える丘〟は、明治以降の呉の歴史を象徴する旧呉海軍工廠跡が一望できる宮原通りに沿った細長い丘である。

呉　港

呉かあらぬ　春の裾山　灯をともす

子　規

大きな座りのよい石の上に、高さ一・五メートルほどの黒っぽい自然石が積み重ねられ、やはり白抜きでわかり易く彫り込まれている。左横の掲示板に次のように墨書されていた。

この句は、明治二十八年三月九日に、友人古嶋一雄が海軍従軍記者として、軍艦松島に乗組んで出征するのを見送るため、呉を訪れた正岡子規が詠んだ三句のうちの一句です。

当時は、広島と呉を結ぶ鉄道は未開通だったので、子規は宇品港から船で呉の川原石港へ向いました。呉軍港入口のウルメ島附近にさしかかったとき、正面に見える休山山麓の日暮れの情景を詠んだ一句と思われます。

この句碑は、昭和三十三年十二月に宮原地区有志により、約九十メートル南西の交叉点中央部に建立されましたが、道路改良のため昭和五十三年に現在地に移設したものです。

なお、句碑の文字は、子規の直筆を写真版から復刻したものです。

呉市

解説の通り、呉の街の詩情があふれている。

（平成一七年一一月一四日稿）

2　正岡子規宮島の碑

一

「いい天気が続くから、どこか近場で紅葉狩りに行こうか」という夫の提案に、「賛成！　宮島がいいんじゃない？」私は即座に答えた。宮島にも正岡子規の句碑があることを知り、近々行きたいと思っていたからだ。平成一七年一一月二二日（いい夫婦の日）を選んで、早速出かけることにした。

子規の宮島を詠んだ句は、『子規全集』（一巻～三巻〈講談社〉）で数句拾うことができた。

厳　島

ゆらゆらと回廊浮くや秋の汐（明治24年）

宮　島

沖中や鳥居一つの冬木立（明治26年）

厳　島

海の上に初雪白し大鳥居（明治27年）

宮　島

汐満ちて鳥居の霞む入江哉（明治28年）

これら『全集』にある句は、彼の句集『寒山落木』に収められている句である。ほかに、『全集』一巻の巻末に、〃抹消句〃として挙げられている中に、

宮島の鳥居平たし秋の汐

という句もあった。

また、『全集』三巻の巻末に、碧梧桐の「獺祭書屋俳句帖抄」上巻が収められており、

宮島の神殿はしる小鹿かな

宮島の鹿を詠んだ句も沢山あるが、「神殿はしる」と迄極端に言ったのはあるまい。この句の面白い處は極端に言った處にある。

とあった。『子規全集』に入れられていない句も沢山あることが想像できる。

これらの句の中、句碑になっているのは、「汐満ちて鳥居の霞む入江哉」の句で、場所は千畳閣のある丘にある（岩崎文人著『広島の文学』〈溪水社〉）ということであった。

二

晩秋の好天に恵まれて、広電宮島線から連絡船に乗り継いだ。船内は、宇部から来たというツアー客でいっぱいであった。デッキに立って、心地良い海風を感じながら宮島を望んだ。汐は満ちて凪いだ海に忽ち大鳥居が間近になった。所々紅に染まった弥山を背に、朝の陽を浴びた鳥居の朱がまぶしい。

栈橋に着くや、はやる心で千畳閣に向かった。平日だというのに、さすが紅葉のシーズン、観光客の多さに驚く。千畳閣表入口の石段を登っていく。さして広くない千畳閣の回りを一周し、五重の塔にかけて塔の丘を隈無く捜してみたが、それらしい碑は見当たらない。千畳閣の入口にいた若い神官の方に尋ねてみたが、わからないという。直ぐさま裏通りへ下りて役場の観光課を訪ねた。現在観光課は宮島栈橋の二階に変わっているということで、役場の方に尋ねても不案内とあって、全く途方にくれてしまった。再び裏通りのもう一つの入口から塔の丘へ上ってみた。江戸時代から二〇〇年も美しさを保っている〝龍髯《りゅうぜん》の松〟に感動しながら、その前にある塔之岡茶屋に入って尋ねた。茶屋のご夫婦の親切な説明でやっと存在が明らかとなった。

最初に登って来た石段の左手、ちょうど厳島神社入口前にある馬屋の上に当たる茂みの中に建立されているが、現在はその場所が崩落の危険があるので、入れないようになっているという。確かめてみると、金属性のフェンスでしっかりガードされ、入口に鍵がかかっていた。「もう何十年も前になりますが、子供たちが小さい頃は恰好の遊び場でした。最初は長方形の碑でしたが、途中からなぜか丸っこい自然石に変わりました。」など話していただいたが、がっかりしてしまった。それにしても、人命が大切なことはわかるけれども、折角の句碑が何年も日の目を見ないで取り残されているなんて、子規も寂しく思っていることだろう。世界文化遺産となって厳島神社の維持も大変だろうが、こうした小さな文化遺産が忘れられていることに憤りを覚えた。何とか別の場所に移すことはできないものかと念じつつ、塔の丘を下った。

三

満たされぬ思いのまま、紅葉谷に向かった。朱塗りが黄色く色褪せてきたもみじ橋が見えてくると、一気にあたり一面燃えるような紅葉が広がった。小春の陽に、樹木全体が真紅に輝いているもみじに、赤、朱、橙、黄のグラデーションが美しいいろはもみじが映え、まだ緑を残すうりはだ楓も混じって、絶妙に織りなす錦に感嘆の声をあげた。宮島はまさに紅葉のピークであった。

紅葉のトンネルをくぐりながら、漸く心は癒やされ、藤の棚公園を通って平松茶屋のある丘に登って行った。天皇陛下や皇太子殿下が展望されたという丘まで来ると、視界は開け、さすがに絶景であった。眼下の紅葉の下に明るい海が開け、海に浮く社殿と大鳥居が違った角度で美しく、対岸の山々や街並みも雄大に輝いて見えた。

椅子に腰を下し、子規の句を口ずさんでみた。「沖中や鳥居一つの冬木立」「海の上に初雪白し大鳥居」、冬の大鳥居に注目したこの二つの句は、こうした少し高い位置から眺めた句ではなかろうか。「ゆらゆらと回廊浮くや秋の汐」と「汐満ちて鳥居の霞む入江哉」の句は、宮島口から連絡船で宮島に向かう船上からの光景を詠んだのではなかろうかと、今朝の経験から思った。

特に、碑に刻まれているという「汐満ちて……」の句は、明治二八年春の作であるから、子規が従軍記者として宇品港から出陣する前、約一か月広島に滞在した間に訪れたものと思われる。それ以前の句は、恐らく学生時代に郷里松山から東京へ行く折などに広島経由で立ち寄ったものだろう。今朝船上から見た大鳥居は、汐満ちた入江にくっきりと鮮やかに輝いていたが、春には、「鳥居の霞む入江」という光景であろうなという気がした。いずれの句も、写実に徹した子規の詩情が味わい深く迫ってきた。

あの茂みに眠っている句碑の裏面にはどんな説明が書かれているだろうかと、複雑な思いでしばし感慨にふけった。

（平成一七年一二月八日稿）

3　正岡子規尾道の碑

一

一月末（平成一八年）Tさんのお世話で、UさんSさんと共に、尾道市立美術館で開催されていた「戦後六〇年　無言館　遺された絵画展」を鑑賞した後、念願の〝文学のこみち〟を訪れる機会があった。幸いにも尾道市在住でその方面に詳しい、二七会（野地潤家先生ご指導の研究会・読書会）の友人Kさんがご案内くださることになった。おかげで尾道の本通り、美術館、〝文学のこみち〟を順序よくゆったりと巡ることができて、有意義な一日を過ごした。

〝文学のこみち〟は、尾道を愛した多くの文人たちが残した詩歌や小説の断章などを、文学碑として、千光寺山中腹の遊歩道のかたわらの岩に刻み、一キロ余りにわたって整備されたものである。昭和四〇（一九六五）年から四年間をかけて、尾道青年会議所によって建設され、尾道市へ寄贈されたものだという。古くは、江戸時代の十返舎一九や菅茶山、頼山陽など、また尾道に住んだことのある志賀直哉、林芙美子、中村憲吉を始めとして、正岡子規、山口誓子、吉井勇、鷹羽狩行等々、二六基の文学碑が点在している。広島近傍ではこうした場所は稀で、文学を愛する者にとっては恰好の宝庫となっている。

二

私たちは、Kさんの案内で長江口から一五分毎に運行されているロープウェイに乗った。雨《あま》もよいでいささかもやがかかっていたものの、尾道の町が眼下に開け、尾道水道を隔てて向島や因島の美しい眺めが展望された。「真下に見える大きな三重の塔は、天寧寺の海雲塔です」というガイドさんの声が終わったと思ったら、またたく間に千光寺公園の山頂に到着した。

あたり一帯は、石畳やコンクリートで立派に整備されていた。「文学のこみち入口」と案内されている石柱の所から、岩伝いに曲りくねった細い道を下っていく。徳富蘇峰、前田曙山の碑を過ぎると、目ざす正岡子規の句碑に行き当たった。高さ約一メートル、幅一・五メートルくらいだろうか。おむすび形の花崗岩の自然石が、古松をバックにでんと坐っている。茶色っぽい岩肌にはかなり苔が着き、趣きがある。その正面の岩肌をやや滑らかにして、句が三行書きでくっきりと刻まれていた。

のどかさや　小山つゝきに　塔二つ
子規

かたわらに立てられている解説には、

松山の人、俳誌「ホトトギス」を発刊、俳句革新の大先達となった。
この句は、日清の役に、日本新聞の従軍記者として尾道を通過したときの作で、西国寺の三重塔と天寧寺の海雲塔を眺めたものであろう。

と記されていた。

三

正岡子規は、日清戦争従軍に当たって、広島の宇品港から出陣している。子規の「陣中日記」（旧版『子規全集』九巻〈改造社〉）によると、明治二七年三月三日に東京を発ち、途中大阪、神戸に立ち寄って、六日に広島入りしている。

六日朝福山の城を車窓の外に見る。
　裾山や畠の中の梅一本
正午広島に着く。話には聞きしものから先つ年遊びたる広島とは異なり。雑閙言はん方なし。

とあり、この後広島や呉の記述はかなり詳しい。右のように福山についての記述はあるが、同じ時通過して句は残されているのに尾道の記述はない。恐らく「陣中日記」であるから、城があり、陸軍の連隊のあった福山については取り上げられたが、商業都市尾道については省かれたのではなかろうか。

なお、この「のどかさや」の句は『子規全集』（一二巻〈講談社〉）に掲載されている。

四

のどかさや　小山つゝきに　塔二つ

山陽本線下りに乗って福山方面から尾道に入ってきて、「海が見えた。海が見える。五年振りに見る尾道の海はなつかしい」といったのは林芙美子であったが、これは南側の車窓からの眺めである。北側の車窓からは、海に迫っている浄土寺山を過ぎると、千光寺山の麓に広がる尾道の街が開けてくる。やたらお寺の屋根が目につく。確かに、小高い位置にある西国寺の三重塔と、続いて見える千光寺山腹にある天寧寺の海雲塔がひときわ目立っている。いずれも大きな古刹の塔で、国の重要文化財でもあり、尾道を代表する文化財である。

子規のいう「小山」とは浄土寺山であろう。その小山を過ぎると街が開け、「つゝきに（つゞきに）」「塔二つ」が目に入ったと思われる。今や早春で、千光寺山麓は霞んでいたであろう。その中にきわ立つ二つの塔、まさに「のどかさや」である。現在でも、尾道は車窓から眺めても、街を歩いてみても、静かで落ち着いたのどかな街である。

子規は、広島へ向かう途中通過したに過ぎない尾道の街を瞬時に的確にとらえて、一七文字でみごとに収めている。写生に徹し俳聖と呼ばれた子規とはいえ、これほど巧みにさらりと表現していることに深い感動を覚えた。ここにもまた一つ、尾道の魅力を発見した。

五

Kさんのおかげで、その他多くの碑をゆっくりと巡って、それぞれの作者の詩情が伝わってきた。尾道は私の故郷で訪れる機会も多いが、墓参りなどを済ますとあわただしく帰ってしまう。久々に尾道の情趣を心ゆくまで満喫した。そして、文学史に名をとどめた人たちが尾道を訪れ、あるいはここに住んで、多くの作品を残したことを思うとき、改めて尾道の風土がしのばれ、尾道のよさを再認識して帰った。

（平成一八年二月二八日稿）

4　水原秋櫻子の碑

一

フェリーは音もなく竹原港を離れた。一二時三〇分発大崎上島垂水港行き。海は鏡のように凪いで、さざ波がきらきらと輝き、船は静かに進む。一〇月初旬、白露も過ぎ爽やかな秋晴れを期待していたが、秋の雲はふんわり浮かんでいるものの空は何となく霞んで、少々汗ばむ陽気である。

行く手右側に緑濃い島が近づいて来る。少し迂回すると、白砂の浜が現れ、山の中腹にはバンガローも点在する。位置的に秋櫻子が訪れた生野島であろう。その向こうに目ざす大きな島が横たわり、遠く町並の混んだ集落も見える。あの辺りが垂水港であろうか。

今年（平成二〇年）二月二二日付の中国新聞に、「秋桜子の足跡後世へ／大崎上島長男招き句碑除幕」という見出しの記事があった。遠い島という気がしてあきらめていたが、最近になって思い立った。本通りの〝夢プラザ〟で大崎上島の観光パンフレットを集め、大崎上島観光協会に電話して伺ったら、ありがたいことに教育委員会から関係資料を送ってくださった。漸く暑さもやわらいだので、友人を誘って思い切って出かけて来た。

二五分で垂水港に着いた。素朴な感じの島である。この辺り東野を五分ばかり西へ走ると、大崎上島町役場があり、その近くに句碑が建立されていると聞いていた。しかし、なかなか見つからず、役場の観光課で尋ねる。課長さんがわざわざ現場まで案内して説明してくださった。

町役場の裏、海を目の前にした保健福祉センターの前庭に真新しい碑が、二基の台座石の上に載っていた。碑石は、青緑の波模様の浮いた青石で、縦一メートル、横二メートルほどの菱形状。みかんの島ならではの句が潮の香ただよう海に向かって建っていた。

蜜柑島
　めぐる
潮の瀬
　激ち合ふ
　　　秋桜子
　　春郎書

読み易い、ていねいな文字が白く刻まれている。秋櫻子の長男、水原春郎氏の筆である。秋櫻子の人柄がしのばれるような温かい感じの碑であった。

除幕式の資料によると、平成二〇年二月一七日、町俳句協会が「埋もれた文化遺産を掘り起こそう」と句碑づくりを企画し、長男春郎氏ご夫妻を招いて除幕式が行われた。中国新聞に、除幕式で、大崎上島町俳句協会の石本嘉隆《よしたか》会長は、「秋桜子のまいた文化の種が実を結ぶよう活動の輪を広げたい」と話し、春郎氏は「父もこの地域を気に入っていた。生野島を望む場所に句碑を建ててもらい、喜んでいるのではないか」と感謝していたとあった。当日このあと、春郎氏の講演「水原秋櫻子について」があり、午後から俳句大会も行われたようである。

二

水原秋櫻子は昭和二八年一一月二三日、「馬酔木」の同人秋光泉児氏の招待により、西隣大崎下島の大長（現在呉市豊町）を訪れ、翌二三日に秋光泉児氏らとともに、生野島の阿伊庵を訪ねている。この時詠まれた一句が句碑に刻まれたのである。秋櫻子は、この句について、当時の模様を『自選自解水原秋櫻子句集』に詳しく述べている。

蜜柑島めぐる潮の瀬激《たぎ》ち合ふ

翌日快晴、機帆船一艘を仕立てて、海上五里をへだてた生野島《いくのしま》へ吟行した。機帆船というのは、蜜柑などを積んで、神戸や大阪まで運んでゆく船で、二、三十人は楽に乗ることができる。宮原双馨君はじめ、「早苗」の人達や、附近の島の人達が同乗した。

船旅は、島のあいだを縫ってゆく。大きい島もあれば、実に小さい島もあるが、どれも蜜柑の収穫季で、海岸には蜜柑倉と呼ばれる貯蔵庫が見える。この蜜柑を積載して、大長島の選果場に運んで来るのを農船《のうせん》というのである。

島のあいだは狭いから、これをめぐる早瀬は到るところでぶつかり合い、はげしい潮を立てたり、渦となって廻ったりする。それはきのう音戸の瀬戸で見たよりも、一層はげしいものであった。しかし、船はその潮を横切っても、格別動揺することもなく、この船路はまことに快適である。島の岩には鷗が並び、折々二、三羽が離れては、船の上を舞いめぐっていた。

（『水原秋櫻子全集』第一三巻〈講談社〉より）

秋櫻子の訪れた生野島は、大崎上島東部のすぐ北向かいにある小島である。昭和一〇年、迦洞無坪《かとうむへい》（一八九一―一九四七）という陶芸家が陶窯をひらき、阿伊庵を構えていた。秋櫻子はここで、次の句を詠んでいる。

落葉聴く豊頬《ほうきょう》陶土観世音

この庵にはすでに主はなく、仏間に陶土を彫った仏像が四、五体遺作として安置されていた。秋櫻子は、「（前略）観世音が殊に美しく、しばらくはその前を去ることができなかった。彫刻の方でも、年期をかけて本格的の修行をした人らしかった。／庵をかこむ木々は、葉を落しはじめていた。何の木であったか忘れたが、こういう暖かい島のことだから、落葉の早い種類にちがいない。その落葉の音を観世音がきいていることにして、この句を詠んだ。」（同書）と解説している。

私たちがあとで訪れた望月邸（〃海と島の歴史資料館〃）にも、迦洞無坪氏の聖徳太子像が展示されていた。陶土を彫られたこの像もやわらかく表現され、輝くような美しさが漂っていた。

秋櫻子は生野島で、このほかに次の句を詠んでいる。

碧天を蜜柑ちりばめ島険し
三宝柑冬麗撓《たわ》む一樹あり
鶺鳴けり彫りのたしかに陶土佛
菊寂びて浄らなるかな陶土佛
枇杷咲いて陶窯残る素焼など

（『水原秋櫻子全集』第三巻による）

みかんのたわわに実っている生野島、陶土仏、窯跡などのたたずまいが、色彩鮮やかに、清澄な調べで詠まれている。

また、秋櫻子は昭和三二年一一月にも大長を訪ねており、その帰りに大崎上島で詠んだ句が、句集『蓬壷』に収録されている。

二十二日、大長島発。大崎上島にて

艀《はしけ》来て新酒一壷を載せ帰る

冬潮の渦の隅なり鯥《めばる》港

河豚《ふぐ》釣のおどろく波の波止《はと》にたつ

（『水原秋櫻子全集』第四巻による）

大崎上島の港の風景がみごとに詠み込まれている。

三

中学校国語の俳句単元には必ず掲載されていた秋櫻子の俳句は、明快なリズムと明るく清澄な印象から、中学生にも愛されていた。

水原秋櫻子は、明治二五（一八九二）年東京神田の産婦人科病院を経営する医家に生まれる。大正七（一九一八）年東京帝大医学部を卒業、東京帝大血清化学教室、産婦人科教室を経て、昭和三（一九二八）年昭和医専教授となり、宮内省侍医療御用掛を務める。大正一五年（三四歳）には、医学博士の学位を授与されている。また、家業の産婦人科医院、産婆学校の経営にも携わった。

一方、医業の傍ら俳句に親しむ。大正八年「ホトトギス」に入り、虚子の指導を受けて高野素十、山口誓子、阿波野青畝とともに、「ホトトギス」の四S時代といわれる黄金時代を築いた。昭和六年虚子のとなえる客観写生に対して、主観写生を主張、虚子とは袂を分かち、九年からは「馬酔木」を主宰する。

昭和二七（一九五二）年、六〇歳還暦を迎えて一切の医業から退き、俳句に専心する。三七年から一六年間俳人協会会長をつとめ、五三年名誉会長となる。三八年日本芸術員賞受賞、四一年日本芸術員会員となる。

句集は処女句集『葛飾』をはじめ、『霜林』『残鐘』『蓬壷』など二一集を数え、多数の評論や随筆集もあるが、五四年には『水原秋櫻子全集』（全二一巻〈講談社〉）が完結している。

昭和五六（一九八一）年七月一七日、急性心不全のため永眠。享年八八歳。

秋櫻子の句（『水原秋櫻子全集』第一巻～第五巻）を読んで、藤田湘子氏の『秋櫻子の秀句』〈小沢書店〉を参考にして味わった。

秋櫻子は「俳句は抒情詩である」という主張にもとづいて、それまで忘れられていた青春性を俳句にもたらしたといわれている。

　啄木鳥や落葉をいそぐ牧の木々

春愁のかぎりを躑躅燃えにけり
桑の葉の照るに堪へゆく帰省かな

昭和五年に出版された『葛飾』では、感覚のみずみずしい句を発表し、多くの読者を惹きつけた。俳句は戦時下一時下火となったが、虚子や秋櫻子が中心となり、戦後復活に大きな力となった。

冬菊のまとふはおのがひかりのみ
野の虹と春田の虹と空に合ふ
伊豆の海や紅梅の上に波ながれ
吊橋や百歩の宙の秋の風

昭和二五年刊行の『霜林』には円熟味を増した名句が沢山収められている。二七年には還暦を迎えて一切の医業から退き、九州中四国方面の長い旅に出ている。『残鐘』にはそれら旅の句が多く見える。

堂崩れ麦秋の天藍《あい》たゞよふ

薔薇の坂にきくは浦上の鐘ならずや

など長崎での句が多いが、宮島での句も一九句見られる。

端午とて弥山の鷹のこゑすなり

前書きに「岩惣に泊る。二十八日朝四句」とある。厳島神社宝物館の句もある。

花楓紺紙《こんし》金泥経《こんでいきょう》くらきかも

二八年には、「馬酔木」の鍛錬会と称する二泊三日の吟行句会が方々で行われたようである。それらの句は『帰心』に収められているが、大崎上島の句碑に採られた一連の吟行も、その頃のものであろう。「蜜柑島」と題して二一句も詠まれている。先に挙げた生野島での七句のほか、音戸の瀬戸で三句、秋元泉児氏に招かれた大長での句が二一句もある。三〇年代に入っても、旅吟につぐ旅吟で、句集も旅行吟が多い。三四年刊行の『蓬壷』に、再度訪れた大崎上島での句も収められていた。

三九年刊行の『晩華』には、静かな情趣の老境を感じさせる句も見られるようになる。

十六夜の竹ほのめくにをはりけり

昭和四八年狭心症発作で入院して以来体調がままならず、得意な風景の句から、不得手な人事や生活の句へと移っていった。

餘生なほなすことあらむ冬苺（『餘生』）
牡丹浄土舞ふ蝶のみを許しけり（『蘆雁』）
いわし雲いづこの森も祭にて（『うたげ』）
福寿草花全きを卓に置く（同）
手のひらのわづかな日さへ菊日和（同）
膝の上に日溜りつくる菊日和（同）

これら晩年の句の老境のイメージを山本健吉氏は「きれい寂《さび》」（寂の本質の中に含む華麗さ）と評したそうだが、全くそうだなあと感じ入った。

この度大崎上島の句碑を訪ね、久々に秋櫻子の句を味わうことができた。秋櫻子の句はむずかしい句はなく、すっと胸に入ってきて、ひびいてくる。清々しい心もちになった。

初めて訪れた大崎上島は、かつて造船や海運、塩田などで栄えた豪商のあとも見られ、さまざまな碑石もある文化の香り高い島であった。本州から橋でつながっていないだけに観光化されておらず、今後の開発が期待される島だと思った。

（平成二〇年一〇月一七日稿）

5　牧野富太郎の碑

一

「八幡高原にかきつばたを見に行きませんか。」という友人の誘いに、喜んで出かけた。平成二〇年六月上旬、梅雨入り前のよく晴れた日であった。

広島市街地から湯来に出て、安芸大田町筒賀に向かう。県道四一号線、川沿いの道路は山が急に迫って、高い山に囲まれる。山県郡内の山は杉や檜が多く、傾斜が急で、きれいに植林された濃い緑の高い山がそそり立つ。

筒賀の大いちょうを見て、〃グリーンスパつつが〃で昼食をとる。戸河内から一九一号線をひたすら北上、深い山々が続く。この道はあじさいロード。まだ咲き初めながら、瑠璃色、ピンク色、白色と切れ目なく山裾を彩っている。深入山を過ぎ、北広島町に入ると、急に高原のたたずまいとなった。高度はかなり高くなっているのであろう、山は低くなだらかになった。聖湖を左に見て、右手に臥龍山が見えてきた。
「先に臥龍山に登ってみましょう。」と急に右手の狭い道に入り、くねくねと曲りながら登っていく。明るい若緑に覆われた山道は、一面のぶなの原生林である。ちらちらと木洩れ日もこぼれて、心洗われるような爽快さ。相当年を経た太い古木もある。林間教育で度々訪れた比婆山のぶな林では、こんな古木は見なかった。所々に天狗の団扇のような栃の木も見られる。途中歩いて登っているハイカー達とも会った。「八合目の駐車場においしい水がありますよ。」という友人の言葉を楽しみに、間もなく駐車場に着いた。ちょうど土曜日とあって、車が沢山駐車している。岩の間からこんこんと湧き出ている〝雪霊水〟。硬度5ｐｐｍの軟水で有機物が少なく、お茶やコーヒー、料理に適しているとある。何と、大きなボトルを抱えた人達がずらりと並んでいる。期待は裏切られたが、大地に足を踏ん張って新鮮な空気を思い切り深呼吸する。寿命が何年か延びそうな森林浴であった。

二

臥龍山から八幡高原に向かう。広々とした緑の原野が広がって、その中を真っ直ぐな道路が東西に走っている。東に進むと、道の辺に車が何台か停まって、人々も足を留めている。左手一帯にかきつばたが見えてきた。澄んだ空の下、緑の中にちりばめたように紫色の花が初夏の日に輝いている。かきつばたは燕子花と書くが、まるで緑の上を燕が飛んでいるようだ。この花は古来歌に詠まれたり、物語に出てきたりするせいか、古への郷愁を誘われるような、何か落ち着いたムードがあり、心が和む。

ここ〝カキツバタの里〟は、約一・七ヘクタールの休耕田に二〇万本が植えられ、最盛期には紫色の絨毯に覆われるという。もともとこの辺りの湿原はかきつばたの自生地であるが、現在この里は住民によって大切に栽培されていると掲示されていた。

ここからさらに進んでいくと、右手に広い芝生の公園が開けてきた。臥龍山麓八幡原公園とある。ふと見ると、石碑が見える。小踊りして近づいてみると、何と句碑である。臥龍山をはるか背にし、焦茶色のぼこぼこした楕円形の碑石と、矩形の花崗岩が並んでいる。碑石は横一メートル余り、縦〇・八メートルほど、表に黒曜石板がはめ込まれ、変体仮名混じりの白い文字が大きく彫り付けられている。

衣にすりし
　昔の里か
　　燕子花
　　　牧野結網

昭和八年六月四日
　藝州八幡村かきつばた自生地にて

横の、同じ高さで幅五〇センチほどの石には、白い銘板がはめ込まれ、上に写真が、下には次のような解説が書かれていた。

　世界的な植物学者、牧野富太郎博士（一八六二―一九五七）は、高知県佐川町に生まれた。幼少から生家に近い越知町横倉山を中心に独学で植物の研究を始め、九十五歳の全生涯を植物一筋に捧げた。

　博士は全国を踏査して植物を採集されたが、この八幡高原には昭和八年と昭和十二年の二回足を運ばれた。初めて来られた昭和八年六月四日、上田郷の湿地一面に咲くカキツバタの自生

地を見て感激され、紫の花汁を自分の着ていたワイシャツに擦りつけ句を詠まれたという。
この度、自然と人間の共生をねがう越知町と芸北町との交流が始まり、友好の証に越知町から土佐の石が寄贈された。その石に、博士自筆の句を刻み、八幡の自然を永く保全し、慈しむ礎としたい。

平成十一年六月四日

牧野博士八幡来訪六十六年目の日に

芸北町

牧野博士句碑建立委員会

この句碑は牧野富太郎博士のものであった。銘板の写真は、昭和一二年、臥龍山頂での牧野博士を中心にした九名の研究者の写真である。思いがけず八幡高原に文学碑があったとは！この奇遇な碑との出会いに、しばらく感動が収まらなかった。

この碑石と銘板の周りには、低い笹が小石を組んだ囲いの内側に植えられている。ここから五メートルばかり左に、〃八幡高原文化の道〃という掲示板があり、牧野博士の「植物知識」（講談社学術文庫）からの抜粋が紹介されていた。

広島県安芸の国（県の西部）の北境なる八幡村で、広さ数百メートルにわたるカキツバタの野生群落に出逢い、折ふし六月で、花が一面に満開して壮観を極め、大いに興を催し、さっそくたくさんな花を摘んで、その紫汁で、ハンケチを染め、また白シャツに摺り付けてみたら、たちまち美麗に染まって、大いに喜んだことがあった。その時、興に乗じて左の拙句を吐いてみた。

・衣に摺りし昔の里かかきつばた
・ハンケチに摺って見せけりかきつばた
・白シャツに摺りつけて見るかきつばた

（以下略）

この後に次のような解説があった。

句碑は多くの皆さまの寄付によって建立されました。高知県越知町から、博士のふるさとの仁淀川流域で産出された土佐の青石を、高知県立牧野植物園から、壽衛夫人に因んで命名されたスエコザサを寄贈されました。

三

八幡高原で牧野博士の句碑に出会ったことを、「じゅんや博士　読書、文章作法の会」のHさんに話したところ、「カキツバタ一家言」（『花の名随筆6六月の花』〈作品社〉）という牧野博士の随筆をコピーして送ってくださった。この中に奇しくも八幡村のカキツバタとの出会いの話も詳しく書かれていた。

（前略）私はつらつらそれ（筆者注・かきつばた）を眺めているうちに、わが邦上古にその花を衣にすったということを思い浮かべたので、そこでさっそくにその花葩《はなびら》を摘み採り、試みに白のハンケチにすりつけてみたところ少しも濃淡なく一様に藤色に染んだので、さらに興に乗じて着ていた白ワイシャツの胸の辺へもしきりと花をすり付けて染め、しみじみと昔の気分に浸って喜んでみた。私は今この花を見捨てて去るのがものうく、その花辺に低徊しつついるうちにはしたなく次の句が浮かんだ。この道にはまったく素人の私だから、無論モノにはなっていないのが当り前だが、ただ当時の記念としてここにその即吟を書き残してみた。

（八幡高原に書かれていた三句に続いて）

・この里に業平来れば此処も歌

・見劣りのしぬる光琳屏風かな
・見るほどに何となつかしかきつばた
・去《い》ぬは憂し散るを見果てむかきつばた

なんとつたない幼稚な句ではないか。書いたことは書いたが背中に冷汗がにじんできた。

牧野博士は八幡湿原のかきつばたの群落に感激されて、「わが邦上古にその花を衣にすったということを思い浮かべ」られ、すぐに自らも試みて「しみじみと昔の気分に浸って」喜ばれた。植物研究一筋に生きられた方でありながら、古典にも精通し、風雅な心を持っておられることに、深い感銘を受けた。このことは、『万葉集』巻七にある「住吉の浅澤小野の杜若《かきつばた》衣に摺りつけ着む日知らずも」（『日本古典文学大系萬葉集二』〈岩波書店〉による）の歌を思い出されてのことであろう。

さらに、博士の詠まれた「この里に業平来れば此処も歌」の句については、『伊勢物語』を念頭においておられることは明らかである。

『伊勢物語』九在原業平の、人口に膾炙されている章である。

むかしをとこありけり。（中略）

三河の国、八橋といふ所にいたりぬ。……その澤のほとりの木の蔭に下りゐて、乾飯食ひけり。

その澤にかきつばたいとおもしろく咲きたり。それを見て、ある人いはく、「かきつばたといふ五文字を句の上にすへて、旅の心をよめ」といひければ、よめる。

　から衣きつゝなれにしつましあればはる〴〵きぬる旅をしぞ思ふ

とよめりければ、皆人、乾飯のうへに涙おとしてほとびにけり。

（『日本古典文学大系　竹取物語　伊勢物語　大和物語』〈岩波書店〉による）

　また、「見劣りのしぬる光琳屏風かな」の句については、世で絶賛されている尾形光琳の、かきつばたの屏風の絵さえ、八幡のかきつばたに比べると見劣りがするとまで言われ、「去《い》ぬは憂し……」と詠まれた心情を知って、いかに八幡湿原のかきつばたに感動されたかを伺い知ることができた。

　この度かきつばた見物に来て、芸北町（現北広島町）の自然と文化共存の取り組みに敬服した。とりわけ私の求めている文学碑に思いもかけず巡り合うことができ、しかも今日めざしてきたかきつばたに関わる句碑であったこと、さらに、Hさんから送って頂いた随筆にそのことが記されていたこと、何か不思議な因縁のようなものを感じ、この上ない喜びであった。

　かきつばたの碑との出会いと、あの心に焼きついたかきつばたの原の美しい眺めは、生涯私の心から消えることはないであろう。

（平成二〇年七月一五日稿）

6　山頭火瀬野の碑

一

平成二〇年の「じゅんや博士　読書、文章作法の会」一月例会で、『山頭火・風のうた』（和田純一著〈ひじかわ開発株式会社〉）を拝借することができた。これは、〝風への想い〟というテーマで風に関わる小説やエッセイ、詩集や句集など、野地潤家先生のご蔵書十数冊を図書目録とともに紹介、回覧された中の一冊である。先生は折にふれてこうした試みをなさり、会員は本を拝借して読書したり、作文の素材にしたりしてきた。私は、ちょうど山頭火の句碑について書こうとしていた矢先だったので、早速お借りしたのだった。

この本は、愛媛県出身で当時伊予郷土研究会会長を務めておられた和田純一氏が、平成九（一九九七）年、山頭火の風に関する句を集めて出版されたものである。これは愛媛県肱川町が風を町のテーマとしており、風の博物館ができたことから企画されたという。膨大な山頭火の全俳句の中から、大変な作業を経て三一五句を選んでおられる。

「漂泊の俳人」山頭火は、自然を多く素材にしたが、「旅ごろも吹きまくる風にまかす」という句に見られるように、その行乞姿に「風の俳人」という感じを受ける。

春風の鉢の子一つ
けふもいちにち風を歩いてきた
風の中声はりあげて南無観世音
何を求める風の中ゆく
春風の扉ひらけば南無阿弥陀仏
風を聞きをり水仙の香のほのかなる
噛みしめる飯のうまさよ秋の風
風は海から吹きぬける葱坊主
月から風が穂すゝき
酔ざめの風がかなしく吹きぬける

いい句がいくらでもでてくる。

二

うしろすがたのしぐれていくか

山頭火といえば、網代笠に墨染の衣をまとい、ゲートルに地下足袋、右手に棕櫚《しゅろ》竹の杖をついたうしろ姿が、この句とともに頭に浮かんでくる。この写真は、俳友の近木黎々火氏が山口県の長府で撮影したものだそうだが、行乞行脚を続けた山頭火が偲ばれる。

山頭火は、本名種田正一。明治一五（一八八二）年現在の防府市八王子に生まれる。父竹治郎は、村会議員、役場の助役を務めた村の顔役。母はフサ。二〇歳で嫁ぎ三二歳で亡くなるまで三男二女をあげている。山頭火は佐波村立松崎小学校に入学。次いで私立周陽学舎に入学し首席で卒業、県立山口中学校四年級へ編入した。大志を抱いて早稲田大学の前身私立東京専門学校に進み、明治三五（一九〇二）年九月早稲田大学文学科へと進級した。しかし、一年級を未済のまま退学し帰郷している。

山頭火は一一歳のとき、母の自宅井戸に投身自殺という衝撃的な出来事にあい、心に暗い翳を落とすことになった。明治三九（一九〇七）年佐藤サキノと結婚。母の死後も父の放蕩は止まず、大地主だった種田家も没落。明治四〇年屋敷を処分し、南西に九キロほど離れた大道村に移り、父とともに酒造で再起をはかった。四三年には長男健が誕生する。

大正二（一九一三）年自由律俳句の萩原井泉水に師事し、「層雲」に出句。後選者の一人となる。大正五年種田酒造は倒産し、山頭火は妻子を連れて熊本へ移り古書店を営む。大正八年三七歳のとき、妻子を残したまま上京、それが原因で大正九年に離婚となる。東京では一ツ橋図書館に勤務したが、大正一二年の関東大震災にあい、熊本に戻って、熊本の曹洞宗報恩寺で禅門に入り、出家得度。熊本県植木町味取の観音堂の堂守として過ごした。しかし、安住できず、大正一五（一九二六）年遂に当てのない放浪の生活が始まる。

分け入つても分け入つても青い山

以後放浪流転の繰り返しで、各地を行乞して歩き、「層雲」の俳友に助けられながら句作に励んだ。昭和七（一九三二）年九月、山口県小郡町に其中庵《ごちゅうあん》という草庵を結び、行乞しながら六年間ここに住んだ。山頭火の研究家大山澄太氏は「層雲」を通して山頭火を知り、昭和八年其中庵を訪ね、始めて山頭火と会っている。以後度々ここを訪れ、山頭火も当時大山氏が住んでいた広島へもやって来て、深い親交が始まった。昭和九年から一一年にかけては、何度か東上の旅に出て、全国各地を巡り東北まで足を延ばしている。

昭和一三（一九三八）年其中庵から湯田温泉の風来居へ移ったが、終焉の地を伊予松山に求め、一四年一草庵という草庵を結んだ。四国霊場を巡拝し、昭和一五年五月、国文学者斎藤清衛氏の尽力で一代句集『草木塔』を刊行する。これは、それまでに上梓していた私家版折本句集七冊をまとめたものである。これを携え中国九州の俳友を訪問。同（一九四〇）年一〇月一一日、脳溢血で念願のコロリ往生を遂げた。享年五九歳。

大山澄太氏の労作である『定本山頭火全集』全七巻（昭47〜48〈春陽堂書店〉）、『山頭火全集』全一一巻（昭61〜63同）や『山頭火著作集』全四冊（平8〈潮文社〉）、新しくは『山頭火全句集』（責任編集村上護平14〈春陽堂書店〉）など刊行されている。

うまれた家はあとかたもないほうたる

防府天満宮にほど近い山頭火の生家跡に建てられている句碑が思い出される。

三

昨年（平成一九年）一〇月中国新聞紙上で、「山頭火句碑でまつりを開く」という記事を見た。昭和初期広島市安芸区上瀬野に立ち寄った山頭火を記念して句碑が立てられているという。全く知らなかったので、安芸区に住む友人に尋ねて訪れてみた。

広島市街地から国道二号線を東へ、海田を過ぎ、上瀬野一貫田交差点を熊野跡方面（南）へ右折する。すぐに十字路があり、そこを更に右折。この通りは住宅がぎっしり並んでいるが旧山陽道だそうだ。七〇〇メートルばかり進んだ左側に「山頭火句碑」という小さな標識が立っていた。山頭火が泊ったという町屋風の家と左隣の家との間に、畳一畳ほどの空き地があり、そこにかわいらしい碑があった。

一歩づつ
　あらはれてくる
　　朝の山　山頭火

高さ七五センチ幅二五センチほどのころっとした白っぽい花崗岩に、黒い文字で刻まれている。後に南天、前に万両などあしらわれて、ちょっ

とした小庭風に設えられている。うしろに「俳人種田山頭火と瀬野」という詳しい解説板が立てられていた。

山頭火が瀬野川流域を行乞行脚したのは、昭和八年九月、上瀬野・一貫田に一泊し、俳句十六句と日記を記している。

『九月十九日

曇、小雨がふってゐるが、引き留められたけれど、出立する、……

午後は雨、合羽を着て歩いた、横しぶきには困った、一時半瀬野着、恰好な宿がないので、さらに半里ばかり歩いて、一貫田といふ片田舎に泊った。宿は本業が豆腐屋、アルコールなしのヤッコが味へる。……

今日の行程は五里。

所得は（銭三十銭、米四合）

御馳走は（豆腐汁、素麺汁）二五中ノ上

前が魚屋だからアラがダシ、豆腐はお手のもの。

早くから寝た、どしゃぶりの音も夢うつゝ。

朝がひろがる豆腐屋のラッパがあちらでもこちらでも

ひとりあるけば山の水音よろし
一歩づつあらはれてくる朝の山
……』

以下句は省略されている。残りの句を「瀬野川流域郷土史懇話会」発行のパンフレットから掲載する。

やっと糸が通った針の感触
時化さうな朝でこんなにも虫が死んでゐるすがた
朝の土をあるいてゐるや鳥も
旅は空を見つめるくせの、椋鳥がさわがしい
また一人となり秋ふかむみち
この里のさみしさは枯れてゐる稲の穂
案山子向きあうてゐるひさびさの雨
案山子も私も草の葉もよい雨がふる
明けるより負子を負うて秋雨の野へ

よい雨ふった朝の挨拶もすずしく
ぐっすりと寝た朝の山が秋の山々
秋の山へまっしぐらな自動車で
改作追加
あるくほどに山ははや萩もおしまい

解説板には、このあと山頭火の略歴が紹介され、「一九三三年九月十九～二十日瀬野を行乞　二〇〇三年九月、山頭火句碑を瀬野川流域郷土史懇話会が建立」と記されていた。

『証言風狂の俳人種田山頭火』（大橋毅著〈ほるぷ出版〉）によると、山頭火は昭和八年九月一五日、広島の牛田に住んでおられた大山澄太氏宅を初めて訪れている。日付からして、瀬野での行乞はその時であったと思われる。瀬野での句の中に「また一人となり……」とあり、昭和八年の日記（『山頭火全集』第五巻〈春陽堂書店〉）をひもといて、足どりを確かめてみた。

一五日、岩国・大竹を行乞の後、午後五時大山氏に広島駅で迎えられ、お宅で歓待を受けている。一六日は牛田を散歩して句稿の整理。夜は句友も訪ねて来て、三人で飲んでいる。一七日は三人で五日市へ行き、釣りを楽しんでおり、一八日は、東練兵場で模擬戦を観ている。午後句稿整理。句友が何人も来訪、飲みながら話に花が咲いたようだ。こうした楽しい三日間を過ごして瀬野へやって来たのである。その後は西条方面へ行乞に出ている。

句碑のあるこの通り一帯には、白樺のような白い皮の樹木を斜《はす》に切った短冊状の薄い板に、ここでの一六句が一句ずつ墨書され、家々の表に吊されていた。毎年九月下旬には、「山頭火まつり」が開かれ、山頭火が詠んだ句を懇話会の会員が輪読したり、地元の園児が彼岸花を献花してセレモニーが開かれるそうだ。その後小宴があり、冷ややっこと銘酒「山頭火酒」で乾杯するとか。地元の方々の山頭火への熱い思いと、歴史を次世代に伝えようとする意気込みに心打たれた。山頭火が宿泊した元豆腐屋さんで話を聞きたかったが、留守で残念だった。

四

この道しかない春の雪ふる

私の好きな山頭火の句だ。ある書展に出品した小品を春が近づくと居間に掛けている。折にふれ、淡い春の雪のように挫けそうになる心を「この道しかない」と叱咤激励している。山頭火の歩んだ道もそうだったのではないだろうか。家を捨て、財を捨て、妻子まで捨て、俳句一筋に生と死を見つめて漂泊の旅を続けた境涯。山頭火の一句一句には、彼の寂寥の思いと苦悩が滲み出ている。その強い生きざまと俳句に心惹かれる。今、『山頭火全句集』（村上護編〈春陽堂書店〉）のおびただしい数の句に接して、たじろぎそうになった。これを契機に山頭火の句を少しずつ味わってみたいと思った。

（平成二〇年二月五日稿）

7　山頭火仏通寺の碑

一

三原市の仏通寺にも山頭火の句碑があることを知った。『証言風狂の俳人種田山頭火』（大橋毅著〈ほるぷ出版〉）の中に、「其中庵《ごちゅうあん》慕情」と題して、当時九一歳であった大山澄太氏の証言が載せられている。その中に、山頭火を仏通寺へ案内したという談話があった。

昭和一四（一九三九）年四月一日、山頭火が大山氏宅へやって来た折、二人で訪れている。山頭火は仏通寺の山崎益洲老師と初対面であったが、よく気が合って夜一一時半頃まで六時間も話し込んだという。四月二日の山頭火の日記に、

澄太君に導かれて仏通寺へ拝登する。

山声水声雨声、しづかにもしづかなるかな、幸にして山崎益道（益洲の誤記）老師在院、お目に

かゝることが出来た。
精進料理をいたゞきつゝ、対談なんと六時間、隠寮はきよらかにしてあかるし。（中略）澄太君はやすらかな寝息で睡れているのに、私は、いつまでも眠れなかった、ぢつとして裏山で啼く梟《ふくろう》の声を聴いてゐた、ここにも私の修業未熟があらはれてゐる、耻づべし。

と記し、仏通寺での五句を残している。

あけはなつや満山のみどり
水音の若竹のそよがず
山のみどりのふかぐ〵雲がながれつゝ
塔をかすめてながるゝ雲のちぎれては
ほんにお山はしづかなふくろう

落ち着きのあるいい句を作っている。その後、大山氏は山頭火の七回忌に、仏通寺山内に句碑を建立された。
山頭火は、仏通寺を訪れた一年半後、白骨となってこの地で山崎老師の供養を受けることになった。

山頭火急死の折、大山氏は仏通寺で精神修養の講習会を開催しておられ、葬儀にも参列できなかった。山頭火の一人息子種田健氏は、骨箱を抱いて広島の大山氏宅を訪ね、奥様に別れの挨拶をした後、仏通寺まで来てくれたということだ。奇しき因縁を感ぜずにはおられない。

二

平成二〇年一月下旬、寒中にしては暖かい日ざしの降りそそぐ日、仏通寺に向かった。山陽自動車道三原久井インターに近づくと、周りの山裾に雪が残っていた。二、三日前広島でちらついた雪は、この地ではかなり積もったらしい。山陽自動車道で最も標高の高い地点を物語っていた。

この三原久井インターを下りて、国道四八六号線をやや広島方面へ引き返し、県道五〇号線に入って南西に走る。仏通寺の裏山に当たる所だろうか、深い杉林の中を二〇分ばかり下ってくると、朱色の橋が見え、見覚えのある仏通寺参道に出た。昔、国道二号線から来て以来の仏通寺である。紅葉の頃のにぎわいが頭にあったが、人っ子ひとりいない。冬の仏通寺はまさに閑寂の境。参道に沿った仏通寺川のせせらぎが山間《やまあい》にこだまする。

仏通寺は臨済宗の禅寺である。一三九七（応永四）年の開山。小早川一族の庇護のもと隆盛をきわめ、一時は八八もの塔頭があったが、火災で焼失したという。唯一含暉《がんき》院地蔵堂（国重文）一棟のみが当時の建物だそうだ。

仏通寺川に沿って立ち並ぶ楓の老木は、今はすっかり葉を落として寂しい。趣きある木橋を渡って境内に入る。山を背に凛とした空気のなか、年代を感じさせる仏堂がいくつも並び、厳かで心落ち着く佇まいである。おのずから身も心も引き締まってくる。本堂で手を合わせ、しばらく寺内を巡る。僧堂におられた雲水に山頭火の句碑のありかを尋ねた。

参道を隔てた向い側、自然をそのまま活かした前庭に、長さ二〇メートル程の細長い池がある。水は澄んで緋鯉も動かない。高い杉の木立や、欅、楓などの裸木を通して、池の向こうの築山に句碑らしいものが見えた。高さ一・五メートル幅一メートルほど、薄茶色の自然石そのままの素朴な碑である。台石も築山の一部をなして、ごく自然である。

あけはなつや
　満山のみどり

山頭火

黒い文字が彫られている。四月、仏通寺はまさに満山のみどりの中にあるだろう。山頭火が起き出でて扉を開け放った時の清々しい感慨であろう。碑の裏面には「昭和四十九年四月建之」とある。他の場所にある句碑の写真からして、碑銘は大山澄太氏の筆であろう。周りの自然とマッチした素朴なこの句碑は、いかにも山頭火らしいと思った。

三

村上護著『種田山頭火　うしろすがたのしぐれてゆくか』〈ミネルヴァ書房〉や植山正胤著『山頭火研究』〈渓水社〉など研究者の書物を読んで、山頭火の破天荒で、壮絶な生きざまに驚嘆してしまった。と同時に、非常に読書家であり、学問好きで、当時の文壇にもよく通じていたことに感じ入った。

ところで、山頭火はなぜ出家し、行乞行脚の破天荒な人生を歩んだのであろうか。

彼は漂泊の俳人松尾芭蕉を敬慕し、同じように漂泊行脚の旅をした自由律俳句の師、萩原井泉水や、同門の尾崎放哉を尊敬し、旅を愛した歌人若山牧水をも心の友とした。

山頭火の日記に、「最初の不幸は母の自殺。第二の不幸は酒癖。第四《ママ》の不幸は結婚、そして親になった事」とあり、特異な境遇が影響している。特に母の自殺で、遺体と対面したという衝撃的なできごとがたえず心の底にあったようだ。母の位牌を肌身離さず持ち歩いて、流転の旅を、すべての苦しみを母と共に分け合ったという。また弟の自殺にも遭い、出家した遠因には、母や弟への回向の気持ちもあったのではないだろうか。

また、大正一二年には、関東大震災に遭い、震災の混乱の中で運悪く憲兵に拉致され、巣鴨刑務所に留置されるという体験もあった。

彼に転機をもたらしたのは、大正一三（一九二四）年、泥酔して仁王立ちになり電車を停めて、禅寺に連行されたという事故を起こしたことである。それを機縁として禅門に入った。俗世間にあっては煩悩を断つことができないから出家したはずだが、観音堂の堂守という出家の世界にも安住の居場所はなかったようだ。大正一五年、「解くすべもない惑ひ」――煩悩――を背負って、「行乞」――乞《こつ》食《じき》を行《ぎょう》ずる――の旅に出たのである。

しかし、「分け入つても分け入つても青い山」で、歩けども、歩けども彼の心は常に矛盾・懺悔を生んだ。「我家に帰つたやうな気持ちで穏やかに坐つておられる境地」（日記）を得るために苦しい放浪の旅を続けた。それは「徒歩禅」――禅的修業――であったが、最後まで悟りは得られなかったのではないだろうか。そうした旅の中で、俳句を作り続け、「句作行」――句作が禅的修業――となって、行乞によって独自な俳句世界を切り開いたのである。

四

　山頭火俳句のエッセンスといわれる『草木塔』は、彼が熊本報恩寺で出家得度した大正一四（一九二五）年から、昭和一四（一九三九）年九月、松山一草庵に落ち着く直前までの七〇一句が収められているという。この一代句集は、折々にまとめていた折本自家集七冊（「鉢の子」「草木塔」「山行水行」「雑草風景」「柿の葉」「孤寒」「鴉」）を集成したものであった。この本の巻頭には、「若うして死をいそぎたまへる母上の霊前に本書を供へまつる」とあり、山頭火の心の中に、亡き母の存在がいかに大きかったかが伺われる。

　『山頭火全句集』（村上護責任編集〈春陽堂書店〉）の最初に収められている『草木塔』を何度か繰り返し読んでみた。山頭火の人生が、自然の中で、リズミカルなつぶやきとなってポンポンとほとばしり出ている。壮絶な人生を歩んだ彼の、苦悩と戦った強さへの感動とともに、躍動感のある明るさを感じた。

　日記に「私は自然に心ひかれる。人事よりも自然にひきつけられる。自己を自然の一部として観ると共に、自然を自己のひろがりとして観る」とあるように、身近にある彼の視野に入った自然を素材にし、その中に自己「私」を没入して詠んでいる。自然は象徴的表現なのである。

てふてふうらからおもてへひらひら

彼は蝶をよく素材にしているが、一見のどかな春日に舞う蝶の、明るい情景がイメージされる。が、象徴としての蝶をどうよむか、蝶こそ彼自身の象徴かもしれない。この句について、「意識を超越したところに現出する幻覚の蝶は、自由自在に生と死の間を飛び回る。蝶という一つのイメージは、死を待つ心の象徴であったかもしれない。その蝶により一回限りの生は先へ繋がれる、といった希望とみてもよかろう」（『山頭火の俳句』村上護著〈本阿弥書店〉）という研究者のうがった見解もある。

山頭火は、昭和一一（一九三六）年、長い東上の旅の終わり、七月に永平寺に五日間参籠しているが、その後から句の傾向も変わってきたという。晩年の山頭火は、身体の衰えとともに、死を意識し、感謝の念を強くもつようになったといわれている。

いつまで生きる曼珠沙華咲きだした

どこでも死ねるからだで春風

それは死の前のてふてふの舞

山頭火は尊敬する井上井月や尾崎放哉らの墓参の旅を果たし、四国遍路の旅の中途で、松山一草庵に落ち着く。

おちついて死ねさうな草萌ゆる

五

山頭火の遺した俳句は約一万二千句もあるという。その大部分はよみ捨てたものだと彼はいっている。昭和四六年頃から山頭火ブームが起こり、多くの読者に愛されている。現行の中学校国語教科書さえ、各社とも山頭火の句を取り上げている。奇異な生涯を象徴した句に魅せられているのか、親しみ易さで愛唱されているのか、自分の生き方と重ねて、共感するのかもしれない。書道の作品作りでも素材にする人が多い。

今年（平成二〇年）一月二三日の中国新聞にも、「山頭火の句碑に安らぎ」という見出しで、安芸高田市吉田町のお宅に句碑が建てられているという記事があった。山頭火は広島県内でも行乞の旅をしており、昭和二（一九二七）年山陰に入った折、この辺りを歩いたのであろうか。大山澄太氏揮毫による「へうへうとして水を味ふ」の句を、山頭火生誕百年を記念して、わが家の庭に建てられたという。山頭火がいかに愛されていたかがわかる。

六

野地潤家先生は、昭和四六（一九七一）年、文集『源平桃』〈文化評論出版〉を出版しておられる。このご著書は、昭和四〇年に中国新聞のコラム欄「灯浮標」に一〇回ばかりご寄稿になったのを機に、その後折にふれて書き続けられた、同じ分量（八二〇字程度）の文章がおよそ百編になって、文集としてまとめられたものである。その中に、「山頭火」という文章がある。

昭和一五（一九四〇）年夏、学生でいらした先生は、旧広島文理科大学付属図書館で見かけられた見なれぬ人影が、まぶたにやきついていられた。その後、久しい間忘れていられたが、折あって、その人影のことを思いだされていた。

「近年になって、ふと、まったくふと、この人こそ、行乞の俳人、種田山頭火ではなかったかと思うようになった。それは徐々にたしかにそうだと思うようになった。」

昭和四一年になって、松山の大山澄太氏宅を訪ねられた折、山頭火が広島の大山さん宅に訪ねて来ることがあったという話を聞かれた。「——わたくしは、あの人こそ『述懐　笠も漏りだしたか』とうたった、山頭火にちがいないとの思いをつようした。」と結ばれている。

山頭火は、昭和一五年には、五月二七日から六月三日まで、出版した『草木塔』を世話になった人々に贈呈するため、松山の一草庵をたって、広島、徳山、小郡……九州へと旅を続けた。日記（『山頭火全集』五巻〈春陽堂書店〉）によると、広島へは五月二七日に訪れている。

野地先生と山頭火のこの邂逅は、その時ではなかったかと、私はひそかに思った。

山頭火は、その四か月余り後、コロリ往生を遂げた。

（平成二〇年二月二三日稿）

8　山頭火大崎上島の碑

一

生涯を漂泊行乞の旅に生きた種田山頭火が広島県竹原市沖にある生野島にも訪れていたことを知って、驚いた。

水原秋櫻子の句碑を大崎上島に訪ねた折、いただいた資料からこの島に山頭火の句碑もあることがわかった。秋櫻子の句碑にほど近い正光坊庭園にあるという。秋櫻子の句碑を案内してくださった町役場の観光課長さんからその場所を伺って、その足で訪ねた。

町役場前の信号を少し山側に入った左手に小学校がある。道路を隔てたその向かいに、時代を感じさせる立派な山門が見えた。正光坊は、浄土真宗の由緒ある寺らしかった。しんと静まり返って人の気配もない。掃き清められた前庭に、親鸞聖人像と並んで、四つの石碑が一メートル足らずの間隔をおいて建っていた。塀を隔てた隣に幼稚園が見える。

まず中央の、土の上にでんと建つ茶色の細長い自然石が目ざす句碑であった。高さ一・六メートル、幅五〇センチ、奥行は、上部は二〇センチほどだが、後にだんだん広がって下部は五〇センチほどのどっしりした石。前面に色紙版の黒曜石が一〇センチほどの間を取って上下二枚はめ込まれ、白く次の二句が彫られていた。

暖かく　　　　　　死にそこのうて
　草の枯れて　　　　山は青くて
　いるなり　　　　　　山頭火
　　山頭火　　　八十八翁釈貫練かく

この句碑のすぐ右側に銘板が建てられている。幅一・二メートル、高さ七〇センチほどの黒曜石に白い文字で、二つの句の解説が記されていた。

種田山頭火（一八八二年―一九四〇年）

漂泊の俳人として有名な山頭火は、生涯に二度（昭和十・十一年）生ノ島に住む友人陶芸家迦洞無坪を訪ねている。その時九句を残しているが酒を愛する二人が島で盃を交わしたことだろう。

山頭火が生ノ島で作った句の中から二句を当山十四世貫練の揮毫で残すこととする。
平成十三年十一月
正光坊第十五世貫浄記

さらに、この句碑の左側には二つの碑石がある。いずれも山頭火の有名句が刻まれていた。
右の句碑は、高さ七〇センチ、幅八〇センチほどの白い御影石の上部が楕円状に削られ、コンクリートの台座の上に載っていた。そのよく磨かれた石面には、二つの俳句がそれぞれ上段に山頭火の筆跡で、下段に現代の表記で読み易く彫られている。

山頭火
こんなにうまい
水があふれて

ゐる

ほろほろ酔うて

木の葉

ふる

山頭火

前者の句は昭和五年作、後者は昭和三年作、いずれも「草木塔」に収められている。

一番左の句碑は、高さ一メートル幅二〇センチほどの細長い御影石柱に、やはり山頭火の筆跡で彫られている。

うごいてみのむしだったよ

昭和八年作、日記（五月一七日）に見られる句。

ここ正光坊の一四世・一五世住職は、風雅のこころの持ち主なのであろう。島の文化継承に心を配られ、こうした句碑を遺されたのである。

その後一か月ほどたって、平成二〇年一一月一二日付の中国新聞に、「大崎上島に山頭火たどる／

ゆかりの寺に作品寄贈」という記事が出た。棟方志功の四大弟子の一人で、山頭火の世界を絵と書で表現する版画家秋山巌氏が、正光坊本堂のふすまに肉筆版画三枚を描いて寄贈したという記事だった。正光坊住職の町おこしの話を伝え聞いて、「奇特な人がいる。山頭火ゆかりの寺になれば」と訪問し、門徒たちが見守るなか、句碑の俳句などを大胆で繊細な筆致で描き、披露したという。山頭火を発信できる寺となっていくことだろう。

二

山頭火は、生野島の迦洞無坪氏とどういう関係にあったのであろうか。正光坊の銘板には友人とあった。

迦洞無坪氏（一八九一—一九四七）が生野島へやって来たいきさつについては、水原秋櫻子句碑除幕式のパンフレットに記載されていた。無坪氏は三次市出身、陶芸家を志して、京都で作陶に専心していた。「（前略）昭和十年には、京都で知遇を得ていた足利浄円師の念仏道場・生野島同朋精舎の計画に共鳴・賛同し、家族をあげて生野島に移住（後略）」とある。すると、仏門にあった山頭火と無坪氏は何らかの接点があったのかも知れない。あるいは、俳誌「層雲」を通じての友と思われる、竹原の螻子氏の紹介によるのかも知れない。この辺りのことについては、研究書でも触れられていないので臆測に過ぎないが、山頭火の友人の多さには驚く。

ところで、山頭火は生野島に昭和一〇年と一一年の二度訪れていると銘板にあったが、どういういきさつでやってきたのであろうか。

日記に当たってみると、昭和一一年の場合は、七月に確かに記述があったが、一〇年の場合は見当たらない。果たしていつ訪れたのか検証してみた。

句集「草木塔」の中に、正光坊句碑にある「暖かく草の枯れているなり」の句を見付けることができた。

昭和十年十二月六日、庵中独坐に堪へかねて旅立つ

水に雲かげもおちつかないものがある

生野島無坪居

あたたかく草の枯れてゐるなり

再び一〇年一二月の日記に当たってみて、驚いた。几帳面に書かれていた山頭火の日記が、その年一一月頃からとぎれとぎれとなり、記述も極端に短い。

十二月二日――五日

死、それとも旅…… all or nothing

十二月六日

旅に出た、どこへ、ゆきたい方へ、ゆけるところまで。旅人山頭火、死場所をさがしつゝ、私は行く！　逃避行の外の何物でもない。

（『山頭火全集』第七巻〈春陽堂書店〉）

不思議なことにそのあと七日から年末までの記述がない。この年八月一〇日に未遂に終わったが、自殺を図っていることもあって、精神的に落ち着かない時期であったのではなかろうか。

昭和一一年に入ると、最初は年頭所感から始まっている。そのあと、

一月一日　二日　三日　四日　五日……岡山稀也居。

夫、妻、子供六人、にぎやかだつた。

幸福な家庭。

たいへんお世話になつた。

あんまり寒いので、九州へひきかへして春を待つことにした。

竹原の小西さん夫婦、幸福であれ。

私は新しい友人を恵まれた。

とあるが、以下一月中記述なし。

二月一日　澄太（筆者注・大山氏）居

澄太君は大人である。澄太君らしい澄太君である。私は友人として澄太君を持つてゐることを喜び且つ誇る。（中略）

広島の盛り場で私は風呂敷を盗まれた。

日記、句帖、原稿――それは私にはかけがへのないものであり、泥坊には何でもないものである。

とにかく残念な事をした。この旅日記も書けなくなつた、旅の句も大方は覚えてゐない。

やつぱり私のぐうたらの罰である（同書）

盗難に遭った日記がいつからのものであったのか定かでないが、一月七日から一月いっぱい記述のない部分は確かだろう。ひょっとすると、一一年年頭所感はあとからの記述とも考えられ、暮の一二月七日から年末までの欠落部分も盗難に遭っていたのかも知れない。その辺りのことは全くわからない。

ともかく一二月六日旅立ち、正月岡山に滞在する前に、広島に立ち寄り、竹原と生野島の無坪居を訪れたのではなかろうか。正光坊句碑の「暖かく……」はこの時のものであることが明らかとなった。

三

もう一つの句碑「死にそこのうて草の枯れているなり」の句について検証してみよう。

昭和一一年の生野島来訪については、日記に記述がある。

村上護氏の『種田山頭火』〈ミネルヴァ書房〉によると、一〇年一二月六日旅立ちを決心した時には、斎藤清衛氏贈の紀行文『東北の細道に立つ』〈春陽堂〉に刺激されて、遥かなる東北を目指していた。しかし、日記に見られたように、寒さのため一度九州に引き返し、昭和一一年三月五日門司港からばいかる丸に乗船し、神戸港を経て、東北への長い長い旅に出たのである。

八か月にわたるその旅の終盤の日記をひもといてみる。

七月十四日

夕方、安治川口から大長丸に乗つて、ほつとした。大阪よ、さよなら、比古さん、ありがとう。

七月十五日　晴。

朝の海がだいぶ私をのんびりさせた、朝月のこゝろよさ。

二時、竹原着、螻子居の客となる。

螻子君夫妻の温情は全心全身にしみこんだ。

私はいつも思ふ――

私は何といふ下らない人間だらう、そして友といふ友はみんな何といふありがたい人々だらう。

七月十六日　晴。

滞在。

朝の散歩のこゝろよさ。

ごろ寝して読みちらす、まさに安楽国である。朝酒、昼酒、そしてまた晩酒、けつかう、けつかう。（後略）

七月十七日　快晴

ひとりぶら〳〵的場海岸へ、そこで今年の最初の海水浴、ノンキだね。

夾竹桃の花は南国的、泰山木の花は男性的。身辺整理、やうやくにして落ちつく。

七月十八日　晴

散歩、鳩、雀、月草《ママ》。……

しばらくして。……

午前一時発動汽船で生野島へ渡る、

Kさん、奥さん、お嬢さん、お嬢さんも久しくに《ママ》、五人、風もよろしく人もよろしく。

無坪さんは芸術家だ。

夕潮に泳ぐ、私だけ残つて。

星月夜、やつぱりさびしいな。

七月十九日　晴

未明散歩　山鳩、水声、人語。

（ここで旅の句を整理して記述している。「鶴岡―仙台」〈四句〉「平泉」〈九句〉「永平寺」〈九句〉つづいて）

竹原　生野島

萩とすすきとあを〳〵として十分

すずしく風は萩の若葉をそよがせてそして

そよかぜの草の葉からてふてふうまれて出た

無坪兄に
手が顔が遠ざかる白い点となつて
旅もをはりのこゝの涼しい籐椅子
死にそこなうて山は青くて
蟆子君に
朝風すずしくおもふことなくかぼちやの花
朝の海のゆう〳〵として出船の船
エンヂンは正しくまはりつゝ、朝
ほんにはだかはすずしいひとり
（後略）
（『山頭火全集』第七巻）

この日船の便があって竹原の蟆子居に帰り、七月二〇日に自宅小郡に向けて出発している。長い旅の終りに、竹原と生野島を訪れ、ゆっくり疲れを癒していることが伺える。よほど居心地のよい所だったのだろう。正光坊の今一つの句「死にそこのうて……」はこの日記の中に見られ、長い旅の終わりに詠まれたものであることがわかった。

四

山頭火は、一一年一〇月八日の日記に「こんどの旅は下らないものであつたが、よい句は出来なかつたけれど、句境の打開はあると思ふ、……生きているかぎりは、……よい句、ほんとうの句、山頭火の句を作り出さなければならないと思ふ、私は近来創作的昂奮を感じてゐる、……私は幸にして辛うじて春の泥沼から秋の山裾へ這ひあがることができたのである」(同書)と記している。句作に行き詰った山頭火が旅に出て、「死にそこなうて」立ち直り、「創作的昂奮」を覚えるようにまでなったいきさつが伺われる。

暖かく草の枯れているなり
死にそこのうて山は青くて

正光坊に刻まれている二つの句は、リフレッシュの旅の始めと終わりの句が取られている。「草の枯れている」「泥沼」から、「山は青くて」の「山裾へ這ひあが」った句と見ることができる。よく考えられた選句は、さすがだと思った。

(平成二〇年一二月二日稿)

9　木下夕爾の碑

一

平成二〇年六月中旬梅雨晴れのひと日、〝日展ふくやま展〟を見学した機会に、友人に無理を言って、郷土の詩人木下夕爾の文学碑まで足を延ばすことができた。

木下夕爾の文学碑は、福山市御幸町上岩成にある生家と、母校である旧制府中中学校（現広島県立府中高等学校）にあることを調べていた。

ふくやま美術館を出て、国道三一三号線を北に進み、標示に従って御幸町に入る。しばらく走ったが、上岩成がどの辺りか見当がつかず、とある会社の事務所で尋ねた。「木下夕爾の文学碑を訪ねているのですが、上岩成はどの辺りでしょうか。薬局をしておられる家ですが……」「あ、、木下薬局ですね。」と言いながら、中年の女性が親切に地図を書いて説明してくださった。「しかし、文学碑があったかどうか記憶がありませんが……」と心もとない言葉も返ってきた。

地図に従って数分でその場所まで来たが、町並みがあるわけでもなく、薬局らしい店舗も見当たらない。普通の構えの新しい二階屋が建っている。車から降りて郵便受を見ると、果たして一番上に木下薬局とあった。家の横手角にブロックが四段積まれて、一坪余りの小庭が造られている。樹木の陰に碑石が見えた。縦一・二メートル横一・五メートル、厚さ三十センチほどのピシッと矩形に切られた灰色の御影石が、三段の台石の上に載っている。夕爾の筆とおぼしき直線的な風格のある文字が力強く彫り込まれている。

家々や
菜の花いろの
燈を
ともし

夕爾

句碑を見るや、友人が「『菜の花いろの燈』とはよくいったものですね。」と感慨深げにいう。辺りを見回すと、道路沿いに家並はあるものの、田畑が広がり、小川のほとりには竹藪も見える。子供の頃に感じた備後特有の田園ムードが漂う。句を詠まれた当時は、田んぼの中に家々が点在し、彼の詩の中によく出てくる水車も回っていて、牧歌的なところであったろう。その里に暮色が漂ってきて、一つ、二つ、三つと点ってくる家々の燈はうすぼんやりと淡い。それを「菜の花いろ」とはうまく表現したものだ。この句は、なにか温かい童話風の世界を思わせ、安息を与えてくれる。夕爾自身が、「ここから少し向こうの田んぼにある水車小屋の辺りから南一帯を見てできた句ですよ」と知友に話している（追悼文集『含羞の詩人木下夕爾』）という。

『新版木下夕爾の俳句』（朔多恭著〈北溟社〉）によると、夕爾の一周忌に「広島春燈会」の人たちが発起し、全国の夕爾ファンの寄付によって、昭和四〇年八月七日建立除幕されたということだ。碑の裏面を見ることはできなかったが、同書により、安住敦の撰文が次のように刻まれていることがわかった。

木下夕爾は本名優二　大正三年十月二十七日この地に生れ　昭和四十年八月四日この地に逝く

（筆者注・五〇歳）　広島県立府中中学校を経て上京　早稲田高等学院に学び　のち名古屋薬専に転じて卒業後生地に帰り　家業を継いで終生家郷を離れることがなかった　その間詩また俳句にすぐれた天稟を示し　優雅にして清新な抒情世界を展いたが　ことに郷土の山野風物を詠ったものは　珠玉の名品として世の愛唱するところとなった　ここに有志相図り　この地を卜《ぼく》して句碑を建てその人を偲ぶ

碑石に刻まれた句は、昭和二三年作で、夕爾の代表作と言われ、彼の句集『遠雷』に所収されている。

二

地元の方にここから府中への近道を教えていただき、いよいよ府中に向けて出発する。道幅の狭い箇所もあったが、一五分ほどでやや広い幹線道路に出た。戸手町である。間もなく見覚えのある神谷《かや》川を渡って、新市町に入る。この地は、私が多感な少女時代七年間を過ごした第二の故郷ともいえる街である。昔のたたずまいがそのまま残っている家もそこここにある。私の住んでいた社宅も、建て替えられてはいるものの、その場所にあり、懐かしさでいっぱいだったが、横目に見て一路府中を目ざす。

この道路は、女学校まで一里ばかりの道のりを歩いて通学したところだ。当時は太平洋戦争下で、歩け歩けの時代だった。沿線は田畑も多かったが、今は商店や会社などが立ち並び、すっかり変貌していた。

府中の市街地に入る。昔と余り変わっていない本町通りを車で通り抜け、府中高校に着いた。卒業したわが母校は校舎もすっかり建て替わり、前庭には植込みが多く、校歌や校訓の刻まれた碑石も建って、美しく整備されていた。すでに放課後のような気配だったが、クラブ活動だろうか、合唱が流れてくる。ふと校門の方を振り返ると、門を入ったすぐ右手に、校舎の方を向いて碑石が見えた。

梅雨晴れの空を突いて、高さ一・五メートル、底幅一メートルほど、先の尖った長い三角状の奇抜な自然石が広い台座の上に立っていた。海の断崖を思わせるような石である。灰褐色の岩肌に、生家の碑と同じ筆跡の白い文字が豪快に彫りつけられている。

海鳴りの
はるけき芒折りにけり
夕尓

この文字は夕爾の筆に違いないと確信した。碑の後ろ塀沿いには松や木蓮などが、両横には低いかいづかが、丸くきれいに刈り込まれて植えられている。碑の裏面に建立の趣旨が次のように刻まれていた。

木下夕爾君は　昭和七年三月われわれ第六回卒業の同期生であり　わが国における著名な詩人俳人である　彼は惜しくも昭和四〇年八月四日病没したが　その抒情豊かな詩　句と人間愛は今も生き続けている　われわれは　かかる逸材をもったことに誇りを覚え　有志相寄り　彼の句碑をここに建つ

昭和五六年五月吉日

第六回卒業生有志

昭和二〇年作、『遠雷』に収められているこの句は、久保田万太郎に認められ、俳誌「春燈」の創刊号に掲載されたものである。夕爾の、俳人として第一歩を踏み出した句として選ばれ、母校に刻まれたのであろう。恵まれた同窓生をもって幸せな人だなあと感激する。

縹渺としたはるけき芒の原を目前にし、海鳴りを耳にしながら立ちつくす姿が浮かんでくる。池田遙邨の、山頭火を描いた風になびく芒の原の荒寥とした絵画を思わせる。夕爾の詩集をめくっていて、ふと「日の御碕村にて」（『昔の歌』）という詩を目にした。

（前略）
ここに来て／何をか思ふ
ただ在るは／太古より絶ゆるとしなき／海鳴りと松吹く風と／かすかなるわがいのちのみ（以下略）

碑石の句の場所は山陰海岸かもしれない。「折りにけり」には、何か強い彼の行動力を感じる。朔多恭氏は、昭和二〇年の作ということから、「〈海鳴りのはるけき〉に、戦争終結によってすでにはるかなものとなった、海鳴りのように激しかった戦争を振り返る悲痛の思いがこめられているようにも解することができる。」（同書）と解釈しておられる。

三

詩人として認識していた木下夕爾の碑は、いずれも句碑であった。
木下夕爾は、六歳の時父を事故で失い、さらに養父の死去により家業の薬局を継ぐことを強いられ、早稲田高等学院（仏文科）より名古屋薬学専門学校に転学する。卒業と同時に帰郷し、薬局の経営に当たりながら、文学活動に専心した。

府中中学校在学中より詩作を始め、その後「若草」に投稿して堀口大学に認められる。昭和一五（一九四〇）年、詩集『田舎の食卓』を刊行。みずみずしい感性と近代的抒情に満ちた世界により、第六回文芸汎論詩賞を受賞した。昭和二四（一九四九）年には詩誌「木靴」を創刊主宰。夕爾の死まで四六号続いた。広島県詩人協会の設立とともに、推されて会長となる。

一方、昭和一九（一九四四）年頃より俳句を始め、昭和二一年、俳誌「春燈」創刊とともにこれに参加、久保田万太郎に認められる。昭和三六（一九六一）年、広島春燈会を結成、俳誌「春雷」を創刊主宰した。詩集に『田舎の食卓』（昭和14年）、『生れた家』（同15年）、『昔の歌』（同21年）、『挽歌』（同24年）、『児童詩集』（同30年）、『笛を吹くひと』（同33年）。句集に『南風抄』（昭和12年）、『遠雷』（同34年）等がある。

没後、『定本木下夕爾句集』（昭和41年）、『定本木下夕爾詩集』（同41年・第一八回読売文学賞受賞）、『定本木下夕爾全集』（同47年）、エッセイ集『わが詩　わが旅』（同60年）を出版。

四

夕爾の詩作品を読もうと、広島市内の公立図書館、県立大学図書館に行ったが、『定本～』の類いは、『定本木下夕爾句集』（県立図書館）以外は所蔵していなかった。発行部数が少ないせいだろう。処女詩集『田舎の食卓』など二、三の詩集を読んでみた。

彼の詩は、繊細鋭敏な感覚の、瀟洒な美しい抒情詩で、新鮮な魅力を覚えた。

生れた家

あたらしいサアカスのテントのやうに
よく晴れた日がつづく
家ごとに新しい話題を配つてあるく
毎朝の新聞よ
私たちの世界では何ごとが行はれたのであらう
私たちの世界では？（――しかし私はここで数多くの肉親を喪った……）
そしてまたあの蜜蜂の懶い音楽のやうに

あらゆる出来事が過ぎてゆく
合歓木の花咲く林では
毎日エプロンがよく乾く

（『田舎の食卓』〈葦陽文化研究会〉より）

ふるさと

みんな祭りへ行つたらしい
村ぜんたいがるすのようだ
縁側の桶に
ひと握りのわらびが浸けてある
風が笛と太鼓の音をはこんでくる
午後二時の上りのけむりが
ゆつくりと列車を離れる
その影におどろいて鶏が飛び立つ
ああふるさと
祭の寿司に添えられる春菊のように

僕はいつも新鮮で孤独でありたい
（それを感じるためにこうしてかえつてくるのだが）
不意に台所で柱時計が鳴る
ぜんまいのほぐれる音も聞こえる
締め足りない水栓のように
僕の眼から涙がしたたる

（『笛を吹く人』〈的場書房〉より）

いずれの詩も、彼の故郷を歌っているが、私が訪れた御幸町の「菜の花いろの燈」が点った夕爾のふるさとという匂いは全くしない。確かに実父と養父を喪った人生の悲哀を秘めた「生れた家」であり、田舎への郷愁を誘われる「ふるさと」ではあるが、備後のあの風土性は感じられない。彼の詩には田園風景、田舎での生活を歌ったものが多いが、実生活体験が昇華された都会的な、洒落た詩という感じを受ける。西洋文学から得た美意識と堀口大学や「四季」の詩人たちの影響を受けたものであろう。

小学校の同級生松浦語氏が「木下夕爾への追憶」の中で、「君の詩は感覚と頭の中で練り上げたものだろう。生活の中から弾き出す生の感動がないと思う」と言ったことに対して、夕爾は「僕の詩はフラスコの中から生まれる。そして、蒸留水を掬うんだ」と答えたという。（市川速男著『木下夕爾ノート――望都と優情――』〈講談社〉より）わかるような気がする。

夕爾は、「詩は読んで愉しく美しいものでなければならない」という信条のもと、繊細鋭敏な感覚で、季節の推移に従って彩りを変える田園の風物を、平易な言葉で抒情的に歌った。自然に向ける彼の眼差しは、深い愛情に満ちている。詩壇の中には、彼の詩は、リリシズムの世界に安住し、人生的な社会性、思想がないと批判する人もあったようだが、彼は一蹴したということだ。

次いで、『定本木下夕爾句集』〈牧羊社〉を読んだ。俳句作品も、清潔で透明感あふれる抒情を、簡素平明な言葉でやわらかく表現している。

夕東風のともしゆく燈のひとつづつ
芒折ってゆびさせば海消えにけり
驟雨来るくちなしの香をふみにじり
秋天や最も高き樹が愁ふ
（以上『遠雷』）
花冷えの疱丁獣脂もて曇る
梟や机の下も風棲める

人をらぬ噴水ひたにゐがく虹
（以上『遠雷』以後）

虹消えて蚯蚓も暗き土に入りぬ
（「春雷」）

福山へ疎開中、夕爾と交流のあった井伏鱒二は、「私の沈滞した気持ちを煽ってくれ」「会っていて気持ちがよくなる人」（『定本木下夕爾句集』前書き）と評しているが、夕爾の温厚な人がらは作品からも伺うことができる。中央で活動したい思いがありながら、地方を離れることなく、故郷を愛した詩人の短い生涯が惜しまれる。

（平成二〇年八月一九日稿）

Ⅲ　歌碑めぐり

1　倉橋島の万葉歌碑

一

平成一九年七月初旬中国新聞紙上に、「万葉歌碑読みやすく」という見出しで、色あせた碑文に墨入れをしたという記事があった。この碑は、呉市倉橋町桂浜にある万葉歌碑で、かつて、二七会で一度訪れたことがあったが、碑が高いうえに、文字が薄くて判読しづらかった覚えがある。

この夏桂浜を訪れてみると、周辺の様子も松原も以前よりかなり整備されていた。

松原の入口右手に「乾式船渠（ドック）跡」の標識が立っていた。そこを入ると、案内の碑が見える。御影石に彫られた立派なものだ。

広島県史跡

万葉集遺跡長門島松原

昭和十九年五月三十日指定

万葉集巻十五には、天平八年（七三六）遣新羅使《けんしらぎし》が安芸国長門島に停泊したときの歌や　舟出の歌が詠まれており、その中に松原のことがうたわれていますが、この松原が倉橋島桂浜にあたるものと考えられています。また本浦は船泊に適し、推古《すい》天皇の代（六〇〇年ごろ）から何回となく外国に使する船を造ったところと伝えられており、江戸時代にいたるまで造船の盛んな土地として有名でした。

桂浜は、「日本の白砂青松百選」に選ばれており、風格が漂う松原を背に広く白い砂浜が延々と続く。樹齢四〇〇年とも伝えられる老松のあるこの雄大な松原は、以前はもっとうっそうとしていた記憶がある。高さ一〇メートル以上もありそうで、長年の風雪に耐えて自由ほんぽうに枝を張っている趣ある松は、数が少なくなっている。そうした老松の間に、三～四メートルの高さに育った若松が青々と葉を繁らせて、等間隔に沢山並んでいる。地元の方に尋ねると、マツクイムシ被害もあったそうだが、平成一六（二〇〇四）年秋の台風16号と18号による高潮で、松林が海水につかり、約二〇〇本が枯れてしまったということだ。そこで、翌年町が三五〇本の苗木を植え、ここまで育ったという。回りに綱を張って入れないようにし、大切に保護されている様子が伺えた。老松と若松のバランスの取れた松原も、また趣深いものがある。

二

歌碑は、長い砂浜の中央あたり、松林と砂浜との境に建っている。高さ八・五メートル幅四メートル、奥行き〇・七メートルの巨大な黒っぽい自然石。その上部は、海の方に張り出した老松の太い枝と支え合うような形で、青空にそそり立っている。なるほど文字が鮮やかだ。六月下旬に、倉橋ボランティアガイドの会の方ら二名が一週間かけて、筆で一文字ずつ墨入れをされたという。その上、元広島大学の井上桂園先生の達筆とあって、非常に読み易い。

碑文は三段組みになっている。上段に、「万葉集史蹟　長門島之碑」と大字二行書きに彫られている。中段には、万葉歌が八首、下段にその縁起が、それぞれ小さな文字で刻まれている。縁起には、次のように記されていた。

天平八年遣新羅使の安藝國長門島に泊して詠ぜる和歌八首載せて萬葉集にあり　倉橋嶋は八劔神社文明十二年の棟札に長門島と記され長門崎長門口の地名も存すれば長門島のその古名たるを疑ふべからず　本浦は前方に小島連り風を避け船を泊するに適すると共に萬葉時代には遣唐使船の造られし地にして江戸時代まで造船を以て天下に著聞せり　千有餘年前韓土に使せし人々の吟詠

に入れる瀧つ瀬も名残を存し神祠及び松原は今も昔ながらの風趣を傳へて懐古の情うた、切なるを覺ゆ

紀元二千六百三年

廣島文理科大学教授　栗田元次撰

廣島高等師範学校　井上政雄書

倉橋島が長門島である由来や、碑に刻まれている万葉集の歌が長門島での歌であることが、るる説明されている。この縁起が書かれた紀元二千六百三年は、昭和一八年であるが、この碑が建立されたのは、この松原が県史跡に指定された昭和一九年の九月ということである。

三

『万葉集』巻一五には、大和を出発し、摂津国三津を船出して瀬戸内海を経、新羅国に使した人たちの歌や古歌一四五首が集録してある。途中、一行は長門島に立ち寄り、この碑に刻まれている八首の歌を残している。

　安藝國長門嶋船泊㆓礒邊㆒作歌五首
石ばしるたぎもとどろに鳴く蟬の聲をし聞けば都し思ほゆ
山川の清き河瀬に遊べども奈良の都は忘れかねつも
磯の間ゆ激つ山川絶えずあらばまたも相見む秋かたまけて
戀繁み慰めかねてひぐらしの鳴く島かげに廬するかも
吾が命を長門の島の小松原幾代を經てか神さび渡る
　從㆓長門浦㆒船出之夜仰㆓觀月光㆒作歌三首
月よみの光を清み夕凪に水手の聲呼び浦み漕ぐかも
山の端に月傾けば漁する海人の灯火沖になづさふ

吾のみや夜船は漕ぐと思へれば沖邊の方に楫の音すなり

初めの五首は、「安藝國長門島に船を磯辺に泊《は》てて作る歌五首」。長い船旅の途中、船の補修や潮待ちなどで長門島に船泊まりした折、長旅の無事を祈り、家族を思う気持ちを周辺の風景を織り込んで歌っている。「長門の島の小松原」はこの桂浜の松原であろう。「石ばしるたぎ」とか「山川の清き河瀬」とか「磯の間ゆ激つ山川」など山川が詠まれているが、この周辺は山も近いことだし、所々にきれいな流れもあるようだ。船が島かげに停泊して仮の宿りをする間、山野に遊んで慰んだのであろう。奈良の山野に似ている風景を見るにつけ、都を思い、残してきた家族を恋う気持ちが繁くなる。古代の人たちの率直な気持ちが溢れている。この「山川」の場所については諸説あるようだが、宇根聰子氏の「万葉のふるさと倉橋島」（『わが国語科実践・研究への軌跡』〈溪水社〉所収）に詳しい。

後の三首は、「長門浦より船出せし夜、月光を仰ぎ觀て作る歌三首」。月の明るい夜、いよいよ長門島を船出する時の情景を詠んでいる。清らかな月光の中、浦に沿って船を漕ぐ水夫たちの威勢のいい声が響く。山の端に日が傾けば、漁《いさり》をする海人の漁火が漂っているのが見える。自分らだけが夜船を漕いでいると思っていると、沖の方にかじの音がする。こういった古代人の夜の船旅の旅情がしみじみと伝わってくる。

倉橋島桂浜といえば、昔は海水浴場のイメージしかなかったが、現在は長門の造船歴史館や歴史民族資料館、桂浜温泉館などの施設も造られ、町おこしに力を入れておられる。万葉歌碑についてもボランティアガイドの方がおられると聞く。

この度訪れて、まず瀬戸内海国立公園にも含まれている桂浜の自然美に打たれた。そして、この地に立って、万葉歌をしみじみと味わってみて、一三〇〇年昔の万葉人の心に触れることができたような気がした。

（平成一九年九月二五日稿）

2　白華寺と鞆の万葉歌碑

一

平成二〇年四月二二日付の新聞で、「白華寺に万葉歌碑」という記事を見た。遣新羅使の一行が立ち寄り、万葉集の和歌八首を残した呉市倉橋町桂浜の万葉歌碑について、私はかつて文章化した。これらの歌が詠まれた場所は特定しがたく諸説あるようであったが、今回その一首を詠んだ場所と推察され、倉橋町の白華寺の境内にある小さな滝の近くに歌碑が建立されたという。

一昨年秋、万葉集を研究していられる国立病院機構呉医療センター名誉院長の大村一郎氏と、倉橋町の医師森本忠雄氏らが滝を調査され、「地形などからここで詠まれた可能性が高い」（中国新聞）と判断されたようだ。

五月初め、音戸大橋のつつじ見物を兼ねて、早速倉橋島に渡り、白華寺を訪れた。

島の山々は新緑がまぶしい。鮮やかな若草色が湧き出たように盛り上がって、その中に萌黄色や黄土色、所々に濃緑の松や杉も混じって、太陽が織りなす光と影の光景に、心が躍る。山裾は黄金色に輝く竹林がしなやかに揺らいでいる。この島には意外に竹が多いことに気づいた。この時季を〝竹秋の候〟とはよく言ったもので、竹は今黄葉を迎え、新しい葉と入れ替わろうとしている。

白華寺は火山《ひやま》の麓、江の洲川の上流にあると聞いていた。桂浜で地元の方に白華寺への道を尋ねる。かつて二七会で訪ねているのに、全く覚えていない。掲示されていた地図で大体の方向を確かめ、車を置いて出発する。

本浦の町に入ると、立派な門構えの旧家が多い。どこから路地に入ろうかと迷っていると、自転車の方が通られた。親切に自転車から降りて、わかり易い所まで案内してくださった。路地に入ると、人の住んでいない崩れかけた旧家もあり、過疎化を物語っている。倉橋小学校を過ぎ、右側山手に桜の名所でもある古刹西蓮寺も見えて来た。この辺りから畑中の坂道となる。いつの間にか右手に小さな川が流れている。水量は少ないが、きれいな流れだ。野菜畑や花畑は山に向けてみかん畑となった。道幅は一間余り、コンクリートのしっかりした坂道が左に迂回する。ふり返ると、はるか下に汀がふかんされ、その向こうに遠くキラキラと光る海の広がっている風景があった。坂道はみかん畑をもう一度右に大きく迂回して、突然目の前に長い石段が現れた。いよいよ白華寺だ。両脇に建てられている新しい仏像が出迎えてくれる。

左側に墓地があるが、石段の両側には鬱蒼と古木が茂り、石段にひんやりとした木陰を作っている。

休み休み登っていく。百段余りある石段を登り切ると、左手に「真言宗御室派清水山白華寺」と真新しい石柱が立っていた。正面の本堂はさして大きくはないが、かなり古い建物のようだ。屋根に後の山の鮮やかな新緑が覆いかかり、所々に藤の花房が長く垂れ風にそよいでいる。本堂前で手を合わせる。

石段下にあった説明には、「白華寺縁起によると庚平二（一〇五九）年現在の地に開創したと伝えている」とあった。相当古い寺のようだ。本尊は鎌倉時代のものと推定されている十一面観音で、広島県の重要文化財に指定されているそうだ。高さ一三四センチ、材は桧の寄木造り、仏頭に十一面の化仏をつけた宝冠をかぶった仏様が安置されているという。本堂の左前に、その仏像を写した石仏が高い台座の上に建立されていた。知的で秀麗なお顔の観音様である。なかなか由緒ある寺で趣深い。時折鶯の声が聞こえてくる。

二

「万葉歌碑・清水の滝・瀧不動明王は右奥30ｍ先」という標示に従って、境内を横切り、庫裡の前を通り過ぎて裏庭に出る。水音が聞こえてきた。庭の一番奥に、山を背にして真新しい碑が輝いていた。五〇センチほどの台石の上、高さ一・五メートル、幅一メートルの、ピカピカに磨かれた桜色の御影石に達筆の黒い文字が刻まれていた。

万葉集巻第十五
天平八年夏六月遣新羅使
安藝国長門島磯邊舶船作歌
大石蓑麿
伊波婆之流多伎毛登杼呂爾鳴蟬乃
許恵乎之伎気婆京都之於毛保由
石走る瀧もとゞろに鳴く蟬の
聲をし聞けば京都し思ほゆ
迫越文龍書

大石蓑麿の歌が万葉仮名と現代の表記で刻まれている。この美しい碑石は、倉橋町だけで産出される桜御影で、国会議事堂の外装に使われたことに由来する「議院石」を使用と新聞にあった。

左横に同じ石で銘板が作られ、古代の本浦地区の地図の下に次のような解説が彫られていた。

長門の島は倉橋島（広島県呉市倉橋町）のことで停泊地は本浦である。遣新羅使の一行が二泊し五首詠われている。滝の位置については諸説あるが、江の洲川の支流で、水の枯れたことがない白華寺の所と推察される。

平成二十年四月

国立病院機構呉医療センター
名誉院長　大村一郎　監修
医療法人社団　森本医院
理事長　森本忠雄　寄贈

すぐ右横に瀧不動が祀られており、その横の竹垣を開けて出ると、すぐに森林の中に渓流がある。赤茶色のゴツゴツした大きな岩肌の上をなめるように清水が流れ落ちて、冷気を感じる。幅一メートルほどの山間の小さな滝で、「滝もとどろに」にはほど遠い感じで水量も多くない。しかし、火山を背負って、枯れることのない滝なんだと納得できる感じがした。この森では、夏にはしきりに蝉が鳴いていることだろう。

研究者によっては、滝が小さすぎるし、場所的に遠すぎ、奥まっているなどで否定されているが、今回この地に歌碑が建てられたことは、後世に伝えられていくだろうし、倉橋の新しい名所ともなり、意義のあることだと思った。

三

福山市鞆の浦にも万葉の歌碑があることを聞いていた。五月下旬、福山書道美術館開館五周年記念として開催された〝書と文房至宝――所蔵の名品から――〟を見学した機会に、鞆まで足を伸ばした。子供の時訪れて以来久々の鞆の街は、昔のたたずまいが色濃く残っており、懐かしい所であった。まず、〝鞆の浦歴史民族資料館〟の丘に登ってみる。ここは鞆城跡で、自然石を積み上げた「野面積み」の石垣が美しく復元されていた。前庭は広く、鞆の街と鞆の浦が遥かに見渡せる。この庭の中央に、矩形をしたあずき色の石碑が見える。

鞆の浦の
　磯のむろの木
見むごとに

相見し妹は
忘らえめやも
藤井軍三郎書

白い文字は、思いがけず万葉の歌であった。裏面に次のように解説されていた。

天平二年（七三〇）十二月大納言兼務となって都に上る大宰帥大伴旅人は、鞆の浦で亡き愛妻を偲ぶ三首の歌を詠んだ。その中の一首がこの歌で、万葉集に載録されている。

鞆の浦の磯に立つむろの木、そのむろの木を見るたびに、ともに眺めた妻のことが忘れようにも忘れられないと歌う。

旅人は、神亀五年（七二八）の初め太宰府に下ったと思われるが、その途中鞆の浦のむろの木を妻とともに眺めた。しかし、その妻はまもなくこの世を去ってしまう。その悲しみを、旅人は翌天平三年、六十七歳で没するまで歌い続けたのである。

鞆城跡を下り、港にほど近い福禅寺対潮楼に向かう。丘に建つ福禅寺本堂に隣接する対潮楼は、江戸時代元禄年間に創建された客殿で、国の史跡に指定されている。

座敷の毛氈の上に座しての眺めは絶景であった。目前の穏やかな海に弁財天の塔が見える弁天島、その向こうに仙人も酔いしれたと言われる仙酔島が初夏の日ざしの中に、ゆったりと浮かぶ。眼下の海を古代船を装った観光船が水脈を引きながらまたたく間に仙酔島の陰に消えた。

この丘を下りた所に、石垣を背にして有名な〝むろの木歌碑〟があった。高さ二・二メートル、幅一・五メートルほど、薄茶色の大きな自然石に豪快な万葉仮名が深く掘り込まれている。

吾妹子之見師
鞆浦之天木香樹者
常世有跡
見之人曽奈吉

傍らの解説板に釈文と次のような解説があった。

吾妹子《わぎもこ》が見し鞆の浦のむろの木
は常世《とこよ》にあれど見し人そなき

鞆の浦は瀬戸内海交通の中心の港でした。万葉の時代は遣唐使、遣新羅《しらぎ》使などが立ち寄り、いくつも歌がよまれています。（筆者注・七首あるといわれている）万葉秀歌といわれるこの歌は、七三〇（天平二）年大伴旅人が大宰府の役人の任期を終えて鞆の浦によった時の歌です。七二七（神《じん》亀《き》四）年か七二八（神亀五）年に任地に向かう時、妻の大伴郎女《いらつめ》と神木《しんぼく》のむろの木に海路の安全など祈ったと考えられます。七二八（神亀五）年太宰府で最愛の妻を失った旅人の嘆きが伝わってきます。

この碑の回りには柵が施され、福山市の花赤いばらで囲まれていた。道路沿いにあることから、観光客も沢山足を留めていた。

四

万葉集巻三（『日本古典文学大系萬葉集一』〈岩波書店〉）挽歌の項に、

天平二年庚午冬十二月、大宰帥大伴《おほとものまへつきみ》卿、京に向ひて上道《みちたち》する時、作る歌五首

吾妹子が見し鞆の浦のむろの木は常世にあれど見し人そなき

鞆の浦の磯のむろの木見むごとに相見し妹は忘らえめやも
磯の上に根這ふむろの木見し人をいづらと問はば語り告げむか
右の三首は、鞆の浦を過ぐる日作る歌

とある。この三首はいずれもむろの木にかかわって妻を偲んで詠んでいる。

むろの木は「ハイネズの木という。海岸地方に多い。備後地方で霊木として信仰されているので、旅人夫妻は九州への往路に鞆に上陸して、寿命と福禄を祈ったものであろう。」（松田芳昭氏説『古典文学大系』所収）というが、万葉の昔、この木は鞆の浦のどこにあったのであろうか。

今、私は海岸沿いの雁木の果てにある常夜燈の前に立っている。海を見晴らし、旅人の歌を口ずさみながら、妻と共に祈願したむろの木の下で今は亡き妻を偲んだ旅人の嘆きが、痛いほどに伝わってくる。

数々の歴史を刻み、頼山陽が「山紫水明」の語を生んだと言われる風光明媚な鞆の浦にも時代の波が押し寄せている。架橋問題はどうなるのか、今のままの情緒が残されるよう願いながらしばしたたずんでいた。

（平成二〇年六月一二日稿）

3　中村憲吉尾道の碑

一

アララギ派の歌人中村憲吉は、明治二二（一八八九）年、広島県双三郡布野村（現三次市布野町）に生まれた。生家は、祖父の代まで庄屋を務め、父修一の代に酒造業に転じた素封家であった。明治三三年、祖母の異父妹香川八重の養子となり（兄の死により四〇年には中村家に復籍）、三次中学に入学、文芸グループの中心となって活躍した。

明治三九年中学を卒業して、鹿児島の第七高等学校造士館に入学、学友の堀内卓造の勧めで短歌を始めた。作品を新聞「日本」に投稿し、伊藤左千夫に認められて「アララギ」に入会した。卒業後、四三年東京帝国大学経済学科に入学し、伊藤左千夫、島木赤彦、斎藤茂吉、土屋文明、古泉千樫らと親交を結んだ。そして、斎藤茂吉と共に伊藤左千夫門下の新鋭となり、やがてアララギ派の重要な歌人となった。大正二年には、島木赤彦との合著『馬鈴薯の花』を刊行した。

大正四（一九一五）年大学卒業後、一旦帰郷して家事に従事、シツ子と結婚した。その後上京し、生家からの援助を受けつつ厳しい生活に入ったが、大正五年定職が得られないまま、再び郷里へ帰住することになった。家業の酒造業や山林の管理、その他さまざまな事業に多忙な毎日であった。文学に無縁な雰囲気のなか、田舎の因襲と煩雑な人事の交渉などで作歌活動はおぼつかなく、「アララギ」への投稿もままならなかった。その中にあって、東京生活と新婚当時を詠んだ第二歌集『林泉集』を刊行している。その後、境遇の変化に慣れるにつれて、日常の些細な事柄や自然の風物を対象として、地味ながら実生活に即した歌を詠んでいった。

大正一〇年になって、大阪毎日新聞社経済部記者として赴任することができた。記者生活が安定してきた一三年、山間生活での苦悩や寂寥感を描いた自然詠、第三歌集『しがらみ』を刊行した。大正一五年、父の隠居に伴う家督相続の期に、大阪毎日新聞社を退社、再び帰郷して家業を継ぎ、作歌活動を続けた。昭和六（一九三一）年、関西での紀行吟の多い、新たな世界を拓いたといわれる第四歌集『軽雷集』を刊行した。

昭和五年から肋膜炎を病んでいたが、病状が進行するので、七年二月～十月、八年一月～七月、二度にわたって温暖な五日市町古浜（現広島市佐伯区海老園）へ転地療養した。しかし、病状は悪化するばかりで、八年一二月二五日、尾道市へ更に転地した。その甲斐もなく、九（一九三四）年五月五日、尾道にて死去（四六歳）した。同年一〇月、最も円熟味の増した遺歌集『軽雷集以後』が刊行された。

二

尾道千光寺本堂前から、千光寺参道の急な石段を下りて行く。しばらく下ると、左側に〝中村憲吉終焉の家〟と大きく刻まれた大岩が座っている。そこから左に入っていくじゃり道は、公園風に整備され、左右に植木や碑などが並んでいた。まずは中村憲吉寓居を訪ねようと、そのまま左に数メートル余り進む。かぶり松のある門を入ると、すぐに建物が見えた。左側の崖を見上げると、千光寺本堂の真下にあたる。

この家は、憲吉が闘病した離れで、母屋は取り壊されている。平成九年に修理がなされ、公開されるようになったというが、常駐の職員もなく、手前から見学するだけである。八畳と六畳の二間が横に並んでいて、手前と向こう側に縁側があり、ガラス戸の向こうはすぐ崖で、桜の木々を通して海が見晴らせる。八畳の座敷の真中に机が置かれ、床の間に憲吉の遺影が掲げられていた。この寓居で療養しながら歌を詠み続け、四六歳の生涯を終えたのだなあと、しみじみした気持ちになる。

尾道への転地療養については、「冬あたたかい内陸海岸への転地は、憲吉を心配する多くの人の願いであったが、結局親戚の矢野彦太郎、医師の高亀良樹氏等が何度も会合を重ね、検討してきめたものである。条件は採光通風、眺望のよいこと、なるべく閑静な所ということで探し、決定したのが千光寺公園のすぐ下の家であった。家は尾道の山中善一氏別荘であった。」（吉田漱著『中村憲吉論考』〈六法出版社〉）ということだ。

縁側に置かれていたパンフレット「歌人中村憲吉―尾道を詠む」によると、昭和八年一二月二五日朝、憲吉一行は自動車で布野村を出る。晴天ながら三〇センチの積雪の中、約八〇キロの行程を難渋しながら夕方五時頃尾道に着いた。病身の憲吉が三八〇段もある千光寺の石段を上ることは容易でなく、三人の男の手助けを借り、腰掛持参で休みながら四〇分かけて登ったという。

憲吉は、この日のことを次のように詠んでいる。

雪中出郷の歌　三首
ふるさとの雪ふる峡を出でくれば世の国はぬくし冬日照らせる
冬ぬくきみなみを恋ひて自動車《くるま》にて病む身をうつす吾が旅あはれ
道のべに湧井《わくい》ありければ薬服《の》む水をもらひて車とどめき

この三首のうち、「道のべに」の歌が「アララギ」の合評で取り上げられて、「柴生田氏が『表現も自然であるが、内容もただこのまま、……誠に淡々として人の俗を脱した趣である。長塚節が水のやうな歌を自負したことが伝へられてゐるが、……本当に、水のやうだと言つても言ひ足りない境地といふのはこのやうなものであらうか。この雪中出郷の三首は、作者最晩年作中の秀作であるが、中でもこの一首を私は作者の生涯を通じての代表作に加へたいと思つてゐる』と述べている。異見をさしはさむ余地はないように思うのである。」（山根巴著『中村憲吉　歌と人』〈双文社出版〉）と評されている。

憲吉は、この離れでシツ子夫人に手厚く看護されながら、昭和九年五月五日息を引き取るまで歌を詠んだ。その中の二首が陶板に刻まれ、門を入った左側の白壁に埋め込まれていた。

病むわれに妻が屠蘇《とそ》酒もて来れば
　たまゆら嬉し新年にして
病む室《へや》の窓の枯木の桜さへ
　枝つやづきて春はせまりぬ

病床にあって新春を迎えた感慨と、早春の桜の枝に春の訪れを感じている心境を思いやると、あるがままの世界に安住している境地が感じられ、胸をしめつけられる思いがする。

三

寓居の門を出ると、すぐ右手（北）に立派な歌碑が建っている。周りにさつき等が植えられたなか、平たい大きな石の上にシルバーグレーの高い碑が輝いている。香川県産の庵治石という石だそうだが、高さ一・七メートル、幅七〇センチくらいの石の表面を四角くピカピカに磨いて、達筆で刻まれている。

中村憲吉大人歌碑
千光寺に夜もすからなる時の鐘
耳にまちかく寝ねかてにける
山下陸奥書

この碑は、昭和三一年一二月三日、憲吉にゆかりのある尾道の有志によっ

て建立された。揮毫者の故山下陸奥（一八九〇―一九六七）は、歌誌「一路」を主宰した尾道出身の歌人である。

当時、千光寺では市民のために毎時鐘をついていた。鐘楼は憲吉の病床の頭上にあたる。夜なかふと目ざめると、時の鐘が聞えてきた。しばらく寝つかれなくなってしまったというのであろうか。しかし、憲吉は日頃「鐘はいいものです」といって存外気にかけていなかったという。鐘の音に込められた重い心境が伝わってくる。

じゃり道をはさんで反対（南）側には三基の碑が並んでいる。向かって左（西）側の碑は、高さ一・五メートルほどの赤茶色の目立つ石に、憲吉自筆の白い文字で刻まれている。

おく山の馬柵戸《ませど》にくれば
霧ふかし
いまだ咲きたる合歓《ねむ》の
淡紅《うす》はな
憲吉書

何か軸でも元にして彫られたのであろうか。なかなかの達筆である。一度目の帰住時代、布野での作。『林泉集』に載せられている。農村生活、酒造の家業、家族係累等の絆に束縛されて悩むことが多かったが、丹念に山村生活を詠んだ歌の一つである。

真中の碑は、高さ五〇センチ程の斜めに置かれた低い歌碑である。五〇センチ四方、色紙横型にカットされた灰色の石に黒曜石がはめ込まれ、豪快な白い文字で横長に彫られている。

秋深き／木の下道を／少女らは／おほむねかろく／靴ふ／み／来るも／憲吉書

『馬鈴薯の花』に載せられている歌で、案内板によると、上京後三年目、お茶の水での作とある。『中村憲吉　歌と人』（山根巴著）には、「憲吉が都会の風物に心を引かれて作ったさきがけをなすのが〈お茶の水景情〉一連二〇首（大正二年）である」として、「取材にも表出にも作者の工夫努力があり」、「新鮮な感銘」の歌であると述べている。

三つ目、右（西）側の碑は、一・五メートル程の緑がかった石に、次の歌が刻まれている。

岩かげの光る潮より風は吹き
　幽かに聞けば新妻のこゑ
　　憲吉書

『林泉集』の巻頭におかれ、「磯の光」（三四首）と題された一連の中にある。この歌は、大正五年一月二六日、母と新妻を伴い、妻の実家に近い福山市鞆の仙酔島に遊んだ時の光景である。新生活に入ったときの感慨が明るく伝わってくる。山根巴氏は、この一連を「彼の習作期の最後作品であるとともに、自己確立期の端緒となった作品である。」（同書）と評価している。

この三基の碑は、平成一〇年尾道市制施行百周年を記念して、この辺りを整備して建てられたものだということだ。

四

憲吉の遺品などは、林芙美子と同じ〝文学記念室〟の方に展示されている。ガラスケースの中に、酒好きだった憲吉愛用の徳利や盃、急須、湯のみなどの調度品のほか、歌画帖、色紙の帖、『中村憲吉全集』四巻（昭和一三年）なども見える。柿の木で作った特注の机も見事であった。特に印象に残ったのは、花見などに携帯する高級な重箱セットで、いかにも素封家らしい暮らしぶりが伺えた。

今回中村憲吉の碑めぐりを通して、憲吉の「歌と人」に多少触れることができた。憲吉は純粋で穏健な人柄であり、そこからかもし出される歌の調べは、清澄で美しく、平易な言葉の中に、深い味わいがあふれていた。

山根巴氏は、憲吉について、「〈アララギ〉における彼の位相は、①誠実な実作者であり、②真摯な万葉研究者であり、③生活本位に、謙虚に生きた良識人であった。」そして、「近代歌壇におけるそれは、①左千夫門流の俊才であり、②温厚ななかにも心の徹った歌人であった、ということになろうか。」(同書)とまとめている。

憲吉の歌碑は、出身地である布野や三次に数基あり、今後是非訪れたいと思う。布野の風土に浸って、歌を味わいながら憲吉の歌境に迫っていきたい。

(平成一九年七月二〇日稿)

4　中村憲吉ふるさとの碑

一

国道五四号線を北へ北へとひた走る。山がだんだん迫ってきた感じがしてきたと思うと、右手に〝道の駅ゆめランド布野〟が見えてきた。いよいよ布野にやってきた。ここで一息入れる。

土用の最も暑いこの時季、広島を出る時はむんむんする暑さだったが、からっとした清澄な空気。日陰に入ると、心地よい風さえ吹いて涼しい。見渡すと、青い空のもと、深い緑の山々に囲まれて、田んぼと集落が開けている。中央を五四号線が走り、それに沿って清らかな布野川が流れている。近くの山は、植林された美しい杉林と雑木林がうまく噛み合って風情がある。その山の上に、だんだん薄れて山また山が続く。中国山地の山々だろう。この辺り、今まで走って来た風景とは一変して、何だか幽境の地という感じがする。

平成一九年五月下旬、中国新聞で「憲吉の世界じわり人気」という見出しで、布野の憲吉旧宅を見学する人が増えているという記事を見た。憲吉の歌を鑑賞するには、まず布野を訪れ、旧宅を訪ねてみようと思った。

暑いさ中であるが、車の便があったので、思い切ってやって来た。

二

事前に電話連絡をしていた三次市布野支所の生涯学習センターを訪ねた。見学届を記入し、職員の方の案内ですぐ近くにある憲吉旧宅に向かった。

まず布野川を渡る。平成一〇年に架け替えられたという立派な小原屋橋。何と、五〇センチ程の角柱の黒い親柱四本に、健吉の歌が刻まれている。

春萌ゆる芽かも掘るらむ裏の川の岸にひさしくかがまれる人　憲吉

卯のはなの季節《きせつ》にいれば手助けて田を植ゑいそぐ峡《かひ》びとのとも　憲吉

しぐれぐも往来《ゆきか》ふみれば多幸太《たかうた》の峯のもみぢに松まじりたる　憲吉

遊免《いうめん》へわたる土橋《どばし》の橋《はし》ぐひの濡《ぬ》れたるほどはみな凍《こご》りたり　憲吉

初め三首（春・夏・秋）は『軽雷集以後』に、最後の冬の歌は『しがらみ』に収められている。

春、水ぬるむ頃、この橋の下を流れるせせらぎにかがんで、せりであろうか、いつまでも無心に摘んでいる人。夏、卯の花の咲く頃、村人総出のにぎやかな田植え。秋、しぐれ雲の往き交う空、山は紅葉の真っ盛り。冬、しばれるこの橋。土橋の橋杭はかちかちに凍りつく。七、八〇年も昔、このあたりから臨む布野の四季を詠んだ歌を味わいながら、憲吉の世界へ引き込まれていく。

三

昭和二年に建てられたという立派な門に白い土塀が続く。いかにも素封家らしいたたずまいである。この旧宅は、平成一六年中村家から布野村へ寄贈された。市町村合併に伴って三次市に移り、平成一八年から指定管理施設として、布野まちづくり連合会が管理している。中村家から寄贈された所蔵品などは、目下広島県立美術館や松山の子規記念館で保管されているということだ。

横の管理棟入口から中庭に入る。目の前の大きな二階建を見上げる。正面玄関は閉ざされており、横の内玄関から入った。広い畳の部屋が二筋次々に並んで、回り廊下がめぐっている。畳は寄贈後表替えされたそうで新しい。天井はすべて肥え松の一枚板が使われている。ここ母屋は父修一氏の代に建てられたものというが、古い建物という感じは全くしない。いただいたパンフレットによると、八畳から一二畳の部屋が一階に七部屋、二階に五部屋ある。仏間には大きな仏壇がそのまま残されている。書斎には作りつけの本棚があり、「アララギ」のバックナンバーがずらりと並んでいた。書斎から廊下の窓越しに、歌にもよく詠まれ、中村家の借景ともなっている梶谷山が臨める。岡部台にある歌碑の「満月は……」の歌は、憲吉がこの書斎の書院に座して、梶谷山の上に出た中秋の名月を詠んだ歌だと、職員の方から伺った。

台所などは、一〇年くらい前まで家族の方（お孫さん）が住んでおられたので、現代風に改装されている。

母屋に続いて、一二畳と一〇畳二間続きの堂々とした客殿がある。こちらは憲吉の代になって建増しされたものだそうだ。八〇年近く経っているはずなのに、非常に新しい感じがする。中村家は林業も手がけておられたので、最高級の素材が使われているせいだろう。随所に凝った造りが見られる。この部屋に斎藤茂吉や土屋文明も訪れたそうだが、床の間の前に置かれている桐の火鉢に、彼らも手をかざしたであろうと想像すると、何か不思議な感じがした。

客殿の二階は、客人の寝室に当てられたという。この二階から表通りの方を眺めると、道路を隔てた向こうに蔵などが見える。酒造業をしておられた当時の酒蔵だそうだ。表通りは明治時代に作られた道で、敷地が二分された。庭には樫、檜葉、栂などと共にアララ木（いちい）も見える。

さすがに豪商の家だと感動した。憲吉はこの家で忙しく家業に従事しながら、多くの歌を詠んだのだなあと感慨ひとしおだった。この建物の回りがほとんど廊下でガラス戸なので、どこから眺めても周囲の情景が見え、つぎつぎと歌が生まれたのであろう。

この家は、いずれは「中村憲吉記念文芸館」とするよう進められており、現在は月一回短歌交流会などで使用されているそうだ。

四

職員の方と別れ、近くにある岡部台の歌碑に向かった。岡部台は小高い丘であるが、現在は中学校が建っている。その一角にあるらしいのだが、登り口がなかなか見つからない。憲吉の歌碑など訪ねる人は稀なのだろう。やっと小さな立て札を見つけ、茂みを分け入って登って行った。木々がうっそうと囲む森の中に碑を見つけた。苔蒸した石の上に、高さ一五〇センチ幅一〇〇センチ程の大きな黒い石の中央を磨いて、趣きのある憲吉の文字で刻まれていた。

満月は暮るゝ空より須臾に
出でて向ひの山を照りて
明るし　　　憲吉

「昭和十九年、憲吉の十回忌を記念して、中国新聞社提唱と援助により布野教育振興会が建立」と碑の裏面に彫られていた。

この歌があの書斎から詠まれた中秋の名月である。『軽雷集以後』に収められている。西に太陽が沈むと、間もなく東の空、梶谷山の上に名月が顔を出し、こうこうと輝いて山を照らしている。先程実際に書斎から山を眺めただけに、澄み切って美しい光を放っている月がほうふつとしてくる。「須臾《しゅゆ》」という難しい言葉が重みを感じさせる。

この歌に続いて、一連の歌が二首ある。

中秋名月

高畑の家と木立のあはひより

月あきらかに近づきて出づ
照る月のななめに射せば塀のうちは
なほ夕闇の蔭おほき庭

（『中村憲吉全集』第一巻〈岩波書店〉による）

いずれもしんみりと布野の月を詠んでいる。これらの歌が詠まれた昭和八年は、憲吉の病状はかなり進んでおり、最後の中秋の名月となった。感慨深いものがある。

五

中村家の菩提寺は、生家から少し南に下がった布野町戸河内にある真宗本願寺派臥龍山真光寺である。ここにも歌碑が建てられているというので、地図を頼りに訪ねた。

後に山を負った小高い所に、赤褐色の石州瓦の大きな屋根が見えてきた。境内は広く、掃き清められて、端正なたたずまいの立派な寺である。本堂前で手を合わせ、鐘楼横の一隅に碑はすぐに見つかった。

高さ五〇センチ程の大きな台石の上に、一メートル四方の御影石が載っている。表面がよく磨かれ、変体仮名混じりの見慣れた憲吉の文字で刻まれ、墨が入れられている。

山こえて雨に来れる
檀那でら昔の塀の
百日紅のはな
憲吉

バックに檜葉が植えられ、石など程よく配されて趣がある。真光寺は昭和五年に火災に遭っており、当時の百日紅そのままではないが、横の方に百日紅が紅い花をつけていた。この碑は、昭和四五年一一月、真光寺ゆかりの栗原利春氏が寺への恩返しに建立されたという。
真光寺は中村家と血縁関係もあり、父修一氏は檀家として物心両面で相当の援助をしている。憲吉もこの寺をよく訪れたという。『軽雷集以後』に収められているこの歌は、昭和三年の作。この一連の歌は次のようである。

九月十九日冷雨ふる
ひさに病み人にわすられし檀那寺の前住僧の訃やつかひの言ひ来

山こえて雨にきたれる檀那寺むかしの塀のさるすべり花
しはがれて御経の調子つよく誦みしこの人のこゑ永久《とことは》に絶ゆ
曾てこの老院家きて弔ひしわれの祖父母の年忌古りたる
わが祖父に似かよひのある老僧のながき白眉死がほにみつ

（『中村憲吉全集』第一巻による）

いずれの歌もそれぞれに温かみがあり、前住僧への追悼の気持ちがあふれている。こう並んでいると、「百日紅のはな」にも特別の思いが込められており、しみじみとした味わいが湧いてくる。

暑さのためか鳴りをひそめていた蝉しぐれがあたりのしじまを破った。と、突然「かな、かな、かな」とひぐらしの一声。まだ立秋も迎えていないのにひぐらしの声を聞くとは。ここの雰囲気にぴったりだと感動しながら、真光寺を後にした。

布野に来て、生涯学習センターの方に会ったほかは、ほとんど人影すら見なかった。憲吉のふるさとは、美しい自然に恵まれた清澄な山村であった。静寂な中に、何か表現しがたいムードが漂う。この風土でこそ、憲吉からほとばしるように歌が生まれたのであろう。

布野町には、もう一つ入会の森に歌碑がある。造林を詠んだこの歌碑はかなり山奥にあるそうで、今回は見合わせた。また秋になって、山登りも兼ねて訪れてみたいと思う。今回の訪問で、また一歩憲吉の歌が身近になった。今後、彼の歌集をひもといて、少しずつ味わっていきたいと思う。

（平成一九年八月二四日稿）

5　中村憲吉〝入会の森〟の碑

一

「じゅんや博士　読書、文章作法の会」メンバー有志で、中村憲吉旧居と〝入会の森〟の歌碑を訪ねることになった。この歌碑は、八月私が布野を訪れた際、山の上にあるため暑さで果たせずにいたもので、会員の方からのありがたい発案で実現した。

ドライバーは、T・SさんとR・Kさん。ほかにSさん、Tさん、Kさんと私の六名は二台へ分乗のドライブとなった。地理に詳しいT・Sさんの先導で、私はその助手席に座った。一一月下旬（平成一九年）の五四号線は、晩秋に向かう紅葉が見事だった。山々はすでに赤は落ち、金茶色の山というか、茶色あり、褐色あり、オレンジ色あり、山吹色あり、もこもことまとまりをもって、時折さす薄陽に映えて輝いていた。その中に緑が混じって、いっそう渋い錦秋の山々を織り成していた。みんなで「ああきれい！」と感嘆の声をあげながら、布野へ向かった。

途中〝道の駅ゆめランド布野〟で昼食を済ませ、布野町まちづくり連合会アドバイザーの方のご案内で旧居に入った。

二

旧居には新たに、憲吉への理解を深めてもらうための写真パネルが展示されていた。襖に焼杉状のパネルを張って、二〇枚余りの写真が見られた。まずすでに私が訪れた歌碑の写真が目に付く。さらに、憲吉が住んでいた当時の居間や書斎の写真、憲吉の葬儀に参列した斎藤茂吉や土屋文明らが写った集合写真、尾道の終焉の家などいろいろ展示されている。中でも私の目を惹いたのは、五日市の仮寓と吉田漱氏の論考で読んだ、真黒い木彫りの「愚庵の狗子《くし》」の写真であった。

五日市の仮寓は、最初に療養した入江の側の家であった。昭和五八年に吉田漱氏が撮られた写真とはかなり異なっていた。吉田氏のものは入江沿いに家が立ち並び、当の家も増築されているようだ。今見る写真は、ぽつんと一軒あるのみで、単純な二階建てである。憲吉が住んでいた当時のものだろう。憲吉はこの二階で療養した。

「愚庵の狗子」は、昭和八年憲吉が二度目の五日市療養中、斎藤茂吉が見舞いに訪れた際にアララギからの見舞品として、茂吉から後日送られてきたものだ。この狗子は、正岡子規にも影響を与えた歌人の愚庵和尚が愛玩して撫でていたものという。真黒な艶光りのした、愛嬌のある木彫りの犬である。憲吉は茂吉あてに次のような礼状を送っている。

　愚庵和尚の狗子は誠に珍重々々。俗工匠の手彫、却って面貌形体に愛嬌ありて大いに宜しく候

　物さやぐ春に病むとき慰めて愚庵の狗子《くし》の奇しく來坐せる

　枕べに木彫の狗はひと日居れ病のひまに手をのべて撫づ

　傳はれる木彫の狗子は愚庵和尚が撫でて艶づき生ける如しも

　うち臥り終日みれば賜はりし木彫犬の顔人に似にけり

　この狗子は木彫にあらずよく見れば其處に誰かに似て彫られける

　等々興に乗じて出鱈目の歌久振りに書きつらね申候。御笑覧被下度候。作歌も久しく怠れば全く勝手を忘れたる心地いたし候。誠に億劫に候が仰せに従ひて時々試み申すべく候

（『中村憲吉全集』第一巻による）

贈り物が尊敬する愚庵和尚の愛玩物であったことに深く感動し、慰められていたことが伺われる。

三

いよいよ〝入会の森〟に向かう。アドバイザーの方から道順を伺い、途中からは歩いて登ると聞いた。

旧宅から五四号線を南へ引き返し、下布野の信号を西に入る。入会の森まで四キロと標示がある。一本道をひたすら走る。と、前方に砕石場が見えてきた。ダンプも出入りしている。ここで一度人に尋ねて、山道をどんどん登っていく。急に道幅が狭くなって、車はここまでかと思ったが、Sさんは勇敢にハンドルを切って登り出した。幅員は大丈夫だったが、両側の木々が容赦なく車に当たる。引くに引けなくなって、遂に頂上まで車で登り切った。SさんとKさんの大胆さとハンドルさばきの見事さに感心し、一同ほっとした。

頂上は見晴らしの良い平らな広場となっていた。北側と東側は植林された杉林、南側と西側は山々や田畑が遠くまで見晴らせる。作木の集落も見える。広場の中央に、一・二メートル四方に一メートルほどの高さの土盛りがなされ、その上に碑が建っていた。碑石は横一メートル、縦〇・八メートルほどの矩形にカットされた御影石。歌は憲吉の筆で彫られていた。

入会之森碑

造林の山を廣けみ
日照りつゝ　天のしぐ
れの降りすぐるみゆ

憲　吉

杉林を背に、眼下が開けた西方を向いている。裏面に、入会の森のことと碑の由来がるる説明されていた。

入り会いの森の碑由来

この一帯の森は　もと下布野村住民の入り会い地で（中略）遠く藩政時代から薪炭柴草の豊かな供給源として村民を潤して来た処である（中略）大正年間の整理によって　半ばは区民各戸に分譲され　半ばは村有林に編入されたが　村有林の半分は　なお区民の共用地域として残された　下っ

て昭和三十年　これが管理に当たる下布野生産森林組合が設立され（中略）　明治百年に当たる今年この山林の維持開発の体制が確立した　ここに　世を　経　代を重ねてたゆみなく受けつがれて来た祖先の尊い営みに感謝するとともに　この美風が永く将来に継承されることを念願して郷土が生んだ希世の歌人中村憲吉の詠歌一首を刻み　ここ森の中央を点じてこの碑を建てる

昭和四十三年十月

下布野生産森林組合

碑文揮毫　笠岡理三郎

碑文撰　森田武広大教授

四

中村家は造林に力を入れ、財力を蓄えられたという。憲吉も父修一氏から家督を譲られ、大正一五年二度目の帰住以来、盛んに造林に精を出していたようである。その様子が伺える歌をあげてみる。

女亀山

國境にいざよふ雲や國ばらの雪もしぐれもこの御山より

八千代とせの森にしげれど雲のゐる女亀の山に檜を植ゑまつる

うつそみの命さみしもこの山に百世の後の樹を植うわれは
冬づけど植ゑをへぬ山いち二度は氷雨ふりけむ檜葉の焼いろ
造林の山を廣けみ日照りつつ天のしぐれの降りすぐる見ゆ
（同書による）

これらの歌は『軽雷集以後』に収められているが、布野の人々は、憲吉を単に郷土の歌人というだけでなく、造林事業の先駆者として位置づけ、入会の森に歌碑を建立したということが伺われる。

五

四六歳で早世した中村憲吉は、三〇〇〇首を超える歌を遺している。憲吉はふるさと布野をこよなく愛した。布野の風景や四季の移り変わり、そこに暮らす村人の姿などを詠んだ歌が五〇〇首以上あるという。

大正五年一〇月から九年三月まで、東京から第一次の帰住をしているが、田舎暮らしの寂寥感・焦燥感を克服し、家業の手伝いの傍ら「アララギ」の選歌などもし、自ら歌を作り続けて、第三集『しがらみ』に収めた。

夕餉にて妻より聞ける村びとの身の起こりごとこころに沁むも（「夕雨」）

倉へ入りて今日も小暗し小作人《こさく》より秤にかけて米を受取る（「寒しぐれ　その二」）

落ちつきて物をば書かむ雪のあさ母屋のかたに音静みかも（「雪の朝」）

この家に酒をつくりて年古りぬ寒夜《かんや》は蔵に酒の滴《た》るおと（「搾酒場《しぼりば》」）

夕されば早く陰りて鳴りしづむ山川へ下りて一人きき居り（「河岩の上」）

（同書による）

『しがらみ』の歌は、東京時代の『馬鈴薯の花』『林泉集』の、写生を基調にしながらも都会的な浪漫的傾向に傾いた歌風から、実世間の生活に親しんで郷村の自然と人事に眼を向けて詠んだ歌へと、すっかり趣を変えた。

憲吉は、大正一〇年大阪毎日新聞社記者として郷里を離れるが、大正一五年、家督を相続したため第二次の帰住となる。そこで生まれたのが『軽雷集以後』である。

村びとの已《おの》がじしなる生きざまに日々にしたしむ寂しみながら（「疎音多罪」）

日ならべてこころの憂さやかかりごと彼《あれ》もこれもの捨て置きがたき（「晩秋雑詠」）

山峡は若葉しづまれ今年またひとつところに鳴くほととぎす（「この日ごろ」）

山かひは時雨の晴れてゆふさむし嶺のもみぢに空の澄むいろ（「しぐれ黄葉」）
前栽に雪をかむれる赤き実は風情《ふぜい》ふるけれどかへつて目出度し（「新春の雪」）
（同書による）

『軽雷集以後』の歌は、大阪時代の叙事的で紀行吟の多い『軽雷集』に比べ、格別珍しいものを対象にしているわけでもなく、穏やかで澄明である。集の後半は病む身でありながら、暗くなく、安らかさ、朗らかささえ感じさせられる。山根巴氏はこの集が最も充実しているとして、「各々の歌の技巧は円熟しきって、歌相は地味ながらその奥に無量の滋味をたたえている。」（『中村憲吉　歌と人』）と評価している。

憲吉は都会と田舎を行ったり帰ったりしながら、郷里布野とともに歌人として大成していったと思われる。憲吉の歌は、新鮮な感覚の上に万葉の重厚さのある調べをもち、平淡なうちにも滋味をたたえた歌風を築きあげた。

この度会員の皆様のおかげで再び布野を訪れることができ、一歩憲吉への理解を深めることができて感謝している。

（平成一九年一二月一〇日稿）

6　中村憲吉三次の碑

一

　国道五四号線から三次市街地へ入り、ＮＨＫローカル放送常設カメラでなじみの巴橋を渡ると、左手前方に、比熊山を背にして尾関山が見えてくる。そのまま北へ進み、浅野家の菩提寺、阿久里姫（瑶泉院）ゆかりの鳳源寺の前を通って、尾関山公園駐車場に入る。秋の彼岸（平成一九年）というのに厳しい残暑のなか、中村憲吉の碑を求めてやってきた。

　阿久里姫の像の側に案内板があった。碑は山の頂上あたりのようだ。木陰を選びながら右回りに遊歩道を登っていく。十分足らずで野外ステージのある広場に出た。桜の名所だけあって、桜の古木が沢山ある。その一隅に、高い石組みの上に堂々とした碑が青空の下に輝いていた。高さ二・六メートル、幅三メートルの菱形をした茶色っぽい自然石の中に、光沢ある黒い石（縦九五センチ横一〇六センチ）がはめ込まれ、変体仮名混じりの憲吉直筆が白い文字で鮮やかに刻まれている。恐らく横型色紙を五倍くらいに拡大されたものだろう。

　この山の
　　桜にむかひ
　　　流れくる
　川ひろくして
　　水の引かれる
　　　　　憲　吉

背後には松や楓、前面にはさつきや柘植、山茶花などが配されて築山風に設えられている。すぐ前にしだれ桜も植えられており、立派なものだ。
右下の石に次のような解説が彫られていた。

　この歌はこの地を逍遥して詠んだものである
中村憲吉は明治二十二年布野村に生まれ　三次中

学校に学び第七高等学校を経て東京帝国大学を卒業し　アララギ派歌人として林泉集　しがらみなどの歌集を遺して　昭和九年五月五日四十六歳の生涯を閉じた

この歌碑は、憲吉を慕う郷党の発意により、昭和五四（一九七九）年三月に三次ライオンズクラブによって建立されたという。三次の町で、憲吉は三次銀行、芸備鉄道などの重役を歴任した時期もあり、大事にされていることが伺われる。

二

ここの広場から少し登って、展望台に上がってみた。山あり、川あり、市街地あり、田畑あり、三次の四方が見渡せるすばらしい眺めであった。昔から「水郷」と呼ばれる山紫水明の地。北東から西城川が、東から馬洗川が、西から可愛《えの》川がこの地で合流し、江川となって、尾関山に向かって流れてくる。この合流した広い江川は、中国山地を縫って、日本海へと流れていくことだろう。今は桜の時季ではないが、まさに「この山の桜にむかひ流れくる」を実感した。「川ひろくして水の引かれる」と尾関山からの眺望をみごとに詠んでいる。

関口昌男氏の『中村憲吉とその周辺』〈短歌新聞社〉によると、この歌の一連の作が昭和六（一九三一）

年五月一九日付の大阪朝日新聞に、また同年「アララギ」六月号に掲載されたということだ。後に『軽雷集』に収められている。

三次櫻景三趣

尾關山

この山の櫻にむかひ流れくる河ひろくして水のひかれる
街べよりみる城山はいく段も咲きかさなりし花の山かも
花のもとの酒宴《うたげ》にゐらぐ人みれば今日のひと日は世苦《せく》なきごとし
山のうらは櫻にかはる松ばやし目《ま》したにふかき青淵のいろ

鳳源寺

寺に来て人を回向し咲きがたの櫻にあふが心うれしき
築庭は山をとりいれて櫻あり寺房《じばう》にとほるうぐひすのこゑ
古りのこる枝垂 桜《しだれざくら》や血統《ちすじ》はやく絶えし国守《こくしゅ》の菩提寺《ぼだいじ》の庭
師直《もろなお》の懸想《けさう》のひとの生ひ立ちし館のさくら咲きいでにけり（瑶泉院出生地なり）

土手櫻

土手ざくら妓樓《ぎろう》にそひて咲きあかり花のうへより三味の音《ね》おこる
ひたむきに花吹雪《ふぶき》すれ土手したの甍のうへを吹きみだし飛《と》ぶ

（『中村憲吉全集』第一巻による）

三次は憲吉が中学時代を過ごした懐かしい町であり、養子先の香川旅館は尾関山の近くにあったようだ。この辺りは憲吉の知り尽くしていた所である。桜の名所尾関山の遠景を、花見客の姿を、また鳳源寺の庭に歴史をからめて桜の美しさを、それぞれ目に浮かぶように詠んでいる。「師直《もろなお》の懸想」は実話ではなく、歌舞伎の「仮名手本忠臣蔵」をもとにしている。「土手櫻」は西城川に沿って遊廓があった辺りの桜を優美にとらえている。この三か所の桜をそれぞれの趣で巧みに詠じていることに感じ入る。この歌が詠まれたころは、二度目の布野への帰住の時期で、故郷の自然に改めて感動を覚えたことだろう。

下山は反対側の遊歩道を下った。「山のうらは桜にかはる松ばやし」とあったが、楓が多いのに驚いた。紅葉もすばらしいだろうと想像しながら、駐車場へ急いだ。

三

憲吉の母校旧制三次中学校（現県立三次高等学校）にも歌碑があるというので、立ち寄った。

校門を入ると、玄関前に数本の木立がある。憲吉の碑はこの中にあった。檜葉やかいずかを背に校門の方を向いている。前の方には松やいちいなどが茂って、すぐには気付かなかった。無造作な台石の上に、高さ一メートル幅一・二メートルのごろっとした花崗岩が載せられ、その中程に、縦三〇センチ横四五センチの銅版がはめ込まれている。

憲吉の歌

少年のわれ
山河に親しみて
此處に学べり
二十年まへは

明朝体風の文字で銅版鋳造されている。この碑は、三次中学二期卒業で、憲吉の二年先輩にあたる大井静雄氏（弁護士で歌人）が発起人となって、昭和二八（一九五三）年一〇月二五日に建てられた。文字は建立時の校長だった井上三喜夫氏筆ということだ。

憲吉は明治三三（一九〇〇）年一二歳の時、祖母の異父妹である香川八重子の養子となり、三次中学に通った。二年生の時、文学愛好の同志が集まり、「白帆会」という文芸グループができた。当時憲吉はまだ短歌は作っておらず、俳句や短文を書いて活躍した。その後三年後輩の倉田百三も加わり、文芸熱は高揚し、文学的素地が培われた。

豊かな山河に囲まれた美しい自然の中で、恵まれた文学仲間と文学論を戦わし、経済的にも、旅館業を営んでいた大伯母のもとで理解ある養育を受けて、恵まれた中学生活を送ることができた。そうした中学時代を、この歌はそのままに物語っている。

四

碑の歌は、大正十四（一九二五）年の作で、「故郷山河」と題した八首連作の中の一首である。『軽雷集』に収められている。

故郷山河

山國《やまぐに》は夏の夜ながら露けかれ奥吉備《おくきび》にはてし私設鐵道《しせつてつどう》
停車場へ降《お》りればすぐに匂ふなる麻野《あさの》は刈られ夏ふかみたる
夜の町へ黒きかげひく山邊《やまべ》より夏川《なつがは》の音ひろがり聞《きこ》ゆ
かへり来て夜のすずしさ山がはに星ぞらを浸《ひた》すこの國原は
ふるさとの山がはの町は夜霧《よぎり》して空にいざよふ十日餘《まり》の月
少年《せうねん》のわれ山河《やまかは》に親しみて此處に學べり二十年《はたとせ》まへは
過ぎ行ける生命《いのち》をおもふ高谷山《たかたに》にあな傾ける片割《かたわれ》の月
天霧《あまぎら》ひ月夜更けゆく町の外《と》は四つの川の波が騒がふ

（同書による）

三次は霧の深い川の町、星と月の美しい夏の夜を余すところなく詠み切っている。関西での新聞社勤務の多忙さの中にあって、郷里の自然がしきりに思い出されたのであろう。憲吉は、この翌年大正一五（一九二六）年二度目の布野への帰住を果たしている。

なお、三次高等学校には憲吉の碑の近くに、倉田百三の文学碑も大井静雄氏によって建立されている。

（平成一九年一一月一日稿）

7　中村憲吉上根峠の碑

一

かつて中村憲吉の生家を訪ねた折、布野町まちづくり連合会から戴いたパンフレットの中に、八千代町上根峠〝ふれあいの里公園〟にも憲吉の碑があることが記されていた。三次から帰る途中立ち寄った。

上根峠は、広島市と安芸高田市の境にあたる。広島市内からいえば、国道五四号線を北上し、可部・三入を過ぎて安芸高田市八千代町に入ると、急な峠にさしかかる。現在は三つのトンネルをくぐってバイパスができており、急な峠という感覚は薄らいでしまっている。以前はつづら折りの坂をぐるぐる回りながら、軽自動車などはあえぐようにして登っていったものだ。この峠は分水嶺になっていて、峠下の根の谷川は瀬戸内海へ、峠上の可愛《えの》川は日本海へ流れているという場所でもある。

三次からの帰途、旧道上根峠を下って、ほとんど下り切った左側（東側）に、根の谷川に沿って細長い公園が見えてきた。〝ふれあいの里公園〟と大きな文字が見える。入口を入ると、すぐ取付きに茶色の高い自然石の碑が建っていた。

四〇センチ程の高さの石が数個並べられた上に細かい砂利が敷かれ、その上に高さ二メートル幅一・二メートル、先端のとがった碑石が載っている。その中央部に高さ一・五メートル幅〇・五メートルの細長い灰色の御影石がはめ込まれ、どなたの筆かわからないが、達筆の白い文字が大胆に刻まれている。

なづみのぼる上根のさかのつゞらをり
くるまにさやる木の葉は折らず
憲　吉

碑の左手に「中村憲吉年譜」が立てられていたが、碑の由来などは何も彫られていない。『中村憲吉全集』第一巻をひもといてみると、この歌

は、憲吉が療養先の五日市町から布野村へ帰る途中、上根峠で詠んだ歌とわかった。昭和初年の自動車のことだからスピードは出ず、「なづみのぼ」ったことだろう。しかも道幅が狭いので、山側の木々の葉が度々自動車に触れるが、折れることはなかった。そんな状況を車の中で案じていた病人の気持ちが如実に伝わってくる。

碑の手前には、三〇センチ角の石畳が三メートル四方にわたって敷かれている。側に「旧県道の石畳」という絵入りの表示板が立っていた。それによると、旧県道の写真が残っていないので、人の話を聞いて絵で再現したという。幅員が四メートル、石畳部分が三メートル、谷側には高さ五〇センチの石止めが、山側には水路が掘られていたということだ。その道を記念してここに復元されているのである。碑の歌の「くるまにさやる木の葉」と詠まれているのがわかるような気がした。この碑は、平成八年に公園が作られる際、八千代町教育委員会によって建立されたということだ。

二

憲吉は、昭和四（一九二九）年一二月末頃から肋膜炎を発病、以後病気を抱えたまま家業に、短歌活動に東奔西走の活躍をしていた。昭和六〈一九三一〉年頃から体調を崩してしまい、翌七年には体調回復せず、二月一四日療養のため気候温暖な五日市町に転地して来た。入江に臨んだ陽当たりの良い家で、体調は少しずつ回復した。その頃この家へ旧制広島高等学校生であった近藤芳美が訪ねて来て、短歌の指導を受けている。同じアララギ派の歌人斎藤茂吉は、医者であるだけに憲吉の病状を案じ、度々手紙をよこしていた。七月中旬になって、布野で大洪水があり、医師と相談の上一〇月二日に一度帰村している。

昭和八年に入って、一月八日再び五日市へもどって来た。住居は家主の都合で近所の別の家に移っている。以後七月七日までの半年間この家で静養をした。しかし、病状は次第にかんばしくなく、四月一一日には斎藤茂吉が見舞いに訪れている。

あづまよりはるかに来給ひし君と居て
この三日間は實にみじかし

と詠んでいる。間もなく梅雨に入り、

ふるさとの山かひの梅雨の肌さむさ
それは思へど家戀ひがてぬ

と、布野が恋しくなったのであろうか、遂に七月七日に帰郷している。その帰途に詠んだ歌が、上根峠の碑、「なづみのぼる」の歌であった。この時の一連の歌が一一首ある。

七月七日炎暑歸郷旅途

ふるさとへ歸る長路にいり行かむ山がうれしも行く手にあをく
病むわれの見つつとほりし廣島の市《いち》のちまたは夏さかりなる
かい道は家むらも畑もほこり浴びあつき樹々より蟬鳴きにけり
眞夏野のかがやく遠方《をち》に雷鳴りて雲たむろせり可部《かべ》のおく山
自動車の道を追ふことはやし夕だちの過ぎしばかりの村をとほりぬ
ゆふ立のなごりが軒にしづくせる山かひの村行くにしづけし
いきほひて濁りなみだつ峽の川なほ谿おくは降り續《つ》げるらむ
山がはのしぶきをあぐる岸にしてそよげる合歡は花いまだなり
われ久にとほらざりける舊縣道の峠の宿《しゆく》はすたれけるかも
なづみのぼる上根のさかの九折《つづらおり》坂自動車《くるま》にさやる樹の葉は折らず
ゆふだちは上根の嶺《たを》のうらおもて四五里やふりし道の濡れたる

（『中村憲吉全集』第一巻による）

夏の真盛り、広島の街を通り、埃を浴びている街道を行き、可部辺りからは夕立に遭って、厳しい長路であったであろう。しかし、病は癒えぬながらふるさとへ帰る喜びが伝わってくる。これらの歌は『軽雷集以後』に収められている。

三

憲吉が五日市で療養したことを知ったのは、近藤芳美の文学碑について書いた時だった。その後憲吉について調べていくうちに、一度五日市を訪ねたいと思いつつ、果たせずにいた。この度、吉田漱氏の『中村憲吉論考』〈六法出版社〉を読んで「五日市の家」という論考に出会った。氏は昭和五八年秋この地を訪れ、踏査しておられる。憲吉の仮寓は、五日市町の海老山西側の地域にあったようだ。氏の論考を頼りに現地を訪れてみた。

JR五日市駅から国道二号線を越えると、すぐ海老山登り口がある。海老山は小高い丘のような山であるが、桜の名所として知られている。昔は山の上に広場があっただけだったが、今は立派な公園に整備されていた。山上から西方を眺めたが、樹木に遮られてよくわからない。すぐに山を下りて、西側の塩屋神社の方へ回ってみた。かつて神社の前は入江があって、船溜まりになっていたと思う。吉田氏が訪ねられた時点でもそれはまだ残っていて、入江の西側沿いに、憲吉の一度目の寓居が存在していたそうだ。期待して訪れたが、現在は入江を暗渠にして、家屋もなく、真新しい道路が走っているのみだった。回りはまだ整備中で、最近変貌したらしい。

二度目の仮寓は、その少し西寄り、南に下がった海沿いの家だったそうだ。一帯は、吉田氏が訪ねられた時すでに沖の方へ埋め立てが進み、住宅地と化していた。しかし仮寓は残っていて学習塾に改築されていたそうだ。ところが、現在は道路拡張のためその家もなく、空地になっていた。一帯は海老山にトンネルを通して幹線道路を作るとか、盛んに工事が進められていた。吉田氏は家主のルーツをたどって、家の平面図なども調べておられる。今、近くの方々に尋ねても、憲吉がこの地で療養したことすら全くご存じない。開発の波もさることながら、すでに長い歳月が流れてしまっていることを痛感させられた。

四

憲吉は五日市でもかなり沢山の歌を遺している。(『軽雷集以後』)　昭和七年作では、

ふるさとのしのこしごとの気がかりを未だも持ちて旅《たび》に居《ゐ》馴《な》れず

旅にして今宵住みつく家のうら枯蓮田《かれはすた》に時雨《しぐれ》降りいづ

わかる。

　月蝕のひかり低くして波にあり潮満ちきたる家裏《いへうら》の堀

と詠んでおり、当時の仮寓あたりの様子が伺い知れる。昭和八年の歌では、病状が進んでいることがわかる。

　いたつきに老いゆくらむか口ひげに白髪《しらが》生ひそめておとろへにける
　ふゆ海の景色も窓によく見ねば顔あらひ了へてただに臥すなり
　した濱の打ちたて牡蠣はうまけれど病みては食の減りしこのごろ
　夜半にして月いづるころを病む室にねむり覺むるはあはれなりけり

（『中村憲吉全集』第一巻による）

　尾道の終焉の家はもとより、上根峠を通っただけでも歌碑が建てられているのに、二度にわたって療養に来て、歌も沢山遺している五日市に、その痕跡が何も残っていないのは、非常に残念なことである。このことを海老園に住む知人に話したところ、近い所に憲吉の療養した家があったなんて……と感激して、関心を示してこられた。今整備している辺りに碑を建てるのに恰好の場所もあるし、歴史家の方や市会議員の方とも交流があるので、是非話題にしたいと話しておられた。

いつの日か、五日市に憲吉の歌碑が建つ日が来るとうれしいと思った。

（平成一九年一一月一五日稿）

8　若山牧水の碑

一

若山牧水といえば、おおかたの人が、「幾山河こえさりゆかば寂しさのはてなむ国ぞけふも旅ゆく」の歌を口ずさむほどに、愛されている歌人である。書道の作品作りでも、牧水の歌を書く人が多い。

この「幾山河……」の歌碑は、彼の没後一年目に建てられた、最初の歌碑である沼津千本松原の歌碑を初め、北海道根室本線札内駅など、全国で一〇基にもおよぶと聞いている。この歌を作歌した、広島県庄原市東城町と岡山県新見市哲西町にまたがる二本松峠にもその歌碑があると、県北出身の友人から聞いて、一度訪ねてみたいと思っていた。

昨年（平成一九年）一〇月七日付の中国新聞で、「二本松峠に牧水歌碑　東城詠歌100周年で除幕式」という見出しの記事を見た。牧水が「幾山河」の歌を詠んで百周年に当たることから、新たにもう一つ歌碑が建てられ、一〇月六日全国から三〇〇人が出席し、牧水の孫の榎本篁《むら》子さん＝静岡県沼津市＝

も招いて除幕式があったという。
秋晴れに恵まれた一一月上旬（平成一九年）、紅葉狩りを兼ねて友人に案内していただいた。

二

小春日和の中国自動車道は、紅葉の真っ直中にあった。不思議なことに赤色が乏しく、茶色の山である。地元の方によると、今年は夏の暑さが長く続いたため、山は赤の色付きが悪く、しかも早く散ってしまったという。東城インターから国道一八二号線に下り、しばらく東に進むと、海抜四一三メートルの二本松峠にさしかかる。牧水が歩いた旧道へと北側に左折すると、牧水二本松公園があった。備中と備後の国境、御境坑木《おさかいこうぼく》という木製の門柱を潜って園内に入ると、黒っぽい砂利が敷きつめられ、閑静で美しく整備された公園が開けている。手前に牧水が宿泊したという峠の茶屋熊谷屋が復元されている。その奥に真新しい歌碑が見えてきた。白砂が敷かれた上に、縦横一・四メートルのおむすび型をした黄土色の碑石が建っている。東城川で採取した花崗岩だそうだが、鮮やかな黒い文字が刻まれている。

けふもまた

こころの鉦を
　　うち鳴し
うち鳴しつゝ
　　あくがれて行く
　　　　牧水詠
　　　　　篁子書

品のいい達筆は孫の榎本篁子さんの揮毫によるという。

その一〇メートルくらい斜め後ろに、昭和三九年に建てられたという「幾山河」の歌碑があった。碑石は、前の碑と同じくらいでやや肩の張ったおむすび型。薄茶色のいかつい石である。この石材は、尼子氏の富田城址月山のある出雲広瀬町の花崗岩と説明されていた。

幾山河
こえさりゆかば
　さびしさの
はてなむ国ぞ
　けふも旅ゆく
　　　牧　水

こちらは牧水自身の筆、大正一〇年伊豆で書いたものだそうだ。なかなか味がある。

牧水は、明治四〇年七月早稲田大学在学中（二三歳）、夏休みに郷里日向への帰途、学友であり、尾上柴舟門下で親しかった有本芳水に勧められ、岡山から高梁、新見、宮島、山口へと中国路を旅した。その時ここ二本松峠でゆき暮れ、峠の茶屋熊谷屋に泊った。この宿から有本芳水宛に、碑に刻まれている二首を葉書きに認めて発信している。このことから有名な「幾山河」の歌は、新見から二本松峠に至るまでの間の、哲西町の山深い「苦《に》が坂峠」あたりで作歌されたものであるというのが定説になったそうだ。

辺りは全く人気もなく、静まり返っている。真っ青な空の下、燃えるような紅葉を背にした「幾山河」の碑の前に、しばらく佇んだ。「真実の自分が生きていると感じている人間の心には、取り去ることの出来ない寂寥が棲んでいるものである。行けども尽きない道の様に、自分の生きている限りは続いているその寂寥にうち向うての心を詠んだものである」（近義松著『牧水の生涯』〈短歌新聞社〉による）と牧水は自歌自釈しているが、この歌から滲み出る感傷的な気分に浸って、牧水の心が少しわかったような気がした。

三

この公園には、「父・母・子三つの歌碑」として、「幾山河」の歌碑を頂点として、三角形に、右に喜志子夫人の歌碑、左に長男旅人氏の歌碑も建立されている。

喜志子夫人の歌碑は、縦五〇センチ横七〇センチ程の御影石に、表には、

あくがれの旅路ゆきつゝ此処にやどりこの石文のうたは残しゝ　　喜志子

と刻まれ、裏面には、

うつそ身の老のかなしさうらめしさただ居つ起《た》ちつしのぶばかりぞ

の歌とともに、『幾山河』の歌碑除幕のとき、牧水夫人から喜びの声の録音テープと共に送られた二首の歌で、昭和四十九年十一月三日の建立」と彫られていた。

旅人氏の歌碑は、灰色の大きな自然石の中央に、よく磨かれた四角な黒曜石がはめこまれ、白い文字で、

若くしてゆきにし夫《つま》のかたはらに永久《とわ》の睦みをよろこばむ母は

と刻まれている。「喜志子夫人が牧水の歌碑除幕に列席した折、長男旅人氏がその碑に献じた歌である。昭和五十二年十一月三日の建立。」と案内板に説明されていた。「父・母・子」の三つの歌碑が、このように同じ場所に建てられたのは、これが初めてであるとも記されていた。

「幾山河」の歌は、「中国を巡りて」と題し、歌集『海の声』『別離』などに発表され多くの人々に愛誦されているが、喜志子夫人も、長男旅人氏もこの歌が生まれた地に、歌碑が建立されたことを心から喜んでいることが伝わってきて、感慨深い。

四

若山牧水は、明治一八（一八八五）年八月二四日、宮崎県東臼杵郡東郷村大字坪谷に、医師であった父立蔵、母マキの長男として生まれ、繁と名づけられた。上に三人の姉がある。坪谷は日豊線富高駅から六里ばかり奥、尾鈴山を背に、坪谷川に沿う峡谷の村である。

ふるさとの尾鈴の山のかなしさよ秋もかすみのたなびきており（『みなかみ』）

この歌は、牧水が若き日に常に上って冥想にふけったといわれる裏山の自然石に彫りつけられているということだ。

幼年時代の牧水は、ひとりで自然に親しみ、水泳や魚釣りを好んだ。文学を知るようになると、少年雑誌や姉たちの読み古したものなどに親しんだ。後年の牧水が孤独を愛し、ひたすら寂寥の境地を求め歩いたのも、こうした生活環境によるものだろうとうなづける。

明治二九年三月、村の尋常小学校を首席で卒業すると、父母の膝下を離れて、延岡高等小学校に入学、土地で随一の文章家であった担任教師の影響を受ける。明治三二年春、県立延岡中学校（現延岡高等学校）が開校し、一〇〇名中四番の成績で入学、寄宿舎生活をする。ここでも初代校長の影響を受け、短歌を作るようになった。

牧水は中学時代から、尾上柴舟選の「新声」歌壇や「中学文壇」などに投書したり、校内で回覧雑誌「曙」など発行して活躍した。こうして文学への眼が開け、上京して文学の道へ進むことを望んでいた。明治三七年三月延岡中学を卒業したが、医者である父は種々の事業に手を出して失敗し、牧水の大学進学をまかなうだけの経済力を持たなかった。結局長姉の夫の援助で、明治三七（一九〇四）年二〇歳の春、早稲田大学文学科高等予科に入学することができた。

早速尾上柴舟を訪問し正式に結ばれる。翌三八年九月、早稲田大学英文科本科に進級する。この年、柴舟を中心に前田夕暮・正富汪洋らとともに車前草社を起こし、歌を「新声」に発表し続ける。牧水の歌は、当時風靡していた「明星」調の浪漫主義から自然主義へと移行していったが、明治四〇年に入って著しい進展を示し、初期の歌風がほぼ確立した。小夜子という複雑な過去をもつ女性と熱烈な恋愛に陥り、作歌の上に大きな影響を及ぼした。「幾山河」の歌もこの頃の作である。

明治四一（一九〇八）年七月大学卒業と同時に第一歌集『海の声』を自費出版するが、続いて出版した『独り歌へる』とともに反響に乏しかった。その上、思わしい就職口もなく、恋愛も難行して、牧水の心は焦躁と憂鬱にとざされていた。気持ちの転換をはかるために軽井沢など旅をし、四三年に出版した第三歌集『別離』がようやく賞賛を浴び、前田夕暮とともに「牧水・夕暮の時代」を作り出した。同年、詩歌雑誌「創作」を創刊したが、経済的に行き詰まり、一時休刊となる。
明治四五（一九一二）年歌人である太田喜志子と結婚する。その年、故郷の父の病気重態の報に帰郷し、一〇か月余り暮らす。その間の作品は、大正二年出版の第六歌集『みなかみ』に収められている。失恋歌集であった『別離』は表現の平明な作風であったが、次第に思索的な傾向に変化していき、『みなかみ』は、破調と口語を採用し、先駆的な作品となっている。

納戸の隅に折から一挺の大鎌あり、汝《なんぢ》が意志をまぐるなといふが如くに（『みなかみ』）

再び上京した後は妻子をかかえて苦労の連続だったが、大正六年「創作」を復活、現在まで続いている。七年頃からは旅にもよく出かけ、歌集と紀行文を次々に刊行している。経済を賄うために揮毫行脚にもよく出た。
大正九（一九二〇）年、年来の希望だった田園生活に入るため、東京を去って沼津に移り住んだ。一〇年出版の第一三歌集『くろ土』以後晩年の作品は、作風も落ち着きをとりもどし、明るい寂寥感ともいうべき独自の清澄な境地を自然詠に示した。いわゆる牧水調の完成された歌風であろう。

瀬瀬走るやまめうぐひのうろくづの美しき春の山ざくら花　（『山桜の歌』）

昭和二年ごろから健康に自信を失いつつあった。

しら玉の歯にしみとほる秋の夜の酒は静かに飲むべかりけり　（『路上』）

この歌に代表されるように、牧水は酒を愛した。三〇〇首に余る酒の歌を詠んでいるといわれている。晩年幾度か禁酒、節酒を決意したが、どうしても長続きしなかった。昭和三（一九二八）年に入って、健康はとかくすぐれなかった。九月初めから臥床。

酒ほしさまぎらはすとて庭に出でつ庭草をぬくこの庭草を
芹の葉の茂みがうへに登りゐてこれの小蟹はものたべてをり　（『黒松』）

この二首を最後の歌として、九月一七日朝永眠。急性胃腸炎兼肝臓硬変症（肥大性肝硬変）と診断された。四四歳であった。

右に挙げた歌集以外に『死か芸術か』『秋風の歌』『渓谷集』など。評論や随筆、紀行文として『牧水歌話』『みなかみ紀行』他がある。これらの著作は『若山牧水全集』（全一三巻・補巻一〈増進会出版〉に収められている。

牧水は四四年の短い生涯に六八九六首の歌を遺しているという。私は有名な歌以外はほとんど読んでいない。この機に少しずつ歌集を読んでいきたいと思った。

（平成二〇年一月六日稿）

9　近藤芳美の碑

一

八月の上旬（平成一八年）であったか、〃広島文学散歩〃と題した、広島市中心部の文学者ゆかりの地や史跡を描いた絵はがきセット（一二枚組み）が、「広島に文学館を！　市民の会」（代表水島裕雅広島大学名誉教授）により作製されたという新聞記事を見た。早速求めてみると、二年前に作られた〃広島文学碑めぐり〃に続く絵はがきシリーズで、会員のアマチュア画家西田勝氏筆の絵によるものであった。前シリーズと同じように、児童文学者鈴木三重吉、作家大田洋子、原民喜、詩人の峠三吉らが少し変わった視点で取り上げられていた。その中で、新しく近藤芳美の文学碑が市内にあることを知った。

戦後短歌界を代表する歌人で、広島出身であり、半世紀にわたって中国歌壇の選者でもあった近藤芳美は、今年（平成一八年）六月二一日、九三歳で死去した。九月上旬、「近藤芳美をしのぶ会」が東京の学士会館で行われ、約四〇〇人が集って思い出を語り、冥福を祈ったということである。

二

近藤芳美の碑は、南区宇品波止場公園に建立されているということであった。私は宇品に居住していながら、今までそのことを知らなかった。早速訪ねてみた。

現在宇品海岸地区は、広島南道路の建設でごった返しているが、海沿いの護岸はかなり整備が進んでいる。宇品線電車通りが南岸に突き当たると、電車は西へ右折して広島港に至る。その反対東方向には、広島高速道宇品インターへ至る広い通りがあり、港湾庁舎や倉庫の立ち並ぶ通りを約六〇〇メートルばかり東へ進むと、海側に平成二年に竣工された宇品波止場公園がある。中央に三角錐のきらきら輝く高い塔のモニュメントが目立っている。

ここは、昔軍用桟橋のあった跡地である。日清、日露戦争、太平洋戦争と戦争のたびに出征兵士と軍需物資を送り出した港であった。市民たちの振る日の丸の小旗に送られて、兵士たちはこの桟橋から艀に乗り、沖に停泊する輸送船に乗り込み、この港を故国の最後の地として戦場に赴いたと聞く。海に張り出したこの公園の西側石積みに、その面影を残しているが、今は東に続く一万トンバースの護岸ともなっている。

近藤芳美の文学碑は、この波止場公園の取っ付きに建っていた。周囲は広々としていて、桜などの植え込みをバックに南向きに建てられている。芝生の中、高さ二〇センチ、幅二五〇センチ四方の台座に玉じゃりが敷きつめられ、その上に高さ一二〇センチ幅一三〇センチ、厚さ一〇センチ程の、赤紫色の大理石に、黒曜石がはめ込まれた斬新な碑である。作者の筆と思われる白い文字が、黒曜石に鮮やかに彫り込まれている。

陸軍桟橋と
ここを呼ばれて
還らぬ死に
兵ら発ちにき
記憶をば継げ
芳美

裏面には、次のように刻まれていた。

趣　意

宇品に陸軍運輸部が置かれ、一筋の石積みの突堤が沖に向かっていた。広島市民はそれを陸軍桟橋と呼んだ。そうして日清戦争から太平洋戦争にかけて、兵らはその突堤から沖に待つ輸送船に乗り移り、遠い大陸と島との戦場に送り出されるのが例となっていた。彼らの多くが戦死し、再びこの突堤には戻らなかった。

戦争が遠く過ぎ、あたりは埋め立てなどにより姿を変えたが、今、埠頭の片側の岩にわずかにかつての面影をとどめる。

わたしたちは平和のためにここに陸軍桟橋があったことの記憶を受け継がなければならない。

一九九八年（平成十年）十二月

近藤芳美　記

陸軍桟橋跡記念歌碑建立委員会

「趣意」に述べられているように、この歌には、船舶工兵として、この地から中国へ送られた経験を持つ芳美の、平和への願いがあふれている。

三

近藤芳美は、大正二年五月五日、父の勤務地であった朝鮮馬山浦（現在韓国慶尚南道馬山）に長男として生まれる。本籍地は広島県世羅郡。本名は芽美。小学校六年の時、広島市鉄砲町の母方の祖母の家に弟と寄寓、私立済美小学校に転校する。大正一五年県立広島第二中学校（現広島県立観音高等学校）に入学、歌を作り始める。昭和六年広島高等学校理科甲類入学、「アララギ」に入会する。翌七年広島郊外五日市に病気療養中であった中村憲吉を訪ねている。この折に、憲吉から「アララギ」の基本理念である「写生」の生が「生命」ということであり、「生活」の意味でもあることを説かれ、感銘を受ける。これが現在に至るまでの近藤芳美の作家姿勢を決定した。昭和九年憲吉の死後、土屋文明に師事する。昭和一〇年東京工業大学建築科に入学、一三年卒業後、設計技師として建設会社清水組に入社。一四年朝鮮の精練所に赴任し、一五年同門の中村年子と結婚する。同年九月に広島連隊に召集、船舶工兵として中国へ赴くが肺結核で召集解除となる等、戦時中の渦に呑み込まれる。しかし、戦後いち早く作歌生活に戻り、建設会社に勤務しながらめざましい作歌活動を続ける。

昭和二三年第一歌集『早春歌』、第二歌集『埃吹く街』を同時に出版する。

落ちて来し羽虫をつぶせる製図紙のよごれを麺麭で拭く明くる朝に　『早春歌』
たちまちに君の姿を霧とざし或る楽章をわれは思ひき　同
胸にうづめて嗚咽して居し吾が妻の明るき顔をしばしして上ぐ　同
世をあげし思想の中にまもり来て今こそ戦争を憎む心よ　『埃吹く街』
いつの間に夜の省線にはられたる軍のガリ版を青年が剥ぐ　同
水銀の如き光に海見えてレインコートを着る部屋の中　同

（武川忠一編『現代の短歌』和歌文学講座10〈勉誠社〉による）

第一歌集『早春歌』（昭一一〜二〇作の歌を収録）は、みずみずしい感性の歌やナイーブな相聞歌など、青春の抒情歌集である。第二歌集『埃吹く街』（昭二〇〜二二作の歌を収録）は、戦後の荒廃した風俗や痛切に戦争を憎む歌などを詠んだ、時代を真正面から取り上げた思想詠である。ともに彼の代表的歌集で、生涯の秀歌として、今なお多くの読者に愛されている。

昭和二十六年には、「アララギ」の歌誌「未来」を仲間と創刊。以後第四歌集『歴史』（昭26）第八歌集『黒豹』（昭43）など、次々に歌集を出版する。

みづからの行為はすでに逃る無し行きて名を記す平和宣言に　『歴史』

病む一日感傷の語を吾がつづる広島平和祭の原稿二枚　同
森くらくからまる網を逃れのがれひとつまぼろしの吾の黒豹　『黒豹』
追うものは過去よりの声森をいそぐ老いし黒豹を常のまぼろし　同

（同書）

『歴史』では思考者から行動者への一歩を踏み出した歌が多い。『黒豹』では自らを「黒豹」にかこつけて、時代の不安の中ではむかいつづけている。この『黒豹』などの活動によって、第三回迢空賞を受賞している。

昭和四八年清水建設を退職し、神奈川大工学部教授などを歴任しながら、作歌活動を続けた。以後長年にわたって、多くの歌集や歌論も刊行し、現代歌人協会会長をつとめるなど活躍した。さらに、日本現代詩歌文学賞、平成に入ってからも、現代短歌大賞を受賞している。

近藤芳美の眼は、常に世界の歴史、世界の現実に注がれ、冷静で鋭敏なまなざしで、社会的政治的な思想詠を誠実な態度で歌ってきた。それは戦争を憎み、平和を望む心であった。しかし、彼が多くの人々に愛され続けてきた秘密は、その底を流れる抒情性、妻との愛の歌の美しさ、優しさにあったのかもしれない。

（平成一八年一〇月五日稿）

Ⅳ　詩碑めぐり

1　頼山陽広島の碑

一

鶴見橋河畔にあるという頼山陽の文学碑を訪ねあぐんでいたら、Ｔさんが「鶴見橋ならわが家の庭のようなもので、散歩コースだから……」と捜してくださり、地図まで書いて送ってくださった。早速訪ねてみた。

平和大通りの東端、鶴見橋上流河岸にすぐ見つけることができた。京橋川を隔てて、比治山、多聞院、文徳殿を臨む位置に、それらを借景にして、西向きに建てられていた。大きな自然石の両面を磨いて、次の詩が刻まれていた。

猴子橋頭生暮煙
已看両岸市燈懸

同人莫恠吾行疾
欲及萱堂未就眠
　乙酉帰省到以即事
　　　　頼　襄

表側には、能筆家山陽の筆跡で、大きく石いっぱいに漢字が散らし書きで刻まれており、裏面には、きちんとした楷書体で書かれ、現代語訳も添えられていた。

猿猴橋のほとりには夕煙りがかかっている。すでに、川の両岸には町の燈火が見える。同行の人よ、わたしの足早やなのをあやしみなさるな。母上が休まれる前に、家に帰りつきたいのだから。
文政八年広島に帰省して作る　頼　襄

山陽四六歳の作。京都から広島に帰郷、猿猴橋辺に着いた時の感慨がよく表われている。山陽は後年母親に非常に孝養を尽くしているが、年取った母親への心情があふれている。年表から判断すると、この帰郷は、文政八年九月二二日に死去した叔父春風の墓参のため、一〇月四日に京都から竹原に帰っており、六日に帰広しているので、恐らくその時の作と思われる。

この碑には、さらに裏面下方に、横書きで頼山陽の経歴が簡単に記され、「八重桜千本を市民の皆さんへ　広島東南ロータリークラブ十周年記念　一九七〇・二・一」と記されている。そのあたりのいきさつについて、ロータリークラブの当時の記念施設委員長であった河内義就氏が、「頼山陽の詩碑について」と題して、「雲か山か」第三号（頼山陽記念文化財団会報）に次のように記しておられる。

「この碑は、昭和四十五年二月一日、当時の市長山田節男氏に広島東南ロータリークラブからその創立十周年記念事業として八重桜の植樹千本に添えて贈呈されたものです。（中略）京橋川の両岸を桜でかざろうとのプランが出たとき、私は即座に文徳殿の存在がひらめき桜は有限のものであり石に刻んだものを残すべきと考え、それはとりもなおさず頼山陽の詩碑であろうと考えました。場所にふさわしい詩はないかとさがしあぐねていた矢先、岡田寿氏から猴子橋の掛軸を酔心社長原田勉氏が所蔵されている事を聞き早速拝借し石に刻ませたものです」

こうして、郷土の文学者頼山陽の文学碑が生まれたのである。

二

頼山陽は、江戸時代後期の漢学者で、歴史家。安永九（一七八〇）年一二月二七日、大阪江戸堀で生まれる。諱《いみな》は襄《のぼる》、字《あざな》は子成、号は山陽・三十六峯外史《がいし》、通称は久太郎。

山陽の祖父惟清《ただすが》は、竹原で紺屋を営む中下層の町人であったが、その長男春水は、幼少時から書や詩文に才能を発揮し、明和三（一七六六）年には大阪に遊学して、朱子学の研究を進め、江戸堀に私塾青山社を開いた。安永八（一七七九）年当地の儒医飯岡義斉《いのおかぎさい》の長女静子（のち梅颸《ばいし》と号す）と結婚、翌年に長男山陽が誕生した。

元明元（一七八一）年一二月、山陽の父春水は、広島藩の学問所創設に際して、藩の儒学者に登用され広島へ移住した。三歳の山陽も初めて広島の地を踏んだ。始めは借家住まいであったが、寛政元（一七八九）年に藩から杉ノ木小路の屋敷（現在の中区袋町・頼山陽史跡資料館）を拝領し、翌二年に転居した。当時山陽は一一歳で、以後三〇歳で広島を離れるまでの約二〇年間この屋敷で過ごした。

父春水は江戸在勤のため留守がちで、山陽は母梅颸や叔父杏坪《きょうへい》の教育を受け、幼少時から詩文の才を示した。しかし、母梅颸の日記などから伺うと、青少年期の山陽は病弱で、精神的に不安定であった。一八歳の寛政九（一七九七）年には江戸の昌平黌《こう》に遊学したが、翌年に帰国した後はその傾向が強まった。同一一年に、広島藩医御園道英《みそのどうえい》の娘淳子（当時一四歳）と結婚したが、翌一二年九月五日、大叔父伝五郎の弔問のために竹原へ向かう途中、突如脱藩して京都へ奔《はし》った。しかし、一一月三日に広島へ連れ戻され、直ちに屋敷内の一室（現在の国の史跡「頼山陽居室」）に幽閉された。この事件によって山陽は廃嫡され、竹原から叔父春風の子景譲《けいじょう》が養子に迎えられた。また翌享和元（一八〇一）年、妻淳子は藩法によって離縁され、同年に生まれた長男聿庵《いつあん》は頼家に引き取られた。廃嫡によって自由の身となった山陽は、文筆活動に専念できるようになり、五年に及んだ幽閉・謹慎生活の中で、『日本外史』『新策』の草稿が成立している。

山陽は二六歳の文化二（一八〇五）年に謹慎を解かれたが、三〇歳の同六年、神辺（現福山市神辺町）の儒学者・詩人の菅茶山に望まれ、廉《れん》塾の都講（塾頭）として迎えられた。山陽は茶山の代講や、詩集『黄葉夕陽村舎詩《こうようせきようそんしゃし》』の校正を担当した。茶山は山陽を塾の後継者として期待し、福山藩への出仕や妻帯を勧めた。しかし、山陽はその境遇に満足できず、三都（江戸・京都・大阪）に進出して学業を成就させ、学者として天下に名を揚げたいという意志を貫き、同八年二月六日、神辺を去って京都へ向かった。

山陽の念願はようやく実現したが、茶山の機嫌をひどく損ね、父春水も一切の音信を断った。当初理解者は大阪の儒学者篠崎三島・小竹《しょうちく》父子と京都の蘭方医小石元瑞《げんずい》だけという厳しい情況であったが、山陽は『日本外史』の執筆に励んだ。

その後春水や茶山とも和解し、文化八年、小石元瑞の養女梨影《りえ》と再婚し、三男一女をもうけている。また同一三年には父春水が没し、山陽はその遺稿を整理して『春水遺稿』を出版した。

文政元（一八一八）年三月、三九歳の山陽は、広島で春水の三回忌を済ませた後、九州旅行に出発した。この旅行は一一か月にも及んだが、「泊天草洋」などの著名な詩や、水墨画の代表作「耶馬渓図巻」などを残している。文政五年には、終のすみかとなる東三本木丸太町の水西荘に転居し、その後邸内に書斎の山紫水明処を建てた。

文政九年、四七歳の山陽は『日本外史』二二巻を完成し、翌年松平定信に献上した。この頃には、学者・文人としての評価が高まり、京都文壇に確固たる地位を築いていた。

山陽は天保元年頃から体調を崩し、次第に病状が悪化して、天保三（一八三二）年九月二三日に没した。享年五三歳。京都東山の長楽寺後山に葬られた。

山陽は死の直前まで『通議』三巻と、『日本政記』一六巻の執筆を続けた。このほかの著書としては、文政八年までに作った詩を自選した『山陽詩鈔《ししょう》』八巻などがある。また書家としての評価が高く、多くの軸や、水墨画などを残している。

三

頼山陽については、子供の頃から『日本外史』を著した広島出身のえらい学者と認識していた。しかし、戦後の教育を受けた私は、皇国史観の排除により、山陽について学んだこともなかったし、別に関心もなかった。

山陽の代表的著作である『日本外史』は、源氏・平氏から徳川氏にいたる武家の興亡を巧妙、簡潔な漢文で著述した歴史書である。この書は山陽の没後に出版され、幕末から明治期にかけてベストセラーとなった。

山陽は、朱子学的な大義名分論に基づいて、名分を乱した者を激しく攻撃し、守った者には最大限の賛辞を与えている。本来は倒幕を目的とした著作ではなかったが、幕末にはこうした叙述方法が幕府に対する批判と受け取られ、結果として尊皇論を鼓吹する書となった。

しかし、明治維新の後、急速な西欧化が進められるようになると、漢文学に対する批判がおこり、『日本外史』がその代表として槍玉にあげられるようになった。昭和一〇年代になると、山陽は皇国史観に利用され、「勤皇の至誠」と宣伝されるようになってきた。

戦後は、戦前の反動によって山陽の評価は一気に落ち、問題にされなくなった。しかし、昭和四〇年代以後、中村真一郎（『頼山陽とその時代』上・中・下〈中公文庫〉）らによって、客観的な視点に基づいた新たな山陽像が提示され、漢文学や美術の分野でも見直しの機運が生まれてきている。

現在、地元紙の新聞小説に見延典子氏の「頼山陽」が連載されている。この度頼山陽の伝記を読んでみて、この小説はかなり史実に忠実に書かれていることがわかった。また、かつての杉ノ木小路、袋町の頼山陽史跡資料館には、常設展示として、頼山陽の生涯について、わかり易く整理して展示されているので、非常に勉強になった。

（平成一七年四月九日稿）

2　頼山陽竹原の碑

一

昨年（平成二〇年）一〇月初め、大崎上島に水原秋桜子と山頭火の句碑を訪ねての帰り、竹原にある頼山陽の詩碑に立ち寄った。

竹原港から程近い国道一八五号線新港橋東詰めに、カラー舗装された広場が整備されている。広場に沿って流れる本川を背にして、ひときわ目立つ大きな山陽像が建っており、その横に新しい詩碑が並んでいる。

山陽の銅像はもと町並保存地区入口にあったが、平成一七年、道路整備の関係で四〇メートル南の現在の場所に移されたと、当時の新聞に報じられていた。銅像は二メートルもある高く大きな台座の上に、一メートルほどの座像が載っている。羽織袴で正座し、神妙な顔をした晩年の山陽像である。傍らの掲示板に詳しい解説が記されていた。

頼山陽（一七八〇―一八三二年）

頼山陽は竹原を故郷とし、名は襄《のぼる》字は子成。幼名を久太郎《ひさたろう》と称し山陽は号である。安永九年十二月二十七日大阪（江戸堀）に生まれる。父に春水（弥太郎）母に梅颸《ばいし》（静子）。山陽は文化文政の江戸時代文明の最盛期に残る代表的な「日本外史」「日本政記」の二つの大著によって明治維新の原動力となり日本の夜明けに多大の影響を与え歴史家としても著名である。書も亦よくし画、煎茶、水石の趣味など秀逸の範囲は広くまた孝心篤かったことは、余りにも有名である。

頼家は山陽の祖父惟清（住居、現在の竹原市竹原町上市）の長男春水をはじめ春風、杏坪の三兄弟に亘って七人の優れた学者文人を世に輩出させた。

この座像は山陽生誕二百年を記念し山陽玄孫（五代目）頼新《あらた》氏（京都市）所蔵の像を拡大し、日府展評議員彫刻家、南部祥雲氏によって製作されたもので昭和五十五年七月十九日建立除幕が行われた。竹原人の心にはいつでも頼山陽は生きている。山陽の功績を尊び有志が発起人となり多数の賛同者の協力を得て日本で最初の頼山陽像をここに建立したものである。

竹原頼山陽顕彰会

このあと頼家略系図も示されていた。

ふと見ると、銅像の台座側面に五言絶句の漢詩が刻まれている。

朝日山

上朝日山去　朝日山を上り来る
手欲摩蒼穹　手は蒼穹を摩せんと欲す
山路宣匍匐　山路は宜しく匍匐すべし
恐衝廣寒宮　廣寒宮に衝くを恐る

掲示板の解説に次のように訳されていた。

朝日山を登っていく。
手は青空に触れんばかりである。
急峻な山路は、はって進んだほうがよい。（月の宮殿である）廣寒宮にいきつくのではと疑われる。

この詩は山陽九歳の時の作という。さすがに幼い時から文才があったようである。
銅像の背はるか向こうに朝日山が望まれる。日もだんだん傾いてきた。

二

銅像の左横に真新しい立派な詩碑が建てられている。広い台座の上に高さ二メートル近く、幅一・二メートルほどの茶色の花崗岩の中央に、全紙版の黒御影がはめ込まれている。豪放な山陽の直筆で、川中島の合戦を題材にした「鞭声粛々」の漢詩が白く刻まれている。

鞭声粛々夜過河暁看
千兵擁大牙遺恨十年磨一
剣流星光底逸長蛇
　題河中島闘図　山陽外史

そのすぐ左に御影石に刻まれた銘板が建ってお

り、次のように解説がなされていた。

頼山陽先生詩碑
不《ふ》識《しき》庵《あん》機《き》山《ざん》を撃つの図に題す
鞭《べん》声《せい》粛《しゅく》粛《しゅく》夜河を過《わた》る
暁に見る千兵の大《たい》牙《が》を擁《よう》するを
遺《い》恨《こん》十年一剣を磨《みが》き
流《りゅう》星《せい》光《こう》底《てい》長《ちょう》蛇《だ》を逸《いっ》す
不識庵は越後の上杉謙信、機山は武田信玄で共にその法号
「川中島」の合戦は、山陽の「日本外史」によれば天文二十二年、二十三年、弘治三年三月・
同八月、永禄四年の五回にわたって行われた
平成十八年一月十四日建立
竹原頼山陽顕彰会

この詩は文化九（一八一二）年山陽三二歳の作である。『訳註頼山陽詩集』（安藤英男著〈白川書院〉）には次のように訳されていた。

永禄四年十月の川中島の戦いに、上杉謙信は敵の挟撃の策を探知して、われより機先を制して、営を撤し、馬にあつる鞭の声がぴしりぴしりと早瀬にひびくのみ、全軍ひそかに千曲川をわたって夜のうちに川中島に出て、不意に敵軍の前に現われた。武田信玄は大いに驚いたが、彼もさるもので、すぐに態勢をたてなおし、激しく戦って、ついに旗本どうしの接戦になった。時分はよしと謙信は単騎勇躍して信玄に肉迫し、長光《ながみつ》の名刀をふりおろしたが、信玄は軍扇をもってこれを防いだ。信玄に微傷を負わせたのみで、邪魔が入ってもらしたのは、多年にわたって決戦を期していただけに、何としても心残りなことである。

山陽の代表作として詩吟などでもよく詠ぜられている詩であるが、いかにも「日本外史」を著した山陽らしい詩だと思った。

三

次第に夕闇も迫ってくるなか、町並保存地区へ急いだ。目指すは頼惟清《ただすが》旧宅。

かつて（平成一六年）私は、広島市内京橋川河畔にある山陽の詩碑を訪れて文章化したことがあった。その折、市内の袋町にある頼山陽史跡資料館を訪ねたが、さまざまな展示品の中に、「至竹原《たけはらにいたる》」という頼山陽書の半切軸があった。

吾家昔日読書山
紫翠依然窓几間
愧使京塵染鬚面
歸来却對舊孱顔
甲申冬日帰展竹原有此作
書付喜六祝其遺書種子也
迂襄

吾が家昔日《せきじつ》読書の山
紫翠《しすい》依然《いぜん》たり窓几《そうき》の間《かん》
愧《は》ず京塵《けいじん》をして鬚面《しゅめん》を染めしめしを
帰り来りて却《ま》た対す旧孱顔《きゅうせんがん》
甲申《きのえさる》冬日《とうじつ》、竹原に帰展《きてん》して此の作有り。
書きて喜六に付し、其の読書の種子を遺《のこ》すを祝うなり。
迂襄

（大意）

昔吾が家で読書をしながら見ていた山だが、書斎からみえる山の色は依然として変わらず、みどり色に映えている。私は京都の塵ですっかりひげ面が染まってしまい恥ずかしいが、こうして帰って来て山に向かえば、昔のままの高くそびえたった姿であることよ。

甲申（文政七年・一八二四年）冬日、竹原へ墓参りに帰ってこの詩を作った。喜六（来洲）に書き与えて、彼が読書の種を遺していることを祝う。　迂襄

（「頼山陽の生涯」〈財団法人頼山陽記念文化財団〉による）

文政七（一八二四）年一〇月一八日、京都に遊びに来ていた母梅颸を送って広島へ帰省する途中に竹原へ立ち寄り、二二日まで滞在した。その後二四日から一一月六日まで広島に滞在し、京都への帰路再び竹原に立ち寄った。この書は、その間に叔父春風の孫喜六（来洲）に与えたもので、現在竹原市の頼准清旧宅裏庭にある詩碑に刻まれているという。この機会に是非にと訪れたが、入館時間が過ぎていて果たせず、心残りであった。

夕方になっても観光客の姿がちらほら見える。竹原は「塩」の町であった。今は跡形もないが、入浜式塩田が広がり、一七世紀後半には塩買いの船が出入りする活気ある町であったという。その名残りは町並み保存地区を歩くだけで、江戸時代から残る豪勢な町屋が立ち並び、繁栄ぶりを伺うことができる。

と同時に「学び」の町としての面影も大切に保存されている。山陽のふるさととして、学問を大切にした頼家一族の証として、頼准清の旧宅、春風館・復古館、銅像や詩碑など公開されている。何度か訪れた竹原であるが、頼山陽の偉大さを改めて痛感させられた。

（平成二一年一月七日稿）

3　頼山陽下蒲刈島の詩碑

一

平成一六年だったか、画家林武の特別展を見学に下蒲刈島の蘭島閣美術館を訪れたことがあった。その時この島に頼山陽の詩碑があったことを思い出し、今年（平成二一年）正月休みに再び訪れた。

二〇〇〇年に開通したという呉市川尻町と下蒲刈島とを結ぶ安芸灘大橋を渡ると、すぐ左手に美しく整備された〝白崎園〟がある。「生」と題された土筆の頭をイメージさせる巨大なモニュメントがにょきにょきと二本寒空を突いている。モザイク状の石畳を上ると、四方はすばらしい眺めであった。鮮やかな青海原に遠く近く緑濃い冬の島々が見渡せる。ふり返れば今渡って来た優美なつり橋が白く光っている。公園の正面に大きな碑石が見えた。七言絶句の漢詩が刻まれて、最後に頼山陽とある。漢文に弱い私はすぐには読めない。

高さ七〇センチほどの広い台座の上に、高さ一・八メートル、幅一・七メートルの褐色の自然石に、どなたの筆かわからないが達筆な楷書で、黒く堂々と彫り込まれている。碑の姿といい、文字といい重厚な感じの碑である。

至竹原與乗甫同舟赴広島

来路遙遙指海暾
心期明日見慈尊
朝煙漸散波如織
柔櫓揺過猫子門

頼山陽

碑は穏やかな海を隔てて竹原の方向を背にし、静かに建っている。しばらく碑を眺めるうち、だんだん意味が解けてきて、竹原から広島へ船でこの瀬戸〝女猫の瀬戸〟を通った時の詩だと分かってきた。瀬戸の風景のみごとさとともに、母に会

える喜びがあふれているようだ。

幸いに右横に銘板が建てられていて、次のように記されていた。


遙遙の船路、行く手には今、朝日（筆者注・暾＝朝日）が昇っている。心に、明日は母に会えるな、など思っているうち、朝霧がだんだん晴れて、小舟は織りなす綾波に揺られながら猫之瀬戸を通った。


頼山陽（一七八〇—一八三二）は江戸時代後期の学者で、父は広島藩儒頼春水、少年時代から詩文の才を示し、十七歳のころには早くも歴史書の執筆に興味をもった。

二十一歳の年、脱藩して罪を得、邸内（筆者注・現頼山陽史跡資料館内）に閉居された。しかし、このことがかえって思いのままに読書し、著作に励む機会となり、「日本外史」、「新策」の初稿が成った。

三十二歳のときに京都へ転居、その後全国を遊歴し、文人、学者と交わり多くの詩を残した。また書にも巧みで、多くの逸品を残している。

この詩は天保元年（一八三〇）六月二十一日、乗甫（頼春風の養子）と共に、竹原から広島に行く途中、橋下の猫之瀬戸を通ったときに詠まれたものである。

平成十二年一月十八日　　　　下蒲刈町

当時は船路の方が楽なので、竹原広島間でも船で行き来することが多かったのであろう。この瀬戸の美しさは、今も昔も変わらないようだ。

二

かつて中国新聞に連載された見延典子氏の小説「頼山陽」はかなり史実に忠実に描かれていた。後に出版された単行本『頼山陽下』の最後近く「死闘篇」の「第五十章発病　三」に、概略次のような場面がある。

京都の山陽のもとへ広島の聿庵（前妻との間の山陽の実子）から、母梅颸が倒れたという書状が届いた。山陽は直ちに見舞のため広島に発つことを決めた。妻梨影は前回広島に行ってまだ間もないのにと異論を唱えたが、聞く耳を持たない山陽は、天保元年六月七日広島に向けて発った。途中大阪、姫路などで友人宅に泊まり、鞆から船に乗り、竹原で小園と合流した後、広島城下杉ノ木小路の屋敷（現頼山陽史跡資料館）に帰り着いた。京を発って一五日後、六月二二日の朝であった。

碑に刻まれている詩は、この時猫の瀬戸を通って詠まれたものと思われる。帰省してみると、母の病は大したことはなかったようだが、孝心厚い山陽は、明日は慈尊（弥勒菩薩＝母）に会えると胸をはずませている様子がよく伺われる。竹原の小園は叔父春風の養子であり、頼家系図によると、詩の題に記載されている乗甫と同一人物であることがわかった。

この詩は山陽の晩年の作（五一歳）といえるが、この帰省中、広島の医者により労咳（肺結核）であることが判明する。その後帰京し、養生しながら活躍するが、天保三年五三歳で病没する。

山陽は京都へ居を構えて二一年間で、広島への帰省は一一回に及ぶという。何度か母を京都へ呼び寄せ遊山したりしたが、その際にも必ず送り迎えにつき添っており、母への孝心の厚さには打たれる。京橋川河畔の碑も帰省して母に会える喜びを詠んだものであった。

三

下蒲刈島のように町おこしに力を入れている地域では、ゆかりの作家・文人などの遺香を大切にし、心ある人々が文学碑を建てたりしている。

先般（平成二〇年一一月一八日）開通した上蒲刈島と豊島とを結ぶ豊島大橋（アビ大橋）の完成によって、ここ下蒲刈島、上蒲刈島、豊島、大崎下島、さらに愛媛県岡村島まで、「安芸灘とびしま海道」として本州とつながった。

新聞によると、江戸時代「おちょろ舟」として知られ茶屋などもあった港町として栄えた御手洗（大崎下島）には、重要伝統的建造物もいろいろ残っていて、早速観光客でにぎわっているという。すぐ隣町の大長には水原秋桜子も訪れて句も沢山残しているが、そのうち文学碑が建てられるかもしれない。文学碑は、文化のバロメーターだといってもいいのではないだろうか。

（平成二一年一月九日稿）

4　唱歌「港」の碑

一

「空も港も夜は晴れて　月に数増す船の影……」。子供の頃から親しんで、よく歌った唱歌だ。どこでどう覚えたのか記憶にないが、おもちゃのピアノで弾いたりして歌っていた。

この歌が広島の宇品港を歌ったものだと知ったのは、この地域の中学校に勤めていた時だった。この歌碑が港に近い公園に建てられたという公報があったと記憶している。しかし、その碑を見に行くことは、今日までなかった。

二

先日（平成一八年一一月）、心地よい小春の陽に誘われて、散歩がてら「港」の歌碑を求めて、宇品海岸方面に向かった。大体の位置は心得ている積りだったが、なかなか見つからない。いつか訪れた近藤芳美の歌碑のある宇品波止場公園の所まで来てしまった。ふと、海岸通りを隔ててその北側に紅葉のひと群があることに気づいた。宇品中央公園と書かれている。皇紀二千六百年（昭和一五年）に建立という「宇品凱旋館建設記念碑」が建っている。この公園は凱旋館の跡地らしい。入口右側には、「明治天皇御駐蹕跡」と書かれた細長い碑も見える。奥手の方を見やると、白っぽくおもしろい形をした碑らしいものが目についた。

高さ五〇センチばかりの広い台座の上に、真白い大きな円筒型が建っている。上部一五センチ位は黒く塗られている。その正面に、一〇センチ角の黒い板が整然と並んで、その一つひとつに平仮名が一文字ずつ彫られている。誠に風変わりな碑である。円筒型の周囲がくさりで囲まれ、

正面にいかりが置かれているところをみると、船の煙突をイメージしているのではないかと思った。上段に「港」の題と作詞者・作曲者の名前が書かれ、その下に歌詞が一節だけ彫られている。

そらもみなとも
　よははれて
つきにかずます
　ふねのかげ
はしけのかよい
　にぎやかに
よせくるなみも
　こがねなり

三

傍らの掲示板に、「『港』の歌碑建立由来記」が詳しく記されていた。
「港」の歌は、いつ、どこで、だれによって作られたものかを忘れられたまま、みなに愛され歌われてきた。

昭和四八年、広島に赴任してきた全日本海員組合中国支部長宮城伸三氏が、たまたま宇品の居酒屋で、同席した一老人から、この歌は宇品港を歌ったものであることを聞かされた。

「広島といえば、原爆の都市という暗いイメージを与えているが、この明るく生き生きした情緒あふれる名曲を掘り起こし、広島のイメージ・チェンジをはかるならば、今後、こども達の情操教育と、海事思想普及に貢献することができるだろう」と考えた同氏は、地元海運関係者や有志に呼びかけ、調査研究の結果次のことがわかった。「作詞は旗野十一郎氏、作曲は吉田信太氏（いずれも故人）場所は宇品暁橋（通称めがね橋）である」。そこで、多くの人々の協力を得て、「昭和五十年七月二十一日、海の記念日のよき日に、地元小学生等の手によって除幕され、広島県に寄贈」された。

さらに、「歌碑は船の煙突をかたどった円筒型のコンクリート製（高さ三・九米、直径底二・五米、先端二米）、歌詞の四十八文字は、地元三小学校の四年生による一人一字書きであり、『港』の字は港湾管理者宮沢県知事の自筆」とあった。

それにしても、歌詞の文字が小学生による一人一字書きであったとは……。力の入ったなかなかの達筆である。子供たちに関心を持たせるための心配りであったのだと感心させられた。

四

この碑にかかわる資料が、隣接する広島海員会館に保存されているというので、訪ねてみた。

港

旗野十一郎作詞
林　柳波　補作
吉田信太　作曲

一、空も港も　夜は晴れて
月に数ます　船の影
端艇のかよい　にぎやかに
寄せくる波も　黄金なり

二、林なしたる　檣に
花と見まごう　船旗章
積荷の歌の　にぎわいて

港はいつも　春なれや

三、ひびく汽笛に　夜はあけて

いつか消えゆく　空の星

大漁の歌も　勇ましく

朝日をあびて　舟かえる

この歌は、明治二九年「新編教育唱歌集（三）」（明治二九・五）に掲載された歌で、第一節と第二節を旗野十一郎氏が書き、のちに林柳波氏が第三節を補作したという。

旗野十一郎氏（?～一九〇八）は東京音楽学校教授。他に「川中島」などの作詞も手がけている。林柳波氏（一八九二～一九七四）は、群馬県生まれ。明治薬専教授。文部省教科書編集委員。童謡集のほか、「有機化学」など多数の著書がある。

こうした唱歌は、歌詞を味わって歌うというよりも、メロディーの美しさに惹かれて歌っていたように思う。作曲者吉田信太氏（一八七〇～一九五三）は、仙台生まれ。東京音楽学校卒。広島高師教授などを勤め、音楽教育の研究と指導に尽力し、作曲した校歌も多い。

この歌が宇品の港を歌ったことについては、「日本地名辞典」に宇品港を題材としたものとあり、吉田信太氏の弟子渡辺弥蔵氏（当時広島市翠町在住）の談でも明らかであるということだ。

この歌詞は、日清・日露戦争後、急速に発展し、活況を呈してきた宇品港の光景を明るく表現している。月光に照らされた金波・銀波の波間に、大きな汽船のマストが林立し、船じるしの旗が花のようになびいている。その船に向けて、岸から山と荷物を積んだ端艇が、沢山行き来している。景気のいい端艇人夫の歌声さえ響いてくる。こうした威勢のいい実ににぎやかな夜の情景が歌われている。それを受けて、「夜はあけて」と朝日を浴びて大漁の舟が帰ってくる宇品港を、別人が補作しているのもおもしろい。この歌に三節があることは全く知らなかった。

この海員会館を訪ねてみて、その関係機関誌などから、いろいろ詳しい情報を得ることができた。宮城氏が、「国の繁栄は海運にあり、広島市の発展は港から」と、この地に「港」の歌碑を建て、「明るい平和的な広島」をアピールしたいと思われた熱意がよく伝わってきた。

しかし、建立から三〇年の歳月が流れた今、宇品にあるこの碑を広島市民はどれだけ知っているだろうか。小学生たちも、郷土の学習として訪れているのだろうか……と淋しい気持ちにもなった。

私が碑の前で「由来記」をメモしている間、二組の見学者があった。観光客らしい老夫婦と、旅の友人を案内しているらしい中年女性。「暁橋というのは、元宇品へ行く所の橋ですよねえ」「そうです。めがねになっているかしら」私もつい話しかけてみた。やはり、心ある人はこうして訪れているのだ。ほっと救われたひとこまでもあった。

（平成一八年一二月三日稿）

5 「音戸の舟歌」の碑

一

昭和四〇年代であったか、広島市の教育研究集会で、そのアトラクションとして音楽部会の男性教師数名による「音戸の舟歌」のコーラスを聞いたことがあった。親しくしていた同僚のご主人もメンバーの一人であったせいか、その美しい歌声は当時のダークダックスを思わせるような哀調を帯びたすばらしい響きとハーモニーで、未だに脳裏に残っている。

昨年（平成二〇年）一月二六日、音戸文化センターで「音戸の舟唄」の魅力を発信する全国大会が開かれた。聞きに行きたいと思ったがかなわず、中国新聞の特集「歌い継げ音戸の舟唄／潮風が生んだ民謡脈々と」という記事を読んで紛らわした。その中で「音戸の舟唄」の歌碑があることを知った。

音戸大橋音戸側のたもと、丁度清盛塚の前あたりに〝おんど観光文化会館うずしお〟というガイド施設がある。その建物の表、海を見晴らす場所に碑はあった。

石を組んでさつきやつたなど植え込んだ台座の上に高さ二メートル余り、幅八〇センチほどの灰褐色の素朴な自然石が建っており、その肌に黒色の力強い行書体が深く掘り込まれていた。

船頭可哀や
　音戸の瀬戸で
一丈五尺の
　　櫓がしわる

舟唄の一節である。裏面に「昭和五十二年六月　高山天涯書」と彫られていた。傍らの石には次の解説が刻まれていた。

今を去る八百余年昔　平清盛公が一日で開削したと伝えられる此処音戸の瀬戸

往時幾多の暗礁と渦巻く流れは内海でも屈指の難処であった　逞しい中にも素朴で哀調のこもったこの船唄は何時の頃から歌われたものか　乏しい帆綱とたたかいながらこの瀬戸を上り下りした船頭衆の間に生れ今日に歌い継がれたもので　今では日本の民謡「音戸の船唄」として広く親しまれている

音戸町　船唄保存会

いかにも勇壮で素朴な民謡らしい碑であった。

二

一　船頭可哀や　音戸の瀬戸で
一丈五尺の櫓がしわる

二　泣いてくれるな　出船の時は
沖で櫓かいの手がしぶる

三　浮いたかもめの　夫婦の中を
情知らずの伝馬船

四　船頭可哀と　沖ゆく船に

瀬戸のあの娘の袖ゆらす
五　あれが一家か　かもめの群は
今夜何処の波間やら
六　ここは音戸の瀬戸　清盛塚の
岩に渦潮ドントぶち当たる
（中国新聞記事による）

「音戸の船唄」は、日本三大舟唄の一つと言われている。他の二つは、淀川三十石船舟唄（大阪府）と最上川舟唄（山形県）。「音戸の舟唄」は昭和五四年三月三一日に音戸町文化財に指定され、現在呉市の無形民俗文化財となっている。碑の解説にもあったが、作者や製作時期は不詳で、瀬戸の流れに合わせて漁師たちの間で口頭で歌い継がれてきたため、歌詞や歌い方、形式にも諸説あるそうだ。観光文化会館でいただいたパンフレットでは、歌詞の四、五節が次のようになっていた。

四　おっさんどこな　音戸の瀬戸
たこでもおるかいいやいかばっかり
五　安芸の宮島　回れば七里

浦は七浦七胡子

潮の流れが速くて船頭泣かせの難所を懸命に櫓を漕ぐ船頭を「可哀や」といとおしみながら、それぞれの船頭の日常や思いが歌われていて興味深い。

この「音戸の船唄」を保存し伝承するために、音戸町の保存会の方は大変な努力をしておられるようだ。新聞の記事によると、名人として知られた故高山訓昌さん（二〇〇一年没）は「音戸の舟唄の父」とたたえられ、テレビにもよく出演されたそうだが、この方の節回しが伝承されているという。

ヤーレー船頭可哀や音戸の瀬戸でヨー……

歌い手は相の手や、小道具を使った櫓がきしむ音に合わせ、瀬戸の流れのように時に強く、時に緩やかに歌う。音戸町の奥内小学校と渡子小学校の児童も、保存会の方の指導で毎日練習し全国大会にも出場したそうだ。

哀愁漂う舟唄は日本人の心に染み入り、心豊かにしてくれる。こうした無形文化財が若い人たちにしっかり伝承され、大事にされていくことはほんとうに喜ばしい。今後いつまでも受け継がれていくことを願っている。

（平成二一年二月四日稿）

V　文学碑めぐり

1　倉田百三広島の碑

一

庄原市出身の大正期の作家、倉田百三が結核の転地療養に訪れ、戯曲『出家とその弟子』を書き上げたのは、広島市南区丹那町であったということを知ったのは、その学区内の楠那中学校に勤務していた時（昭和五六年）であつた。「わが郷土を紹介しよう」という作文単元を設定して、「子ども楠那風土記」という文集を作らせた際、地域の郷土史家故川上雅之氏から伺った話であった。生徒たちは早速取材して文集に掲載した。その折、この地に百三の文学碑を建てたいという運動があると聞いたが、立ち消えになっていた。

平成一三年一〇月一日の中国新聞紙上で「百三の「足跡」刻む碑建立を」という見出しを見つけた。地元楠那公民館での百三をテーマにした文学講座がきっかけで、町内会長N氏を代表に地元の有志一三名が発起人になって、丹那町の住民たちが記念碑の建立運動を始めたという記事であった。この運動は、地元民の力強い協力で順調に進み、平成一四年三月に除幕された。

先日（平成一七年五月）、私はその碑を訪れてみた。この丹那地区は、百三のいた当時は静かな漁村であったようだが、昭和二八年頃から海岸の埋め立て計画が進み、私の勤務していた頃は海岸はすっかり埋め立てられ、工場地帯となっていた。しかし、黄金山の山裾を巡る旧道沿いは、古い町並みが昔のまま残っていて、趣深いところであった。ところが、今回訪れてみると、近代的な住宅に建て替えられた家が多く、すっかり変貌していた。

海と繋がっているせいか今でも磯の香の漂う丹那橋を渡って、旧道に入った。百三の文学碑は、五分ばかり歩いた左山手にある穴神社の東側石段下の道の辺に建っていた。高さ二メートルもあろうか、幅七〇センチほどのまだ真新しい御影石の中央に、

倉田百三文学碑
出家とその弟子完成の地

と大きく美しい文字で彫られていた。その下部に黒い板《ばん》がはめこまれ、次のような説明があった。

倉田百三は明治二四年庄原市で生まれ、大正から昭和にかけて活躍した有名な文学者です。

代表作である戯曲『出家とその弟子』は、大正五年から書き始めましたが、同年一一月、医師の勧めで静かな漁村であった丹那の民家（この隣にあった谷口花松氏宅）に身を寄せ、八カ月の療養中に病気と闘いながら著作した作品で、二五歳の時完成させました。この作品は、当時ベストセラーとなり、翻訳されてフランスの文豪ロマン・ロランも絶賛しました。

この碑は、この世界的名作と百三ゆかりの地丹那で生まれたことを記念し、後世に伝え残すために建立しました。

裏面には、「楠那学区「倉田百三」文学碑建立発起人会（一三名の氏名）協力楠那公民館　平成十四

年三月建立」とあった。

百三にかかわる資料をせっせと集め、文学碑建立を願いつつ亡くなられた川上雅之氏もさぞかし喜んでおられるであろうと、ありし日を偲び、私自身もしばし佇んで喜びに浸っていた。

二

倉田百三は劇作家、評論家。明治二四（一八九一）年二月二三日、広島県三上郡庄原村（現庄原市）に生まれる。三次中学を経て一高に入ったが、結核を病み、大正二年中退。一高時代、文芸部、弁論部などで活躍、西田幾多郎の『善の研究』に魅かれ、その影響下、哲学的論文を「校友会雑誌」に載せる。また、西田天香の一燈園にも入る。六年『出家とその弟子』を発表、ベストセラーとなり、大正期のわが国宗教文学の代表作となった。一〇年多年の思索をまとめて『愛と認識との出発』を刊行、青年期必読の思索書、教養書として多くの若者を魅了した。その後も『布施太子の入山』（大正10年）、『処女の死』（大正11年）などの作品を発表するとともに、『静思』（大正11年）、『超克』（大正13年）など、宗教的、内省的思索を重ねていった。大正一五年には「生活者」を主宰、求道的世界を追った。唯物論を否定、精神を重視、『絶対的生活』（昭和5年）などを著し、次第に超国家主義に傾いていった。一高時代の友との書簡集『青春の息の痕』は、広く読まれた。『倉田百三選集』全一三巻（昭和21～22、

〈大東出版社〉『倉田百三作品集』全六巻（昭和26、〈創芸社〉）などがある。
昭和一八（一九四三）年二月一二日、五二歳の生涯を終える。

三

倉田百三の『青春の息の痕』は、親友久保正夫、久保謙に宛てた書簡集である。百三は大正三年九月、結核に加えて結核性痔瘻を併発し広島病院に入院、四年一月神田晴子すなわち「お絹さん」を知る。同年一二月京都鹿ヶ谷にあった西田天香の一燈園に入るが、「お絹さん」も五年二月から一燈園に加わり、やがて「共棲」生活に入る。当時まだ鄙びた漁村であった丹那に百三が来たのは、大正五年二五歳の時で、この浜辺の仮寓を結核の転地療養地に決め、出世作『出家とその弟子』を書いたのである。

そのあたりの部分を引用する。

（前略）実は私はあの後健康が面白くなくて、広島に診断を受けに来ました。医者は今が大切な時期であることを警めて、私に此の冬期を温かい海辺で過すように勧めました。で私は四、五日前に此処に来ました。

此処は広島湾の東南部にある小さな漁村です。温かくて静かです。私はとある裕福な農家の二階を間借りをして、お絹さんと二人で暮らしてゐます。此処に移つてからは私の病気は大分よいようです。晴れた日には広い畑に出てなれぬ仕事、稲こぎや、麦蒔きなどの手伝ひなども出来る位になりましたから、あまり心配しないで下さい。
（中略）今夜はいい月が出てゐます。私の宿はずい分淋しくて遠くの方を通る汽車の音より物音は聞えません。私は窓の下で此の手紙を書き、お絹さんは私の衣物を縫うてくれてゐます。私とお絹さんとは赦しの上に成り立つ平和の中に日を送つてゐます。（後略）十一月十一日　丹那より
（『ふるさと文学館』第四〇巻〔広島〕〈ぎょうせい〉による）

この書物から、当時の丹那の様子や、「お絹さん」とのおだやかな生活が伺われる。

四

『出家とその弟子』〈新潮文庫〉を久しぶりに読んでみた。親鸞の人間的な愛と苦悩がありありと描かれていて感動した。あらすじは次のようにまとめられる。

第一幕　配流の地からの帰途、親鸞は吹雪に悩まされ、弟子たちとともに日野左衛門の家に一夜の宿を乞う。左衛門は一旦ことわるが、軒下に佇む姿に動かされて招き入れ、これが機縁となって親鸞に帰依するようになる。

第二幕　都に帰った親鸞は善男善女の信仰の的となり、左衛門の一子松若も、今は唯円と改めて愛弟子になっている。

第三幕　親鸞の子善鸞は不倫の恋愛がもとで父から離れ、遊女浅香の許で頽廃生活を送っているが、もともと純真な彼は、唯円を呼んで心の苦しみを訴える。唯円は善鸞を許してくれるように親鸞に願うが、周囲の平和を保つために聞き入れてもらえない。

第四幕　唯円はしばしば善鸞を訪ねるうち、浅香の朋輩かへでと恋し合うようになり、外出が繁くなる。

第五幕　そのことが仲間に知れて問責されるが、唯円は「恋を捨てなくては法が立たないというのは無理だ」という。親鸞はその恋を聖なる愛にまで高めるように諭す。

第六幕　一五年後、唯円は、かへで改め勝信と共に親鸞に仕えている。九〇歳の親鸞は病床に臥し、臨終が迫っている。善鸞と親子の対面がかなえられ、最後に親鸞はすべてを許し、調和した世界を夢見つつ、往生する。

この戯曲は、大正八年から、何度も演じられ、当時のベストセラーとなった。浄土真宗の教祖親鸞を主人公として、その著「歎異抄」の宗教世界を戯曲化したものではあるが、百三は「『出家とその弟子』の上演について」（大正八年）で次のように記している。「あの作は真宗の或は一般に宗教の教義を説明するために書いたのではない。（中略）私のあの作を書いた中心の興味は、人間の種々なる心持と此の世の相に対する限りなく深き愛である。」

百三文学のよき理解者であった亀井勝一郎は「解説」（新潮文庫『出家とその弟子』）で次のように述べている。

「『出家とその弟子』が明治以後にあらわれた最大の宗教文学と云わるる所以は、ひとえに親鸞の人間研究の深さを描いた点にある。それを描いた倉田氏の胸底には、絶えざる求信とともに、絶えざる背信が、清浄心とともに肉欲心が、信とともに懐疑が、渦巻いていたことがわかる。善鸞が最後まで信仰を拒否する態度を、徹底して描いたことはこの作品の一つの成功と云わねばならない。宗教とは、神あるいは仏との危険な関係なのだ。それは救いや悟りや安心を直ちにもたらすものでなく、むしろ無限の苦悩に我々を追放するものだ。何故なら、宗教は人間の内部の汚れに、眼を閉じさせるものでなく、眼を開かせるものなのだから。自発的な罪悪感を与えるものなのだ。他力とは、この救われざる人間の救いを、云わば救いの無さの極限においてあらわるる自己滅却という回向力をさす。」

『出家とその弟子』は普遍的な人間存在そのものが問われている。信じられないような、道義心の欠如している現在の世の中にあって、青春時代の必読の書として薦めたい一冊であると思った。

（平成一七年六月六日稿）

2　倉田百三ふるさとの碑

一

ちょうど三年前の六月、私は市内丹那町にある倉田百三の文学碑について書いた。この碑は、結核の転地療養に来て『出家とその弟子』を書き上げたところということで、文学記念碑として建立されたものであった。

今年（平成二〇年）四月中旬、百三の郷里である庄原に行く機会があり、知人に百三の遺香を案内していただくことができた。

庄原インターを下りてまず訪れたのは、インターにほど近い庄原石塔墓地にある倉田家の墓所であった。百三の墓は、東京多磨霊園と庄原と両方にある。道路沿いに立っている〝倉田百三の墓〟という標柱の側の門扉を開けて、さして広くない墓所に入る。数基の墓の中央に「戚々西行水楽居士」と戒名が書かれた墓石が、側面の俗名から百三のものとわかった。手を合わせ、庄原に碑めぐりに来たことを告げる。

市街地本町に入り、呉服商をしていた百三の生家跡を訪れる。N呉服店と書かれた空き店舗の前横に、〝倉田百三誕生之地〟という碑柱が立っていた。庄原ライオンズクラブによって建立されたというが、その側面に、末の妹艶子さん（昭和六三年四月没）によって次のように刻まれている。

百三は倉田家の只一人の男児として生れた　兄の生涯の自由奔放な生活法はこの温床から始まる　精神的暴君の性格は兄の個性の強さと父母の犠牲を惜まぬ愛の深さに依る　「出家とその弟子」は生家に於て執筆された　五十二年に十一日不足する一生を終ったのは東京大森の自宅であった

（明治二十四年二月二十三日生　昭和十八年二月十二日歿）　艶子記

二

ここからほど近い庄原田園文化センターにある〝倉田百三文学館〟を訪れる。周りは公園風で桜も満開であった。平成元年一〇月にオープンしたというこの施設は、広いワンフロアー。壁面には百三を中心にした数々の写真が並ぶ。『出家とその弟子』の舞台写真なども見える。平面のガラスケースの中には、著書、百三の往復書簡や『出家とその弟子』を絶賛したロマン・ロランの手紙、原稿の類。壁面のガラス張り部分には、書や短歌の軸物や遺品などが展示されていた。

百三のプロフィルが次のように紹介されていた。

序曲「死ぬるもの」からはじまる戯曲「出家とその弟子」は、倉田百三が26歳のときに書きあげたものです。その作品は世に迎えられ、当時ベストセラーとなりました。

倉田百三は、明治24年（1891）今の庄原市、当時は比婆郡庄原町の呉服商の長男として生まれ、昭和18年（1943）52歳で没しました。

県立三次中学に進み、同窓の歌人中村憲吉と親交し、共に文学熱旺盛で「白帆会」という文芸部を作り、回覧雑誌を発行しました。

哲学を志した百三は、家業を継がせようとする父に「哲学することは人生いかに生くべきかを追求することです」と説得し、東京の第一高等学校に入学しました。

哲学者西田幾多郎の「善の研究」に出合って驚天動地の感銘を受けた彼は、ますます哲学に傾倒していきました。この頃、結核を発病し大正2年一高を退学しました。

その後、「愛と認識との出発」「青春の息の痕」など、多くの作品を世に発表しました。

病気、退学、失恋と不幸を一時に身に受けた百三は、四季を通じて今なお美しいふるさとの山の湖、上野池でその痛手をいやしました。妹艶子さんは「兄百三にとって、上野池は宗教的恋人でした」と。

池の周囲に広がる丘陵地には、「森の沼」や短歌を刻んだ百三を顕彰する文学碑が地元の人たちによって建てられています。百三は言う「青春は短い、宝石の如くにしてそれを惜しめ」と。

三

いよいよ碑めぐりを始める。田園文化センターを出るとすぐ隣に中央児童公園がある。その一角の、つつじなどの植え込みが続く中に、自然石に刻まれた三つの短歌碑があった。

年表によると、百三は大正一二（一九二三）年三二歳の時、アララギに入会し島木赤彦の指導を受けている。七〇〇首ほど詠まれている短歌の中から三首が選ばれて刻まれたという。

・此の母の／背中に面をおしあてて／泣き眠りけむ昔おもほゆ　百三

・子ら去りて／さびしく見ゆる／ぶらんこの梁《つつはり》の上に／出でし月かげ　百三

・白雲の遠べの里に／君生けり春蘭の花は／ここに息づく　百三

激しい百三の胸奥に秘められた、ふるさとにつながる優しく美しい心に触れた気がした。

児童公園にほど近い庄原グランドホテルの横〝「百三」ひろば〟には、生誕一〇〇年記念（昭和六〇年五月）に建立されたという百三の胸像がある。その右横に、緑濃いかいづかを背にして、高さ一メートル余り、幅〇・五メートルほどの素朴な自然石が台石の上に朴訥に建っている。その中央によく磨かれた御影石がはめ込まれ、黒い文字が豪快に刻まれていた。

青春は短い
宝石の如くにして
それを惜しめ
百三

この文章は『愛と認識との出発』の中の一節で、百三を代表する言葉であるが、いかにも百三らしい碑だと思った。

つづいて、田園文化センターから市街地を車でまっすぐ東に進んで上野公園に向かう。広島市内では桜はすでに散っていたが、ここでは今まさに満開。周囲四キロといわれる上野池をめぐって、ぼんぼりも吊され、花は盛り上がるように咲き誇って、みごとであった。平日にもかかわらず大勢の花見客で賑わっており、さくらの名所一〇〇選に選ばれているのも頷けた。
池の手前を、県の史跡に指定されている〝瓢山古墳〟に登る。丘の上には典型的な前方後円墳が横たわっていた。周囲は広く公園になっている。その頂上の広場に、桜に囲まれて大きな「森の沼」の文学碑が偉容な姿を見せた。縦二メートル、横二・五メートルもあろうか、濃い茶系のごろっとした大岩の正面を大きく矩形に区切り、白く磨き上げられた石面を黒い文字が刻んでいた。

森の沼

藍色の水の面に銀色の跡を劃して
かいつむりの眞一文字に泳ぐを見よ
されど音を立てざるなり
この夕奇しき寂寥の情調に

もの皆は首を垂れて白く愁ふ
百　三

裏面には次のように彫られていた。

倉田百三
この町に生れ
この地に遊ぶ
昭和三十二年四月建立

この「森の沼」は、『愛と認識との出発』の「憧憬――三之助の手紙――」の一節である。静かな「森の沼」の夕べ、水鳥が音もなく水面をすべる。その中で寂寥の情調にひたっている青年百三の姿がほうふつとしてくる。病いを得て一高を退学し、恋人にも去られた百三は、「宗教的恋人」であったという上野池を見つめながら、何を思っていたのであろうか。

〝瓢山古墳〟を下りると、倉田百三ゆかりの館〝紫水寮〟があった。この建物は倉田家の別荘で、結核で一高を中退し庄原に帰って来た折、ここで心身の療養をし、『愛と認識との出発』『出家とその弟子』の一部を執筆したといわれている。百三の妹艶子さんは、近年までこの家に住まれて、倉田家の墓守をしておられたと聞いた。

四

百三に『光り合ういのち　わが生いたちの記』〈倉田百三文学館友の会〉という自伝小説がある。この作品は、病状がかなり悪くなった四九歳、病臥生活の中で書いたもので、ふるさとでの生いたちを懐古している。「幼きころ」では、父を初め祖母、母、六人の姉妹のこと、寵愛を一身に受けて育った小学校時代までを、「年少時代」では、三次中学入学以後一高入学まで、三次の伯母宗藤家に下宿しての、青春前期の多感な時代の出来事を、それぞれ事細かに描いている。その中では哲学的な見解も随所に伺える。

かつて、私は牧水の歌碑を見ての帰り、西城町の西城川河畔にある百三の文学碑に立ち寄った。生誕一〇〇年記念に建てられたというこの碑は、西城川に沿った狭い緑地帯に、黒い自然石に白い文字が刻まれた小さな碑であった。

倉田百三の文学碑

花束を／西城川に流し給へ／僕は庄原の／川べに立って／その漂い来るを／拾いましょう　百三

『光り合ういのち』によると、百三は西城に嫁いでいる雪子姉の所へ長姉豊子に連れられて行ったことがあった。「雪子姉の夫は学校の先生をしていた。町で大事にされ、教え子たちがやって来た。豊子姉は自分でどんどん御馳走をしてもてなした。自分の家ででもあるように。小さい娘たちも大勢来た。その中の美しい『すみえ』という子に姉はからかって、『うちの百三の嫁さんになって下さい』と言った。『すみえさん』は真赤になった。『花束を西城川に投げたまえ』と後に書きおくったのはこの娘だ。」と述べている。地元の方の話だと、この川向こうのOという旧家のお嬢さんだったという。

また、中村憲吉の歌碑のあった三次中学（現三次高等学校）にも百三の文学碑が建てられている。憲吉の碑は玄関正面にあったが、百三のは校門を入って右手に進み、講堂に近い茂みの中に大きな碑が建っていた。この碑も、憲吉と同じく先輩の大井静雄氏（弁護士で歌人）によって、昭和三〇年に建立されている。碑文は、〝「百三」ひろば〟の碑と同じく「青春は短い　宝石の如くにして／それを惜しめ」が刻まれている。

『光り合ういのち』の中で、中村憲吉は「私が入学した時は四年級であった。私は入学せぬ前から従兄が持って帰った『巴峡』という校友会誌で霧村君（筆者注・憲吉のペンネーム）の文章を読んで秘かに敬愛していた。入学して白帆会に入会したのもその霧村君が白帆会の雑誌委員なのと、その弟の三之助が同級にいて私を勧誘したからであった。この三之助君というのが、あの『愛と認識との出発』の中にある『三之助の手紙』の主人公なのだ。この中村兄弟は私の運命に影響する所が大きかった。私を文学や、哲学に向かわせたのは三之助君であると言っても間違いではない。」と述べており、三次中学での百三と憲吉・三之助との関わりが伺われる。

もう一つ、百三のふるさとではないが、私がかつて訪れた〝尾道市文学公園〟にも『光り合ういのち』の文学碑があった。

光り合ういのち

倉田百三

香の高い柑橘類／燃えるような丹椿／濃く暖かい潮の色／海べの砂州と嶋々の浦わ／尾道の自然は歌の材料に／みちみちていた／少女の追憶は歌の思い出と／からみ合って私の思春期の／絵本を美しく／しているのである

よく整備された文学公園の一角に、ピカピカに光った黒曜石に黄色い文字で彫られていた。

百三は中学三年の夏近く、突然休学してまる一年を尾道で過ごしている。その理由は都会への憧憬であった。庄原という山間の僻地で育ったコンプレックスもあり、学業へも身が入らなくなった。表向きは脚気の転地療養ということで親からも許され、種子姉が養女に行っている伯父の家で世話になることになった。「何しろ学業はほうり出し、手をあげて、美と文化を吸収しようとしているのだ。その憧憬の中心にあるものは少女であった。」（『光り合ういのち』）と述べ、四つのほのかな恋を経験している。碑文の一節は、神主の娘で巫女を務める鈴子という少女と歌を作り合ったり、万葉集の恋歌を競って暗記したりした部分である。

百三の尾道での一年間は彼の考え方を変えた。復学した百三は、前と変わって「獰猛」をモットーとする生活態度をとった。「従順な、素直な、坊ちゃんらしい少年だった私は、批判的な、多少拗ねものの、反抗的な少年になりだした。（中略）学業は優等でありつつも、品行は丙を付けられ……」（同書）とあるが、これは自我意識の目覚めであろう。その後一高へと進学している。

今回訪れた庄原の町は、古い町並も大事にしながら、周囲に大きな道路も整備された美しい町であった。そして、文学館へもオープンに出入りできるし、どこの駐車場も自由に置けるというおおらかな、ゆったりとした町であった。何よりも郷土の生んだ文学者倉田百三を誇りにし、町をあげて彼の遺香を大事にしていることがよくわかった。

（平成二〇年五月二〇日稿）

3　林芙美子〝文学のこみち〟の碑

一

尾道ゆかりの文学者といえば、まず林芙美子があげられるだろう。

山陽本線尾道駅に降り立ち少し東の方に歩を進めると、アーケイド商店街入口にある芙美子のブロンズ像が出迎えてくれる。高さ五〇センチほどの広い台座の上に、旅行鞄に蝙蝠傘を横にして、左手を頬に当て物思いにふける芙美子がしゃがんでいる。思いなしか目に涙がにじんでいるような気がする。台座の正面には、よく磨かれた御影石に「海が見えた。海が見える。五年振りに見る尾道の海はなつかしい。」と『放浪記』の一節が刻まれている。台座の側面には、銅板に金文字で次のように芙美子が紹介してあった。

林　芙美子　一九〇三年―一九五一年　女流作家、故林　芙美子は、大正五年五月、尾道に両

親とともに降り立った。爾来、小学校（現土堂小学校）、県立高女（現尾道東高等学校）を卒業するなど、夢多き青春時代をこの地にすごした。

上京後、幾多の辛酸をなめ、詩情豊かな作風をつらぬき、「放浪記」や「うず潮」「晩菊」「浮雲」など、芸術的香り高い名作を数多く残し、齢四十八歳を一期に他界した。けだし、芙美子にとって尾道は、少女期の感じ易き魂に文学の眼を開かしめた唯一の揺籃の地であり、かつまた、わすれがたい故郷の街でもあった。

小林正雄著す

尾道市商店街連合会

建立者　会長　中田貞雄

製　作　高橋秀幸

建立年月日　一九八四年七月二十二日

商店街に入ると、すぐ右手に〝うずしお小路〟がある。その入口に「遺迹」という記念碑が建てられており、次のように記されていた。

林芙美子が多感な青春時代を過ごし　林文学の芽生えをはぐくんだ家の跡です

昭和三十九年十一月吉日
岡崎　幽草　文
藤原　勝子　書

この小路を入って行くと海岸通りに出るが、その右角に東御所郵便局がある。今は鉄筋になっているが、かつては藤原タバコ店だった所で、芙美子一家はこの二階にも間借りしていた。表に次のような表示があった。

この店は、林芙美子居住地跡です。大正九年頃、芙美子一家はこの場所にあった煙草屋の二階に間借りして、ここから女学校に通っていました。その頃、この家の遠縁にあたる因島の男性と恋に落ち、その男性が進学した一年後、彼を追って上京しました。初恋の地でもあります。

うずしお小路から再び本通り商店街に出て二、三軒目に、元の〝アンティーク茶房芙美子〟がある。この家の二階の奥にも芙美子一家が住んでいて、公開されていたようだが、私たちが訪れた時は、残念ながら看板を下ろされていた。ところが、先日の新聞によると、埼玉県からの帰郷夫婦がオーナーとなり、「文学のまち・尾道の拠点として、再スタートを切る」とあった。またの機会に訪ねたいと思う。

〝文学のこみち〟では、子規の句碑から四つばかり進んだ所に、志賀直哉の碑と対面する形で、林芙美子の碑があった。

高さ一・五メートル、幅二メートルもありそうな大岩に、正面を滑らかに削って、大きな美しい文字で鮮やかに、長い『放浪記』の一節が刻まれていた。

放浪記　　　林　芙美子

海が見えた。
海が見える。
五年振りに見る尾道の海はなつかしい。汽車が尾道の海へさしかかると、煤けた小さい町の屋根が提灯のやうに、拡がって来る。赤い千光寺の塔が見える。山は爽やかな若葉だ。緑色の海、向うにドックの赤い船が帆柱を空に突きさして

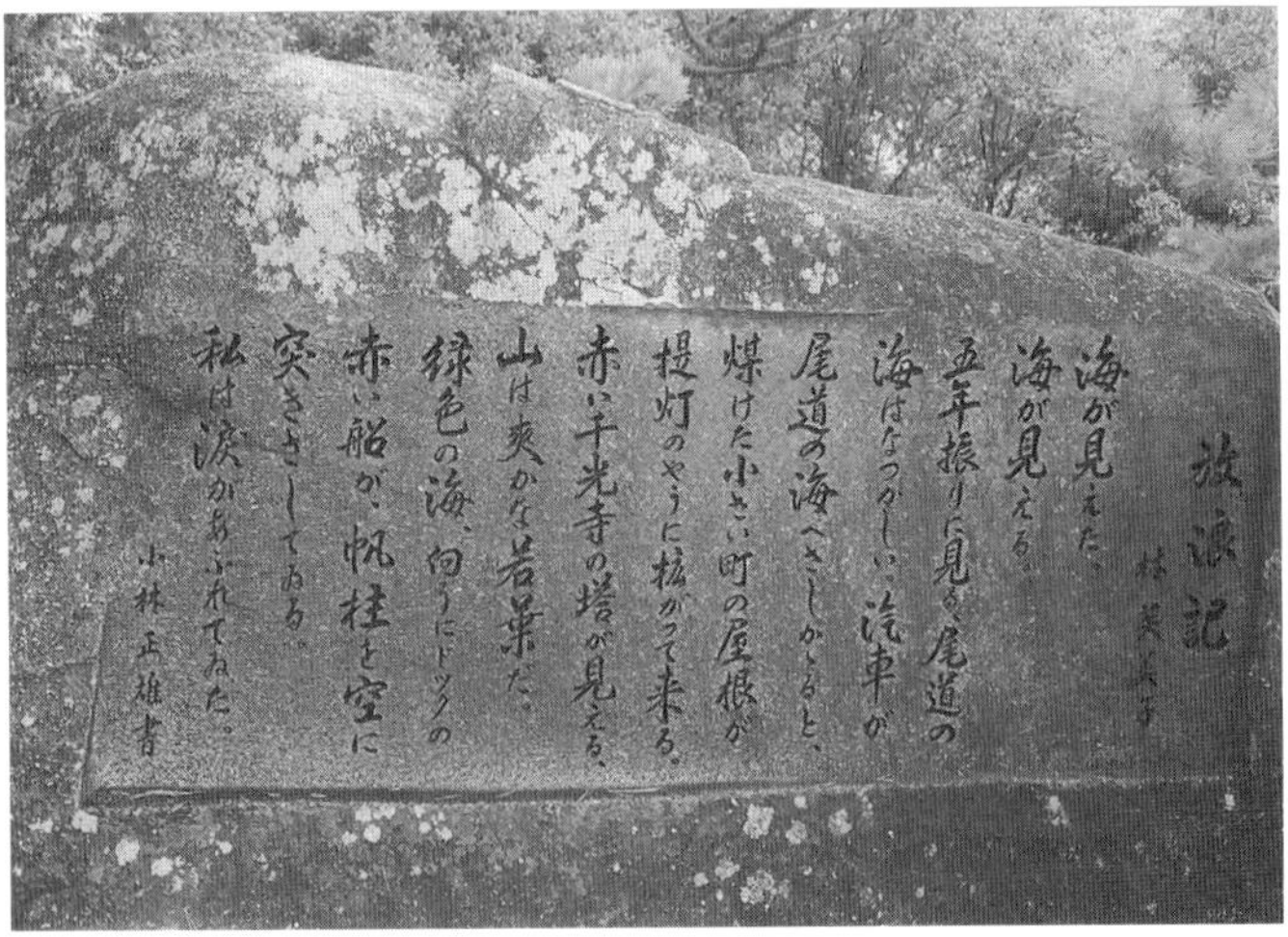

ゐる。私は涙があふれてゐた。

小林正雄書

傍らの解説板には、芙美子の略歴と、「この碑の筆者小林正雄氏は小学校当時の恩師である。」と記されていた。

碑の向こうには、松の枝越しに尾道水道が見晴らせ、「赤い船が帆柱を空に突きさしてゐる」向島のドックとともに「海が見える」。「涙があふれ」んばかりに尾道を懐かしんでいる芙美子の姿がほうふつとしてくる。

この一節には、詩情あふれる尾道の風景が色彩豊かにあますところなくみごとに表現されていて、尾道を愛した芙美子ならではと感じ入ってしまう。

二

林芙美子は、明治三六（一九〇三）年福岡県門司市に生まれた。（『放浪記』では下関で生まれたと述べており、諸説あるが、研究者によると現在では門司が定説とされている。）実父の不認知、母連れでの家出、母と行商人の養父との木賃宿暮らしという不遇な生い立ちを持ち、九州各地を転々とする。

大正五年、尾道で小学校五年生に編入（義務教育年齢より二歳年上）、続いて尾道市立高等女学校に進学、同校の教師の指導を得て、文学に開眼する。卒業後、因島出身の恋人（岡野軍一）を追って上京、同棲したが、恋人は大学卒業後郷里因島に帰ってしまい婚約を破棄される。

以後、萩原恭次郎、壺井繁治らアナーキスト詩人らとも交わり、女中、工員、女給、店員などしながら、小説や詩を書く。昭和五年、「女人芸術」連載の『放浪記』（第一部）を刊行。続く『続放浪記』（第二部）と共にベストセラーとなる。また翌年「改造」に『風琴と魚の町』と『清貧の書』を発表、作家としての地歩を確立する。以後流行の女流作家として濫作ともいえる執筆、ジャーナリズム活動を展開、持病に過労を重ねて、心臓麻痺で急逝する。

戦前の『牡蠣』（昭10）『稲妻』（昭11）、戦後の『晩菊』（昭23）『浮雲』（昭24～26）など多数の秀作を生んだ。「放浪記」（第三部）は「日本小説」に連載（昭22）、『林芙美子全集』全一六巻（昭52・〈文泉堂出版〉）がある。

三

何年かぶりに『放浪記』（一部～三部）を全集で読んだ。涙がこぼれる場面もあった。

『放浪記』は、幼児期の回想に始まり、芙美子の大体一八歳から二五歳くらいまでが描かれている。

上京後恋に破れ、生活のため、女工、店員、女給、筆耕など、あらゆる職業を転々としながら東京のどん底生活をなめつくし、一方では詩や童話を書き初めた時代の体験を、所々に自作の詩を挟んで、自由な日記体で書き留めている。一部～三部は、順序性はなく、同一時期を、やや視点をかえて繰返し描いている。

〝文学のこみち〟の碑文にある「海が見えた。……」の一節は第二部の中程に出てくる。『放浪記』はもともと物語性は希薄であるが、第二部の前半は、尾道に来た「私」（芙美子）と「島の男」（初恋の人、岡野軍一がモデル）との別れがテーマとして描かれており、尾道の場面が実に多くでてくる。その場面をかいつまんで拾ってみる。

東京で働いていた「私」は「島の男」との別れがまだ信じられないで、「一度会ふて話をして来んことには」と尾道へ帰って因島を訪れるが、「一軒の家もかまへてをらん者の娘なんかもらへん」という家族の者の反対に「島の男」もどうすることもできず、「私」はそのまま上京の途につく。

その後、関東大震災に遭った折にも、尾道へ帰り、「何年振りに（文章の綾と思われる）尾道へ行くことだらう。あの海、あの家、あの人、お父さんや、お母さんは、借金が山ほどあるんだから、どんな事があつても、尾道へは行かぬやうに、と言つてゐたけれど、少女時代を過ごしたあの海添ひの町を、一人ぼつちの私は恋のやうにあこがれてゐる」と述べている。そして、再び上京するが、「島の男」から「当にならない僕なんか当にしないで、いい縁があつたら結婚してください」と一〇円の為替を送ってきている。

次いで、母の病気の知らせで四国に帰るが、その足でまた尾道を訪れる。列車が尾道に近づいた折に、碑文にある「海が見えた。…」の一節が描かれている。そして、「あれから、あしかけ六年になる。私はうらぶれた体で、再び旅の古里である尾道へ逆もどりしてゐるのだ。……ああ今は旅の古里である尾道の海辺だ。海添ひの遊女屋の行燈が、椿のやうに白く点々と見えてゐる。見覚えのある屋根、見覚えのある倉庫、かつて自分の住居であつた海辺の朽ちた昔の家が、五年前の平和な姿のままだ。何もかも懐しい姿である。少女の頃に吸つた空気、泳いだ海、恋をした山の寺、何もかも、逆もどりしてゐるやうな気がしてならない。」と続く。「島の男」に会いたい一心で直ちに因島へ赴く。しかし、今は妻も子もある身、男の兄から「五六枚の一〇円札」をもらって、遂に「島の男」と別れる。

四

『放浪記』には、第二部のみならず、第一部にも第三部にも、尾道がにじみ出るように何箇所か出てくる。芙美子は、東京での生活に行き暮れては尾道を思い、尾道へ帰って慰んでいる。芙美子はなぜ尾道をこんなに懐かしんだのであろうか。

何としても、一三歳から一九歳という最も多感な時代を、そして芙美子の家庭にとって最も安定していた時期を尾道で過ごしていることに起因するであろう。

東京の夕刊に桜が咲いたというニュースが出ていると、「尾道の千光寺の桜もいいだらうとふっと思ふ。あの桜の並木の中には、私の恋人が大きい林檎を噛んでゐた。海添ひの桜並木、海の上からも、薄紅い桜がこんもり見えてゐた」（『放浪記』第二部）と千光寺の桜を通して恋人への郷愁を駆り立てているように、まず初恋の人との出合いがあった。

岡野軍一との初恋は、大正六年（一四歳）から大正一二年（二〇歳）まで六年間も続いた。どん底の貧乏暮らしの中でさえ本をむさぼり読み、プライドの高い文学少女は、忠海中学校在学中の制服制帽姿に惹かれ、互いに文学について語り合える仲となって、うずしお小路を初めとして、千光寺など各所が恋路となった。

尾道市の林芙美子研究者清水英子氏の『林芙美子・ゆきゆきて「放浪記」』〈新人物往来社〉によると、芙美子の女学校進学についても、岡野へ比肩したい気持ちが強く、岡野が引き金になったと述べておられる。また、中学卒業後一度因島で就職した岡野が明治大学へ進学したのは、願書を芙美子が取り寄せるなどして、芙美子の勧めによるところが大きく、後の芙美子東京進出への足場としたのではないかとも論述しておられる。こうした二人の間柄は強力な絆で結ばれていた。

次いで、芙美子が尾道市立高女へ進学したことが大きく影響している。

「ああ、そはかのひとか、うたげのなかに女学校時代のことがふっとなつかしく頭に浮かんで来る」（『放浪記』第三部）とあるように、折にふれ女学校時代を思い出している。その女学校時代には、よき友よき恩師があった。金持ちの子女の多い女学校の中にあって、授業料の滞納やアルバイトをしながらの通学ではあったが、友人も多く、楽しい女学校生活を送っている。この辺りの状況については、深川賢郎氏の『フミさんのこと――林芙美子の尾道時代――』〈溪水社〉に詳しい。尾道時代の林芙美子のことをゆかりの人々に聞き書きした労作である。

かつて、私が通っていたF高等女学校の校長今井篤三郎氏から、「林芙美子は私の教え子であった」という話を伺ったことを覚えている。尾上柴舟門下の歌人でもある今井篤三郎氏は、早稲田大学卒業後尾道市立高女に国語教師として赴任し、二年生の芙美子の担任となった。自分の本を貸し与えたり、作文や詩歌の添削をするなど、芙美子の文学的成長に大きく貢献した。また、授業態度や男女交際など、職員会議で問題になった芙美子を庇護して、無事卒業させたということである。その後、芙美子上京後も交流は続き、常にわがままな芙美子の願いをかなえている。前掲深川氏書物所収の書簡に詳しく見られる。

さらに、尾道を懐かしむ要因に、尾道の風土と人情が考えられる。

〃文学のこみち〃の碑文に見られるように、尾道は山あり、海あり、島あり、古い町並みありと、詩情をかりたてる盆景である。その景観が芙美子の鋭敏な感性を捉えたのであろう。そして、商人一色の、粋がって世話をやくおおらかな尾道人の人情の中に、どっぷりと漬かることができたのであろう。このように、芙美子の東京生活を支えた尾道の存在意義が考えられる。

今回、尾道を訪れて碑に対面し、林芙美子への愛着を深くした。まだ、尾道東高等学校にある林芙美子文学記念碑や〝おのみち文学の館〟（文学記念室）を訪ねることができなかった。またの機会に譲りたいと思う。

（平成一八年三月一九日稿）

4　林芙美子母校の碑

一

平成二〇年五月の連休中母の墓参りをした機に、林芙美子の卒業した尾道高等女学校（現尾道東高等学校）に建立されている、芙美子の文学碑を訪ねることができた。だらだら坂を上り左手の正門を入ると、すぐ右脇の石垣を築いてやや高くなった所に、立派な碑が建っていた。縦一二〇センチ、横一三〇センチくらいのピカピカに磨かれた御影石に、白い文字が鮮やかに刻まれている。

巷に来れば
　憩ひあり
人間みな吾を

慰さめて
煩悩滅除を
歌ふなり
林芙美子

石面いっぱいの太い味のある文字、芙美子の自筆とすぐに分かった。言葉と文字がぴったりとマッチしていて、芙美子の人間性があふれている碑だと思った。

この言葉はいつどういう時に書かれたものかはわからないが、『広島県立尾道高等女学校・広島県尾道東高等学校同窓会誌「あけぼの」創立五十周年記念号』によると、改造社版の『新日本文学全集第十一巻林芙美子集』に載せられていた芙美子自筆色紙の写真を拡大したものだという。「鹿児島県古里温泉にある〝花の生命はみじかくて苦しきことのみ多

かりき〃という碑文の持つ彼女の一面とは違った一面を代表するに足るものであろう。庶民を愛し生きることを愛した彼女の心を受けとることができよう」と記述されていた。

幾多の辛酸をなめた芙美子の生活が、多くの人々との交流によって救われた感慨をしたためたものであろう。尾道での生活はまさにそういう心境であったと思われる。

碑の側まで上がって行き裏面を見ると、上部に「林芙美子記念碑」と大きく横書きされ、その下に次のような撰文があった。

明治三十六年下関に生まる　大正五年尾道に来り住む　同十一年尾道高等女学校卒業と同時に上京以来幾多の辛酸をなめ　芸術的香り高き諸名篇を遺し　昭和二十六年東京下落合に永眠す
学窓四年　少女期の感じ易き魂に文学の眼を開かしめたるは此の地なり
茲にその業績を記念し七回忌を期し川端康成先生の題字を得て碑を建つ
昭和三十二年六月二十八日
広島県尾道東高等学校
浦曙会
ＰＴＡ
生徒会

この碑の一画は、一面芝が植えられ、美しく整備されていた。左手に大きなフェニックスが一本どんと座り、枝ぶりのいい松や楓、ひいらぎ、つつじなどが形良く植えられて手入れが行き届いていた。左後方には、「爲往来安全」と書かれた頼山陽遺墨燈籠も配されていた。側に「約百四十年前のものにて、日本最古の安全標識なり」と記されていた。

『尾道と林芙美子・アルバム』（林芙美子研究会編）によると、この碑のデザインについて、同校美術科教諭妹尾正雄氏（独立美術協会会長）は、「デザインで苦心したのは、始めは『浮雲』等色々の抽象形を考えたが…少しも飾らない色紙をそのまゝ伝えるために何の飾りもせず色紙横型にした。それが堅い感じがするので、この角な石の下に赤い長方形の石を使って、林さんの人間性あふれるあたたかみを出した。而も芝生から高くあげないで彼女の庶民性をだした。」と述べている。

また、この碑の除幕式には、夫の林緑敏氏、嗣子の泰氏（当時学習院中等科一年）も招いて、大々的に行われ、小学校時代の恩師小林正雄氏の挨拶もあったようである。

これらのことからしても、尾道東高等学校の、林芙美子への思い入れの大きさが伺えて、しばらく碑をながめながら、芙美子の存在感の偉大さをつくづく感じた。

二

千光寺山に上って、〃文学のこみち〃の碑をもう一度ながめ、前回訪れることができなかった〃おのみち文学の館〃を訪ねた。

尾道は、「風光明媚、四季の眺めもとりどりに面白く、その上に名醸あり佳香あり文芸を語る友も多く、人の情けも艶やかであったので、名ある文人墨客相ついで杖をひき、当地の紳商雅友と盛んに交遊した。その遺香は千光寺山の文学のこみちに、市中に点在する数々の遺跡にしのぶことができる。このたび尾道市制百周年を記念し、文学的遺香や環境を保存するために志賀直哉旧居・文学公園、中村憲吉旧居と文学記念室からなる〃おのみち文学の館〃として再整備するものである。

　一九九九年三月　　　尾道市　」

と説明されていた。

林芙美子の遺香は、文学記念室に展示されていた。ここには、他に尾道ゆかりの作家、行友李風・高垣眸・横山美智子・山下陸奥・麻生路郎のものも展示されている。

千光寺山の中腹にある文学記念室は、石垣を築いた数寄屋造りの立派な建物であった。〃放浪記記念碑〃の建っている石段を上って玄関から入る。登録有形文化財に指定されているというこの建物は、元日立造船の技術者故福井英太郎氏によって大正元（一九一二）年に建てられ、昭和二年、三年と二回にわたって茶室など増築されたものである。桧を中心に高級な建築資材が使われ、随所に凝った趣向がみられる。

ここには、芙美子の年譜や写真を初め、初版本や生原稿（複製）、書簡、愛用の着物など、沢山のものが展示されていた。特に心臓麻痺で亡くなった芙美子の、死の六時間前の大きな写真が印象的だった。

一番東側の部屋には、芙美子の書斎が復元されていた。机、座椅子、火鉢、本箱、屏風など、芙美子の愛用していたものが、東京下落合の書斎から運び込まれたということだ。この館の職員の方の話だと、東京の自宅の記念館の方には模造品が置かれていて、東京の学芸員の方が来られて羨ましがられたとか。これらの遺品は、特注されたものが多く、晩年贅沢の粋を尽くした芙美子の生活ぶりが伺われる。特に床に飾られている文楽のお染人形は、桐竹紋十郎から贈られたものであり、鎌倉彫りの三面鏡なども目を引くものであった。

自筆屏風には、「野の花ともなりて／はるかなる大空／吾こころともせん／鶯の声など聴きて／吾河上にのぼりて／笛なぞふかむ／芙美」と豪快に書かれていた。いかにも芙美子らしいと思った。

三

帰路、前回閉店になっていたうずしお小路入口の喫茶「芙美子」に立ち寄った。

店内には芙美子の資料が壁面に展示されていた。店の奥の小庭をはさんで、芙美子が三度目に住んだ宮地醤油屋（現喫茶「芙美子」）の母屋二階南端の部屋が、保存されている。当時階下は倉庫だったそうである。ギイギイと音をたてる急な階段を上がると、五畳の畳部屋があった。南側に押し入れと障子、北側は窓に障子がはまっていた。東西は荒壁。中央に小机、横に鉄びんがかかった木製火鉢が置かれていた。ここで親子三人がつましく暮らしたのであろう。ここから女学校へ入学したということだ。

念願だった芙美子の遺香三か所をやっと訪ねることができた。林芙美子と尾道の絆の強さをいっそう痛感した。


（平成一九年五月二〇日稿）

5　志賀直哉の碑

一

尾道千光寺山のロープウェイを降り、〝文学のこみち〟を下っていく。徳富蘇峰から始まって正岡子規など数基の碑を過ぎると、突然二つの大きな岩に行き当たる。見上げるような二つの大岩は、上部がくっつき合ってお互い斜めに支え合った形で安定している。その下部のトンネル状になった所をくぐって出ると、視界が開け、海も見えてきた。ふとその大岩の裏面を見ると、右側の岩の岩肌にいきなり『暗夜行路』が出てきた。これが直哉の碑だった。

高さ二メートル、幅三メートルもあろうか、灰色っぽい自然石の中程に、そのまま朴訥な小さな黒い文字で、ぼそぼそと刻まれている。

暗夜行路

志賀直哉

六時になると上の寺（原作千光寺）で刻の鐘をつく　ゴーン（原作ごーん）となると直ぐゴーンと反響が一つ　又一つ　又一つ　それが遠くから歸って来る
その頃から晝間は向島の山と山の（原作との）間に一寸頭を見せている百貫島の燈台が光り出す
それがピカリと光って又消える
造船所の銅を溶かしたような火が水に映り出す

小林和作書

傍らの案内板には、碑文の釈文と直哉について次のような解説がなされていた。

宮城県の人、大正元年から同二年の中頃まで、千

光寺山の中腹に居を構えていた。同十年から大作「暗夜行路」を発表、昭和十二年に至って完成した。その寓居は現存している。この碑は、志賀直哉の懇望によって小林和作画伯が、特に筆を取られたものである。

この碑文は、『暗夜行路』前編第二の三の一節である。寓居から眺めた尾道が描かれている。たそがれ時の千光寺の鐘の音と、灯ともし頃の対岸向島の明かりの美しさをみごとに描写していて、尾道の情緒が心に染み入ってくる。さすが〝小説の神様〟といわれる直哉だなあと感じ入る。『暗夜行路』のこの前後の文章について、阿川弘之は「尾道の夕景夜景の描写は、近代日本文学史上の白眉の文章である」と絶賛しているとか。

斜め前に見える林芙美子の碑は海を背にしているが、この碑は松の茂みの中、千光寺を背に海の方を向いている。芙美子の碑のようなはなやかさはないが、小林和作画伯の味のある文字で刻まれているこの碑は、いかにも直哉らしい風格が感じられる。

碑の前に立ちつくし、先日読み返した『暗夜行路』を思い起こしながら、尾道にやってきた直哉のことに、思いを巡らしてみた。

二

志賀直哉は、明治一六（一八八三）年二月二〇日、父直温《なおはる》が銀行員として在勤中であった宮城県石巻で生まれる。（「宮城県の人」とあるのは妥当でない）満二歳で父母と共に上京、麹町の祖父母の家に移る。一二歳で母と死別、幼いころから祖母の寵愛をうける。相馬家家令から実業家になった祖父の影響のもとに成長、青年期に内村鑑三を通してキリスト教に接触する。学習院初等科・中等科・高等科を経て、明治三九年東京帝大英文科に入学。四一年中退し、創作を志す。明治四三年、武者小路実篤・木下利玄らと「白樺」を創刊。このころ足尾銅山鉱毒事件を発端とする父との確執は、女中との結婚問題によっていっそう強まる。四三年『網走まで』『剃刀』、四五年『祖母の為に』『大津順吉』、大正二年『清兵衛と瓢箪』『范の犯罪』など、的確な写実的描写により、強靭で純粋な実践的性格を秘めた自我を感じさせる私小説、客観小説を次々に発表。明治四五年、父との不和が昂じて尾道に移り、その後松江、京都、我孫子などを転々とする。活躍を夏目漱石に認められて「朝日新聞」に執筆を勧められ、尾道で『時任謙作』（『暗夜行路』の前身）の執筆を始めるが挫折。大正三年京都で、武者小路実篤の従姉妹康子《さだ》と結婚。三年ほど筆は沈黙するが、大正六年『城の崎にて』『好人物の夫婦』『和解』など発表、文壇に確固とした地位を得るとともに、この年、父との不和も解消し、心境に静かな調和がもたらされた。

大正一〇年より唯一の長編小説で自伝的要素の強い『暗夜行路』を発表し始める。一四年奈良に移住して東洋の古美術に対する関心を深める。大正期後半から心境小説の完成者として揺るぎない地位が与えられ、小説の神様の異名を得るに至る。昭和一二年、断続して発表されていた『暗夜行路』が完成する。以後は生活の安定に伴って創作は少なく、戦後も『灰色の目』（昭和22年）『蝕まれた友情』（同）のほか、小説らしい小説を書くことはなかった。昭和二四年文化勲章を受章している。昭和四六（一九七一）年一〇月二一日没（八八歳）。『志賀直哉全集』全一四巻別巻一巻（昭和48―49年〈岩波書店〉）がある。

三

〝文学のこみち〟から林芙美子らの文学記念室を過ぎ、更に石段を下って、案内板に従い右（西）に入って行くと、尾道市文学公園がある。その上の石垣の上に志賀直哉旧居があった。なるほど三軒長屋である。周囲はきれいに整備され、表に暗夜行路の立派な記念碑が建っていた。

『暗夜行路』〈新潮文庫〉の前編第二の三冒頭に、

謙作の寓居は三軒の小さい棟割長屋の一番奥にあった。隣は人のいい老夫婦でその婆さんに食事、洗濯その他の世話を頼んだ。その先きに松川という四十ばかりのノラクラ者がいて、自分の細君を町の宿屋へ仲居に出して、それから毎日少しずつの小使銭を貰って酒を飲んでいると云う男だった。

とあり、その家がそのまま残されている。左横の入口から入ると、一室目は、映画文学コーナーで、尾道出身大林宣彦監督の尾道を舞台にした映画が紹介されていた。

二室目には、志賀直哉の年譜や「志賀直哉と尾道」の掲示があり、ガラスケースの中には、直哉の愛用した茶椀や燗壜、湯のみなどの類い、加えて女性用の高級な櫛やさんごの髪ざしなどが展示されている。奇異に思って職員の方に尋ねると、世話になっていた隣の婦人や茶屋の女性などに買い与えたものだという。不思議なことに、書簡とか原稿などの展示は全く無かった。直哉はそういうことを好まなかったとか。畳の間には机の上に瓢箪が飾られていた。

三室目に直哉の住まいがそのまま残されていた。幅が一間半、天井の低い三畳と六畳の手前に狭い土間があり、炊事場である。かまどと流し、水を張ったかめが一つ置かれ、端に木戸（出入口と思われる）があった。建物は南向きで、部屋に上ることはできないが、障子の向こうに縁側があり、海が見晴らせる。奥の六畳の間に本棚と机があり、側にランプとトランクが置かれていた。

景色はいい処だった。寝ころんでいて色々な物が見えた。前の島に造船所がある。其処《そこ》で朝からカーンカーンと金槌《かなづち》を響かせている。同じ島の左手の山の中腹に石切り場があって、松林の中で石切人足が絶えず唄を歌いながら石を切り出している。その声は市《まち》の遥か高い処を通って直接彼のいる処に聴えて来た。（同書）

当時の尾道の様子が伺える。聴覚的な捉え方がみごとである。建物は質素なたたずまいで、続く部分にも次のように叙述されている。

兎に角、家《うち》は安普請で、瓦斯《ガス》ストーヴと瓦斯のカンテキとを一緒に焚けば狭いだけに八十度までは温める事が出来たが、それを消すと直ぐ冷えて了う。寒い風の吹く夜などには二枚続の毛布を二枚障子の内側につるして、戸外《そと》からの寒さを防いだ。それでも雨戸の隙から吹き込む風でその毛布が始終動いた。（中略）畳と畳の間がすいていて、其処から風が吹き上げるので、彼は読みかけの雑誌を読んだ処から、千切り千切り、それを巻いて火箸でその隙へ押込んだ。

「尾道中でガス会社に一番多く料金を払ったのが某料亭で、二番目がこの三軒長屋の直哉だったんです。飲料水も一荷五銭で買ったんですよ。」当時のエピソードを職員の方から伺った。

志賀直哉が尾道に移り住んだのは、大正元（一九一二）年一一月一〇日から二年の一一月一五日まで、二九歳から三〇歳にかけての一年間であったが、途中小旅行や一時帰京もあって実質四か月に過ぎなかった。経済的には何の心配もない境遇にありながら、寓居とはいえ、こうしたつつましい長屋で生活をしたことは、よほどの覚悟があったからだろうと察し、考え込んでしまった。

四

「東京とは全く異《ちが》った生活が彼を楽ませた。彼は久し振りに落ついた気分になって、計画の長い仕事に取りかかった。」（同書）とあるように、この家で『暗夜行路』の前身である『時任謙作』の執筆を始めた。父親との長い間の不和と、「白樺」の傾向に対する不満もあって東京を離れて来た直哉は、解放された気持ちになって、ここで落ち着けたのであろう。しかし、「一ト月ばかりは先ず総てが順調に行った。生活も、仕事も、健康も。然し一ト月も終わりの頃から、少しずつそれが乱れてきた。」そして遂に、「肉体からも精神からも半病人だった。物憂く、睡《ねむ》く、眼は充血して、全て元気がなくなった。」（同書）という状態で、筆が進まなくなったようである。積年の父との確執は、彼にとって重圧であり、作品化することにはてこずったのであろう。

その後、大正六年父と和解し、大正一〇年になって唯一の長編『暗夜行路』（前編）として発表されるに至った。父との和解により『時任謙作』のモチーフ、父との不和は改められ、祖父と母との不義の子として生まれた、暗い宿命を持つ主人公の苦悩という虚構が設定された。それ以後『暗夜行路』は断続して発表され、昭和一二年に完成した。大正元年に書き始められた『時任謙作』から数えると、完成までに二五年の年月を要している。

何年かぶりに『暗夜行路』を通して読んだ。主人公の重い苦悩は息苦しかったが、主人公がそれに耐え、最後大山の懐にとけ込んで、妻の手を取り生命の喜びを見出している結末に深い感動を覚えた。叙述も前編と後編ではかなり調子が異なっているが、後編は一気に読めた。何としても、克明で力強い心理描写、明晰で美しい情景描写には感嘆するばかりであった。芥川龍之介が夏目漱石に、どうしたら志賀さんのような文章が書けるだろうかと尋ねたところ、「文章を書こうと思わずに、思うまま書くからああいう風に書けるんだろう。俺もああいうのは書けない」（「志賀直哉の生活と芸術」阿川弘之〈新潮文庫『暗夜行路』所収〉）と答えたという。直哉の、それぞれの場面をありありと頭に浮かべ、飾らず簡潔に描き切っている文章に学ぶところが多かった。

五

それにしても、志賀直哉はなぜ尾道へやって来たのであろうか。旧居にあった「志賀直哉と尾道」

という掲示によると、「志賀直哉が尾道に寓居を定めたのは偶然であった。その理由は、友人がいい処だといっていた、また京橋の馴染みの宿屋の女将に当地を紹介されてのことであった。」と記されていた。職員の方が補足して、当時尾道は豪商が多く、文人たちの面倒を見る風潮が強かったからだろうと話された。

直哉は執筆の傍ら、町に下りて古刹を訪れ、古物商などに親しんで、尾道の人情に触れた。『暗夜行路』にもそれらの体験が生かされているが、『清兵衛と瓢箪』や『児を盗む話』を生んだ。

志賀文学の研究者阿川弘之は「尾道は直哉の精神形成史の上にも暗夜行路成立の過程にも重要な意味をもつ」（『歴史をつづる文学者達』尾道市制施行100周年記念事業実行委員会芸術文化部会刊）といっているが、今回歩いてみて、そのことがよくわかった。

（平成一九年六月二三日稿）

6　鈴木三重吉の碑

一

郷土が生んだ文学者、雑誌『赤い鳥』を主宰した鈴木三重吉の文学碑は、広島近傍に数か所見られる。

広島市紙屋町にある大型家電販売店の正面入口東側の壁面に、小さな銅板がはめ込まれており、鈴木三重吉のレリーフが作られている。そこには次のように記されている。

鈴木三重吉生誕の地
広島市猿楽町　八三番地ノ一
現　中区紙屋町　二百一ノ十三
三重吉は明治十五年に生まれ　東京大学英文科に進み夏目漱石の門下生となり　「千鳥」「山彦」

で文壇に登場
大正七年児童雑誌「赤い鳥」を創刊して全国
の子供たちの夢を育てた
昭和六十三年六月二十六日
鈴木三重吉赤い鳥の会

〝広島文学碑めぐり〟の絵はがきに紹介されている「三重吉出生地の碑」は、原爆ドームの西側、相生橋河畔に建立されている。静かな元安川の流れを背にして東向きに二つの碑がある。

左側の碑は、高さ一メートル五〇センチほどのブック状をした御影石の台に、「赤い鳥」と横書きに彫られ、その下に馬の頭のレリーフが浮き彫りにされている。その石を台座にして三重吉の胸像が建てられている。面長の顔はかなり晩年の三重吉のようである。蝶ネクタイで正装しているが、

三羽の鳩があしらわれている。右側のものは、縦横一メートル余り、奥行二〇センチばかりの御影石の上に、少年と少女が座っている。左側の小さい少年は両手で鳩をしっかり抱いており、右側の年上の少女がやさしく少年の背に手をかけている。台石には次の文章が刻まれていた。

私は永久に夢を持つ／たゞ年少時のごとく／ために悩むこと浅きのみ／三重吉

碑の裏面には次のように記されていた。

千鳥　桑の実などの名作によって明治大正期の文壇に生彩を放った鈴木三重吉は明治十五年この地に生まれた　大正七年少年少女のための雑誌赤い鳥を創刊主宰し　童話童謡つづり方自由画の開発と振興に後年生をささげ　わが国児童文学の父とよばれた　その文績を記念したのがこの碑である

昭和三十九年六月二十七日

建碑寄贈　藤田定市

加計慎太郎

なお塑像は、円鍔勝三氏の作品である。

三重吉は、明治一五（一八八二）年、この地猿楽町で生まれ、腕白時代をここで過ごしたが、八歳で母を亡くし幼くして数奇をかみしめた。のち傷心の中で処女作『千鳥』を書くが、書き上げたのはここのわが家であった。像の二人の少年少女は、全国の子どもたちをイメージして作られたものであろうが、私には三重吉が溺愛した長女すずさんと長男珊吉氏の子供の頃に思えてならない。像に鳩を配してあるのは、「赤い鳥」の中の三重吉の作品「ぽっぽのお手帳」などからのイメージではないかという気がする。

基町の児童図書館の前庭には、「夢に乗る」文学碑が建っている。

三重吉記念碑と彫られた台石の上に、丸い大きな魚に少年がまたがった碑である。りりしい少年は右手をかかげ、左腕にやはり鳩をしっかり握っている。裏面に「鈴木三重吉先生は一八八二年に広島市猿楽町に生まれました。雑誌赤い鳥を出して日本のこどもに夢と希望を与えることに一生をささげました。昭和三十年五月五日　鈴木三重吉顕彰会」と刻まれていた。鈴木三重吉顕彰会が誕生した記念事業として建設され、日本の子どもに夢と希望をという三重吉の願いを幻想的に描いている。この像も円鍔勝三氏の作。

二

鈴木三重吉は、明治一五（一八八二）年九月二九日、広島市猿楽町生まれ。広島一中、三高を経て東大英文科に進む。卒業後は広島の生家を整理し、千葉、東京などに住む。明治三九年夏目漱石の推賞により「ホトトギス」に『千鳥』を発表、文壇にデビューする。以後漱石門下の一員として、『山彦』（明治40年）『小鳥の巣』（明治43年）『桑の実』（大正2年）などの秀作を生んだが、やがて創作に行き詰まり、大正五年の童話集『湖水の女』刊行を機に児童文学へ転進。大正七年には鴎外、鏡花ら文壇の主要作家の賛同を得て児童雑誌「赤い鳥」を創刊、昭和四年から六年には一時休刊を余儀なくされたものの、終生編集・経営に腕を振るう。「赤い鳥」は、既成作家の児童文学分野での活躍のみならず、新人作家の育成にも貢献し、絵画、音楽、国語教育をも含む、児童のための一大芸術運動の中心的役割を果たすこととなった。昭和一一（一九三六）年没。『鈴木三重吉全集』全七巻（昭和57〈岩波書店〉）がある。

三

江田島市の能美町には、「千鳥」の文学碑が建てられている。

三重吉は明治三七年九月、東京大学英文科に入学したが、強度の神経衰弱、胃病に苦しみ、翌年九月一年間の休学を決意し帰省、能美島などで保養した。この間、英文学の講義を受け心ひかれた漱石の作品に触れ、敬慕の念を深くした。その思いを一級上の友人中川芳太郎に書き送ったことが機縁で、漱石との交渉が始まった。療養中何か書くように漱石から進められ、処女作『千鳥』が成立した。

昭和三八年、三重吉が島で寄寓した下田家に、当時の町長相野田敏之氏や俳人杉山赤富士氏の努力によって、文学碑が建立された。碑文には、「親のそばでは泣くにも泣けぬ　沖の小島へ行って泣く」とあり、親友の加計正文氏に送った心境の一節ということである。残念ながら私はまだこの碑を訪れていない。

『千鳥』は、「千鳥の話は馬喰《ばくろう》の娘お長で始まる」という変わった書き出しで始まっている。あらすじは「主人公青木は、学校を休学し、瀬戸の小島で療養生活を送る。その間、逗留先の小母さんのところにいたお藤さんという若い女性と親しくなるが、お藤さんは、わずか二日間の淡い思い出を残して、知らぬ間に去っていく。あとに残されていたのは、千鳥の紋柄のついた羽二重の襦袢の片袖であった。」というもので、みずみずしい浪漫的情緒の漂う作品である。主人公青木は作者と思われるが、展開されている話そのものは「空想の作為である」（「創作と自己」『三重吉全集』第五巻）と作者自身が言っている。漱石はいくつかの欠点を指摘した上で、「千鳥は傑作である。かう云ふ風にかいたものは普通の小説家に到底望めない。甚だ面白い。」「総体が活動して居る。」（書簡明治39・4・11）と三重吉に賛辞を与え、「ホトトギス」に発表した。

四

広島県山県郡安芸太田町加計には、「山彦」の文学碑がある。

明治三九（一九〇六）年八月二八日から九月四日まで、三重吉は親友加計正文氏の別邸吉水亭に泊まった。前年夏以来の療養でようやく元気を取りかえし、上京に先立ってここを訪れたのである。三重吉の第二作『山彦』の構想はここで芽生えた。

この吉水亭（現吉水園）の門前に、昭和三三年加計氏の計らいで文学碑が建立された。碑文には、『山彦』の書き出し「城下見に行こ十三里　炭積んでゆこ十三里　と小唄に謡ふといふ十三里を城下の泊りからとぼ〱と三里は雨に濡れて来た　三重吉」が刻まれている。かつて私は二七会の研修旅行でここを訪れている。

『山彦』は、明治四十年一月、雑誌「ホトトギス」に発表されたものである。あらすじは、「主人公の礼は、姉の嫁ぎ先である山奥の旧家を訪ね、数日間を過ごす。礼は、姉のどことなくやつれた姿に不安を抱くが、滞在四日目、ふとしたことから天井裏にある一束の封書を見つける。手紙は一通も開封してなく、「民さままゐる、ちゑより」とあり、三百年以上も続いたこの家の誰かにあてた手紙であるらしい。中には「叶はぬ恋の恨み」がえんえんと続く。礼はこの家には何かの祟りがあって、嫁入りして来た女は皆二十七で死ぬという一節に驚く。裏山の墓地を見ると、確かに女の人の行年はほとんどが二十七であった。礼は姉のことが気になり不安になるが、姉には何も話さず、炭船に乗って川を下る決心をする」というもので、三重吉は、「創作と自己」の中で、次のように述べている。「加計家の山荘の戸棚の天井裏に、古くから手紙が一束あるといふので、二人でとり出して見ると、どこかの女郎からでも来たらしい、下手くその字の読みにくい手紙であった。『山彦』はそれから一つの部材を得た外、すべて一々空想で作り上げたものである」と。この作品は、山間の風土や旧家のたたずまいなどみごとに描かれていて、浪漫的詩情があふれている。

五

鈴木三重吉は、個性の強い、神経質な天才肌の人であったようである。特に仕事については非常に厳しい人であった。

三重吉の人間像について、野地潤家先生は「三重吉の仕事魂――天翔けるもの――」と題して、三重吉の人となりと仕事ぶりを紹介しておられる。（『鈴木三重吉への招待』鈴木三重吉赤い鳥の会編〈教育出版センター〉）

「私（筆者注・三重吉）は今月のはじめごろから、両肩、背筋、腰、前胸にわたり、不意に神経痛の通り症状が来て微動をしても大声を上げたいほど痛くて、物によりかかったきり、ろくに横臥も出来ず、苦しみとほしました」という三重吉の死の一か月前に書かれた、「赤い鳥」誌（昭和一一年七月号）の「通信」を引用して、「最後まで自己の重いやまいと苦闘していた三重吉の仕事ぶりがじかにその肉声と共に伝わってくる思いがする」と述べられている。

そして、「赤い鳥」三重吉追悼号にのせられた北原白秋と大木惇夫の詩を紹介しておられる。同じ広島出身の大木惇夫の詩をあげる。

秋雨哀悼歌

赤き鳥いづこへ行くや、／大いなる影は落ちたり。／ひたぶるに思ひ堪へしか、／時ありて、眉根蹙めて／濁世を嘲《あざ》みましにし／火のごとき憤りはも。

秋づく夜、雨に偲べば／陵々と鳴りし気骨の／今やはた天翔りゆく／すさまじき雷に通はむ。

さあれ、また、和みたまへば／ふるさとの潮さすほとり／美酒《うまざけ》は、墓の下にも／打ち興じ笑み干しまさむ。

面影よ、生ける言葉よ、／見えしは今日のごときに／小鳥の巣、空しうなりて／現には会ふ術もなし。

いと高き績よ、業よ、／くさぐさの慈愛を汲みて／懐しき父とも思へ、／世の児等と、せちに歎かゆ。

赤き鳥いづこへ行くや、／大いなる影は落ちたり。


野地先生は、「この詩には、九月二日雷雨の夜即興とある。この哀悼詩にも、三重吉の人と仕事とがよく浮き彫りにされている。そこから三重吉というひとがよみがえってくる。」と述べておられる。

なお、三重吉の墓碑は、広島市大手町三丁目、鈴木家の菩提寺である長遠寺境内にある。ビルの谷間のような墓地のとっつきに、

三重吉永眠の地

三重吉と濱の墓

と三重吉が生前自書したものが、大きな石に刻まれている。裏面には「昭和二十三年六月　鈴木珊吉建之」とあった。毎年六月二七日の命日には法要が行われているということである。

（平成一七年三月五日稿）

7　三重吉「千鳥」の碑

一

今年（平成一七年）は鈴木三重吉の七〇回忌にあたる。去る六月二五日（命日は二七日）、三重吉の菩提寺である長遠寺（広島市中区大手町三丁目）において、七〇回忌の法要と記念講演会が催されたということである。

丁度その頃、三重吉の処女作「千鳥」の舞台となった江田島市能美町では、昨年一〇月に完成した江田島市能美図書館の完成を機に、「三重吉ゆかりの地を広く知ってもらおう」と館長さんが企画して、「鈴木三重吉展」が開かれているという情報を得た。

かねて、能美町にある三重吉の「千鳥」の碑を訪ねたいと念願していたので、SさんとTさんをお誘いして、丁度三重吉の命日の翌日に当たる六月二八日に訪れることにした。

二

宇品港から快速フェリーに乗り、四〇分ばかりで能美町中町港に着いた。港には高速艇も係留されていたが、「千鳥」と命名されていた。この島の地理に明るいTさんの案内でタクシーに乗り、一五分ばかりで図書館に着いた。

会場である二階に上がっていくと、三重吉の作品、文献、資料等が約三〇〇点余り、所狭しと並べられていた。程なく長江平館長さんに歓迎され、懇切な説明を伺うことができた。さすが、三重吉が療養し、「千鳥」の構想を練った地元であるだけに、当時彼が滞在した旧下田邸に保管されている三重吉の手紙や写真、さらに作品中の「お藤さん」のモデルと言われている下田家の長女ハツヨさんの写真や母親への手紙なども公開されていて、得がたいものを目にすることができた。夏目漱石の推奨により、雑誌「ホトトギス」の明治三九（一九〇六）年五月号に掲載された「千鳥」のコピーも展示されていて、興味深かった。

また、会場には、「赤い鳥」の全一八巻（復刻版）、一九六冊が展示され、手に取って見ることができた。「赤い鳥」創刊号の表紙には、少年と少女が馬に乗っている絵が描かれていた。そういえば、広島の相生橋河畔にある三重吉の文学碑は、三重吉の胸像の台座がブック型になっていて、「赤い鳥」

と書かれ、馬の絵がレリーフされていた。ここに来て初めてその意味がわかった。

ふと気がつくと、「赤い鳥」から生まれた童謡「かなりや」の曲が会場を静かに流れていた。さらに、能美町の主婦米原光枝さんの紙人形で「千鳥」の数か所の場面が再現されていて、作品「千鳥」の雰囲気を醸し出していた。特に小さな池のほとりにしゃがみ込む青木と藤さんの人形が目をひく。


藤さんが行ってしまったあとは何やら物足りないようである。……手紙はもう書きたくない。藤さんがもう一度やって来ないかと思ふ。

不図立つて廊下へ出る。藤さんが池の側に踞《しやが》んでゐて、「もうおすみになつて？」と声をかける。自分は半煮えのやうな返事をする。母屋の縁先で何匹かのカナリヤが焦気《やつき》に囀り合つてゐる。庭一杯の黄色い日向は彼等が吐き出してゐるのかと思はれる。「一寸入らして御覧なさいな。小さい鮒かしら沢山ゐますわ。」と藤さんは眩しさうにこちらを見る。「だつて下駄がないぢやありませんか。」「あたしだつて足袋の儘ですわ。」

自分もそれなり降りて花床を跨ぐ。……


紙人形を眺めながら、会って二日目の朝だというのに、何となく惹かれ合っていく二人の淡い思いがみごとに描かれている場面が、ほうふつとしてくる。

また、芥川龍之介が「赤い鳥」に寄せた「蜘蛛の糸」を、三重吉が子どもにわかり易い表現に推敲した原本の写しが展示されており、三重吉の文章に対する厳しさと同時に、子どもに対する愛情の深さを思わずにはいられなかった。

Sさんは主要な資料をパチパチと写真に収めてくださった。別室で、NHKや民放でかつて放映された、三重吉にかかわるビデオを見せていただき、郷土の文学者鈴木三重吉について整理することができた。

三

その後、館長さんのご好意で、旧下田邸にまでご案内くださることになった。図書館から車で一〇分足らずのところであった。

小説「千鳥」では、小高い丘の上の屋敷となっているが、旧下田邸は、平地に三メートルくらいの石垣が築かれた上にあった。入口に上がっていく手前に標識が立っており、一面には〝文学散歩・三重吉の叙情「千鳥」の故地〟と書かれ、もう一面には〝鈴木三重吉「千鳥」文学碑〟と案内されていた。

石畳の坂を上っていくと、こけら葺きの古風な門があった。その一面に木製の案内板が懸かっていて、墨書で「千鳥の由来」とあった。下の方は文字も薄れていたが、判読すると、次のように書かれていた。

明治38年8月歌人《ママ》鈴木三重吉が東大三年《ママ》生のとき回船問屋下田家に滞在した。そこの三人姉妹の美女を思い出し醸したのが彼の処女作「千鳥」である。

この碑文には、親のそばでは泣くにも泣けぬ　沖の小島へ行って泣く　三重吉とあり、病気で臥している父親のそばを離れ島に来たわけ心境が刻まれている。

右手母屋の前は広い庭であった。「千鳥」の文学碑は庭の取っ付きに建っていた。玉砂利が敷かれた半坪ほどの一区画の中に、高さ一・八メートルくらいの御影石が立っていて、上部に「鈴木三重吉作　小説　千鳥　記念碑」と四行に彫られ、その下に三重吉の手と思われる文字で、「由来」にも書かれていた言葉が次のように刻まれていた。

親のそばでは泣くにも
　　なけぬ
沖の小島へ行って泣く

三重吉

この言葉は、広島一中から東大まで同級生で、親友であった加計正文氏に送った心境の一節ということである。碑の裏面には、加計正文氏によって、次のように刻まれていた。

明治三十八年八月五日鈴木三
重吉は神経衰弱療養のため当時
ここにあった下田家に宿泊し年
末迄前後およそ六十余日滞在して処女作小説「千鳥」の構想を練った　私はこのたびここに記念
碑を建てられるよしを聞き昨年十月二十八日ここをおとずれて「千鳥」に出てくる井戸　築山
池　松　楓の大木などが六十余年後の今日なお現存せるを見てありし日の三重吉を偲んでしばら
く低徊去る能わなかった
昭和三十八年四月

加計正文謹書
能美町之を建つ

この説明のように、三重吉が朝な夕な眺めて想を練ったであろう庭は当時のまま残されていて、作品のモデルとなった小さな池も、井戸もそのまま現存していた。館長さんは、毎朝この井戸で三重吉が顔を洗っていると、近くの小学校へ通う子供たちが、病気で異常に痩せている姿を見て、「ガイコツ、ガイコツ！」とはやして通ったというエピソードも話してくださった。

庭を一巡して、最後に館長さんのお計らいで、当時の三重吉の居室まで外から見せていただくことができた。門に近い坪庭に面した八畳くらいの部屋であった。何かしら三重吉に一歩近づいたような気がした。

館長さんは、三重吉に造詣の深い方のようで、〝子どもの心にひびく童話・童謡を〟をテーマに、三重吉にちなみ、第一回児童文学作品募集も企画されていた。おかげで、念願の「千鳥」の碑にも対面できたし、三重吉への関心もいっそう高めることができた。

（平成一七年一〇月八日稿）

8　吉川英治の碑

一

呉市の音戸の瀬戸公園からさらに登って行くと、休山中腹の高鳥台に至る。砲台跡のようなものも見えるが、見晴らしのいい頂に〝平清盛日招像〟の威容な姿が建っている。

高い岩の上に、直垂に烏帽子の清盛が扇をかざし、太陽に向かって「返せ、返せ。」と叫んでいる。ここには、かつて生徒を引率して遠足に来た思い出もある。

高い銅像の台石裏面には、銅板に鋳造して次のように記されていた。

平清盛公の銅像

対宋貿易と厳島参詣のための海上の捷路音戸の瀬戸開削工事を指揮した平相国清盛公が、永萬元年（一一六五年）七月十日、沈む太陽を中天に招きかえして、その日のうちに、この難作業を完成させたという古来の伝説にもとづき、瀬戸開削八百年を記念して、当時四十八才の清盛公の英姿を、ゆかりの地日迎山高鳥台に建立してその遺徳を偲び、あわせて海洋交通の平安を永世に祈願する所である。

昭和四十二年七月吉日

財団法人　呉観光協会々長　増岡　博之

平清盛が音戸の瀬戸を切り開いたという伝説は有名である。伝説によると、清盛は航行の便をはかるため、狭い海峡の開削を決意した。着工から三か月、完成まであと一歩と迫った時、陽は西に沈みかけた。清盛は金の扇をひろげて太陽を呼びもどし、予定通り工事を終えることができたという。清盛の権勢を物語ったものだろう。『音戸町誌』（音戸町誌編纂検討委員会編〈ぎょうせい〉）によると次のように記され、解釈されている。

古くは、戦国時代の天正九（一五八一）年に厳島神社の神官棚守房顕《たなもりふさあき》八六歳の時に記した回想録『房顕覚書』に「弥々《いよいよ》清盛福原ヨリ月詣《つきもうで》アリ、音戸ノ瀬戸ハ其ノ砌《みぎり》掘ラル」とあり、江戸時代にも『芸備国郡志』に同じような記述が見えることから、「厳島神社は平氏の氏神であり」、「清盛は一〇回も音戸瀬戸を通って厳島に参詣し、瀬戸内航路の安全確保のために音戸瀬戸に〝警固屋〟を設置し、航路整備を行った。」そこで、「厳島神社はかなり早くからこの事に目をつけ」、「厳島を深く信仰した清盛を瀬戸内海航路開設の最高功労者の地位に高め、参詣客に厳島神社の重要性を印象づけるために、清盛による開削伝説・日招き伝説を創作したのではないだろうか」と。

当時厳島神社は、瀬戸内海の裕福な海運業者や漁民たちから守護神として深い信仰を集め、経典や仏像・仏具、灯籠などの寄進を受けていた。とすれば、清盛伝説の出所が厳島神社ということもうなずける気がする。この伝説がこの地方の観光にさまざまな影響を与えている。

二

音戸の瀬戸には、音戸大橋の下音戸側の護岸から少し離れた岩礁の上に、清盛塚が築かれている。室町時代元暦元（一一八四）年、清盛の功徳をたたえ、その供養のために建立されたという。昭和二六（一九五一）年には県の文化財に指定されている。塚から二メートルくらい離れて、昭和四六年造という朱塗りの参拝橋がある。そこに渡ってお参りをした。この瀬戸の速い潮の流れは、塚の岩礁の石垣をばしゃばしゃと激しく洗っている。塚の中央に高さ二メートルくらいの石塔宝篋印塔《ほうきょういんとう》が一基立っている。後に茂っている松は、三代目だそうだ。

この瀬戸はもともと海底が浅く、その昔は干潮時には歩いて渡ることができたという。戦時中には、呉軍港を守るため浅瀬を放置していたとか。昭和二六（一九五一）年から三三年にかけて、一億八千万円を投じて、幅三〇メートルを六〇メートルに、水深を一五メートルに掘り下げ、護岸工事が行われたそうだ。現在では一〇〇〇〇トン級の貨物船の航行も可能になり、〝瀬戸内銀座〟といわれるほどに一日八〇〇隻も行き交っている。

ふと見上げると、真上を音戸大橋の真紅のアーチがまたいでいる。昭和三六（一九六一）年、日本道路公団が近代技術の粋を集めて建設した橋である。高さ二三・五メートル、全長一七二メートルあるという。本土側は休山を切り開き、人家の密集している音戸側は鉄筋三階建の螺旋道路に造られており、完成当初私たちは人間の知恵に驚いたものだ。

清盛塚は、古からずっとこの瀬戸の移り変わりを見つめ、航海の安全を見守ってくれていることだろう。

三

昨年（平成二〇年）四月末、倉橋島の白華寺を訪ねた折、吉川英治の碑に立ち寄った。音戸の瀬戸公園から見下す眺めはまるで桃源郷であった。丸く刈り込まれた赤と白のつつじの斜面が流れるように続き、その先の朱の音戸大橋がひときわ映えていた。この遊歩道を登りつめた高台に吉川英治の碑を見つけた。根笹のはびこった二坪くらいの一角を素朴な竹垣で囲った中に、二つの石が品よく並んでいた。左に直径七〇センチくらいの球型、こげ茶色の自然石が、右側には高さ七〇センチ、幅一メートルほどの富士山型、黄土色の自然石が配されている。富士山型の方に、

君よ
今昔之
感
如何
清盛塚にて
英治生

と石に直接達筆の白い文字が彫られていた。恐らく英治の自筆であろう。

碑の背後には英治の好んだという紅梅の木が植えられ、青々と葉を茂らせていた。近くの遊歩道入口にあった案内板に、二河峡から持って来たという石について、「富士型の石に文を刻み、円型の石は無字無紋でこれを平相国清盛に見て、二基を対話の形に組みました」とあり、「常に大衆とともに生き通した吉川先生の心にかなう清楚で形象的なものとなっています。故人の人となりや教養がよく浮かびあがっています」ともあった。

この碑文は、吉川英治が「新・平家物語」の史跡取材のため昭和二五年一二月二五日この地を訪れ、清盛塚に向かって往時を偲び、感懐を吐露されたものである。

この碑は「吉川文子夫人の監修と吉川先生の形影の人杉本健吉画伯の指導」を得て、呉市が建立し、昭和三八年五月三日に除幕されている。折から音戸大橋が完成したあげくで、その記念として音戸大橋と清盛塚を見渡せるこの地が選ばれたようだ。

解説板には、さらに「今日この文学碑は」「個としての人間でなく流れとしての人間の歴史が見出されます。そこに哀歓きわまりない源平盛衰の絵巻物を描き、父子兄弟の争い人間の奥底にひそむ権力という魔性のものと対決した吉川文学がしのばれることでしょう。」と結ばれていた。

四

吉川英治は明治二五（一八九二）年八月一一日、現在の横浜市に生まれている。父親の事業の失敗などで高等小学校卒業もままならず、生活を支えなければならなかった。船具工などさまざまな職業に従事し、その間読書に励み、「講談倶楽部」「少年倶楽部」などの懸賞小説で当選していた。

大正一〇（一九二一）年から一二年まで東京毎夕新聞社に勤務し、「親鸞記」などを執筆、以後文筆生活に入る。一四年から一五年にかけて『神州天馬俠』『鳴門秘帖』などを発表し、壮大な作品を構築した。以後『親鸞』『宮本武蔵』『新・平家物語』『私本太平記』など多くの作品を発表した。

昭和二八（一九五三）年『新・平家物語』で菊池寛賞を、三〇年『忘れ残りの記』で文藝春秋読者賞を受賞したほか、三〇年に朝日文化賞を、三五年文化勲章を、三七年毎日芸術大賞を受賞した。『吉川英治全集』（全五三巻・補五巻昭和41〈講談社〉）がある。

昭和三七（一九六二）年九月七日歿。死後吉川英治国民文化振興会が設立され、吉川英治文学賞、吉川英治文化賞、吉川英治文学新人賞が設けられた。昭和五四（一九七九）年から命日の九月七日には東京・青梅の吉川英治記念館で英治忌が行われている。

私は、昔『宮本武蔵』を読んだくらいで英治の作品はほとんど読んでいない。英治は庶民の中に育ち、人生の辛酸を味わっているだけに大衆性のある文学を培った。そして、体験からにじみ出た教訓性があるといわれ、多くの読者に愛されている。

吉川英治の碑を訪れて、遠くに目を凝らすと知らぬ間に山は削られ、倉橋島にも高い橋脚が立っている。そのうち今の橋の北側に第二の音戸大橋が架かるという。私は思わず、吉川英治の碑に向かって、「君よ、今昔の感如何」とつぶやいた。

（平成二一年二月二日稿）

9　井伏鱒二ふるさとの碑

一

平成二〇年三月上旬、春のきざしの感じられる日、広島県の代表的な作家井伏鱒二の碑を求めて、まずふくやま文学館を友人と訪れた。

福山城の西側、福山文化ゾーンのいちばん北西にあるこの館は、倉を思わせるような純和風の落ち着いた建物である。ちょうど山代巴の特別展を開催中であったが、二階の常設展〝井伏鱒二の世界〟のみを鑑賞した。

まずシンボル展示室の壁面いっぱいに並んでいる、おびただしい数の単行本に圧倒された。ほんとうに精力的に仕事をした作家だなあと感動する。見たことのある懐かしい表紙もあったが、大半の単行本は読んでいない。

第二～第四展示室には、逐年順に生涯にわたる詳しい経歴の紹介、主要作品三〇作の解説、最初に発表した雑誌、著書、原稿類など、詳細にわたって展示されている。ガラスケースに入っている原稿は太目の万年筆で、読み易い丁寧な文字で整然と書かれている。訂正箇所も、縦、横、斜めにも線を引いて、元の文字が見えなくなるまで几帳面に消してある。「井伏の特徴ですね。」と言うと、「線を引きながら、次の文章を考えているんじゃないですかね。」と友人の返事が返ってきた。

室の一隅に、彼の処女作『山椒魚』の岩屋が作られている。人が入れるほどのスペースで、中で『山椒魚』の映像が見られるような工夫もなされていた。その『山椒魚』の原形「幽閉」を読んで、「坐つてをられなかつたくらゐに興奮」し、「埋もれたる無名不遇の天才を発見したと思つて興奮した」（筑摩書房『井伏鱒二選集』第一巻後記）という太宰治は、「逢つてくれなければ自殺をする」という手紙を井伏によこし、以後井伏鱒二を生涯の師と仰ぐことになった。太宰治を卒論に書いたという友人は、井伏と太宰とのかかわりを熱心に読んでいた。

第五展示室には、井伏の創作の場であった書斎が再現されていた。落ち着いた八畳間には、書院の横に机、火鉢、小引出し、スタンドなどが置かれている。床の間には、彼の揮毫による半切の軸が掛けられていた。

のきばのつきをみるにつけざいしよの
ことが氣にかゝる

擧頭望山月低頭思故郷　　井伏鱒二

かの有名な李白の詩「静夜思」を和訳した『厄除け詩集』からのもので、なかなか味わいのある書である。

井伏は若い時、美術学校に在学したこともあり、たくさんの書画が展示されていた。愛用品の中には、釣り竿や将棋盤もあり、釣り名人や将棋名人であったことを物語っていた。また陶芸にも挑戦したようで、陶芸作品も並べられ、多趣味であったことが伺われた。

二

井伏鱒二は、明治三一（一八九八）年二月一五日、広島県深安郡加茂村粟根（現福山市加茂町）に、父郁太、母ミヤとの二男として生まれる。本名満寿二。井伏家は、古くから代々地主で旧家であった。他に祖父母と、兄、姉、弟の三人の兄弟があった。五歳の時、弟と父を相次いで亡くし、祖父に可愛がられた。

加茂尋常小学校から福山中学校（現広島県立誠之館高等学校）を卒業後、画家を志し、橋本関雪に入門しようとしたが断られる。大正六（一九一七）年早稲田大学高等予科に入学、ついで八年、早稲田大学文学部仏文科に進み、小説を書き始めたが、教師との確執から中退する。

『鯉』（昭和3）『山椒魚』（昭和4）『屋根の上のサワン』（同）などの佳作で文壇に出、創作集『夜ふけと梅の花』（昭和5―13）を刊行する。昭和一三（一九三八）年には『ジョン万次郎漂流記』で第六回直木賞を受賞。さらに『さざなみ軍記』（昭和5―13）『多甚古村』（昭和14）でその地歩を固めた。

戦時中は、陸軍徴用隊員としてシンガポールへ赴いて、「昭南タイムス」や昭南日本学園に勤務する。「花の街」（昭和17）を「東京日々新聞」「大阪毎日新聞」に連載した。

戦後は、『本日休診』（昭和24―25）『駅前旅館』（昭和31―32）『珍品堂主人』（昭和34）で市井の人間模様を描く一方、『遥拝隊長』（昭和25）や歴史小説で戦争問題にも取り組み、昭和四一（一九六六）年には、原爆文学の傑作『黒い雨』を完成し、第一九回野間文学賞を受賞する。

詩・随筆においても、『厄除け詩集』（昭和12）や『荻窪風土記』（昭和57）など、独自の飄逸味をたたえた多くの名作がある。

九五歳の高齢まで精力的に仕事を続けたが、平成五（一九九三）年逝去。

昭和三五年芸術院会員。四一年文化勲章受章。『井伏鱒二全集』全一四巻（昭和49―50筑摩書房）『井伏鱒二自選全集』全一三巻（昭和60―61新潮社）がある。

三

ふくやま文学館で井伏鱒二の文学碑と生家のありかを尋ねた。略地図を戴き、四川《しかわ》ダムがめやすだと聞いて出発した。

国道三一三号線を経て、東城へ抜ける国道一八二号線を一路北へ走る。神辺町を過ぎ、加茂町をめざす。四〇分くらい走ると、四川ダムの標識が見えた。右折して県道二一号線を一〇分ばかり走ると、左折の標識があった。四川に沿った登り道を一〇分も走るとダムに行き着いた。まだ新しく、美しい小さなダムである。附近の地図があった。碑はここよりもっと下流の道沿いにあるようだ。気を配っていたつもりでも見落としたらしい。五分も下ると、左手にきれいに整備されたこじんまりした四川小公園があった。その真中にでんと坐った立派な碑が見える。川向こうの冬木がぼうっと烟って見える山を背に、高さ一・二メートル幅一・五メートルの碑石が、六〇センチほどの高さの台石の上に建っている。御影石の前面を額縁状に掘り込んで研ぎ出し、井伏の揮毫による黒い文字が刻まれていた。

このさかづきをうけてくれ
どうぞなみなみつがしておくれ

はなにあらしのたとへも
　　　あるぞ
さよならだけが人生だ
勧君金屈卮満酌不須辞
花発多風雨人生足別離
　　　井伏鱒二
井伏鱒二　厄除け詩集「勧酒」より

干武陵の漢詩の和訳である。井伏ならではのなかなかの名訳。「回想十年望郷の人井伏鱒二」（井伏鱒二在所の会編）によると、「酒を愛し、友情に篤く、人生を達観して夕日が沈むが如く逝かれた井伏先生にふさわしいものではないか」とこの詩に決まったそうである。碑銘は、井伏に師事し親交のあった小沼丹氏所有の屏風から転用されたという。

この碑は、平成七（一九九五）年一一月一九日、〃井

伏鱒二在所の会〟によって除幕式が行われた。東京から令息井伏圭介氏、井伏を師と仰ぎ親交深かった三浦哲郎氏が参列され、その他井伏ゆかりの人々、郷土加茂の人など三〇〇名の参列で盛大に行われたそうである。

碑の左横に、解説と略年譜が記された表示板があった。

ここ四川の地は井伏文学の重要な舞台である。

その初期、井伏が郷里に生きる人々の姿を作品に表すときの舞台に選んだのは、この四川沿いの地であった。

自然のめぐりのなかで、与えられた運命をそのままに生きた人々の姿を描こうとしたとき、この谷間は、井伏に作品創造のしっかりとした足がかりを与えたようである。

疎開中には、しばしば釣りに訪れ、また、後年の歴史小説や珠玉の随筆にも、この四川周辺が多く登場する。生家のある粟根とともに、井伏文学の原点ともいえるのが、この四川の地である。

四川沿いを舞台にした作品

「谷間」「朽助のゐる谷間」「丹下氏邸」「白毛」「武州鉢形城」

（略年譜　省略）

この解説は、兵庫教育大学の前田貞昭助教授にお願いしたとあった。碑石は、高田郡向原町（現安芸高田市）の山から取ったもので、小公園の植木は、井伏の好んだ竹柏、樟、白槙、棗の木などが植えられているそうだ。

この公園には、下手にもう一つ小さい碑が建てられていた。縦横七〇センチ程のおむすび形の御影石の中央を色紙状に切って、銅版をはめこんで刻んである。

のきばの月を
みるにつけ
ざいしよのことが
気にかゝる
擧頭望山月低頭思故郷

井伏鱒二

文学館の軸と同じ詩が色紙に認められたものである。左下に「平成十五年七月十日井伏鱒二在所の会」と彫られていた。

文学碑の建立については、井伏の生前から計画があり、何度かお伺いを立てたそうだが、「僕はなかなか死なないよ」という返事が返ってきたそうである。井伏は「名誉ほどお荷物はないね」と晴れがましいことを避け、いつも謙虚であったということだ。

四

『厄除け詩集』は、昭和一二（一九三七）年五月に出版された詩集である。その序で、

私はときどき散文を書きたくなくなることがある。書いてもつまらないやうな気持になる。これは私の散文が謂はば厄に逢ふことで、さういふときには厄除けのつもりで私は疎らな詩を書いてみた。自嘲の気持も手伝ってゐる。

と述べている。この詩集には、先の訳詩のほか、「山の図に寄せる」「寒夜母を思ふ」など、いくつかの望郷の詩が載せられており、井伏のふるさとへの思いが最も端的に表現されている。

石地蔵

風は冷たくて

もうせんから降りだした
大つぶな霰は　ぱらぱらと
三角畑のだいこんの葉に降りそそぎ
そこの畦みちに立つ石地蔵は
悲しげに目をとぢ掌をひろげ
家を追ひ出された子供みたいだ
（よほど寒さうぢやないか）
お前は幾つぶもの霰を掌に受け
お前の耳たぶは凍傷だらけだ
霰は　ぱらぱらと
お前のおでこや肩に散り
お前の一張羅のよだれかけは
もうすつかり濡れてるよ

この石地蔵は、「お地蔵さま」という作品にも書かれている。

子供のとき私はお地蔵さまに痛く影響されたやうである。田舎の私の生家は山の中腹にある。門を出て急勾配の坂みちを降りて行くと、突きあたりの往還の広場に大きな石地蔵がある。正方形の台石の上に胡坐をかいて坐ってゐるが、高さ一丈三寸といはれてゐる。目を半眼に閉ぢて唇のあたりに微笑を見せ、耳たぶは非常にながく耳の穴がつぶれてゐる。（中略）お地蔵さまの膝によぢのぼり肩車に乗る。さうして高いところから見下すので大きな気持になつて、路行く大人に如才なくお天気の挨拶をする。

長じてからのことも、次のように記されている。

私は安心してそのお地蔵様の前にながいこと立ちどまり、莨をすひながらゆつくりその容姿を鑑賞することができる。そのお顔をつくづく見てゐると、先方は笑ふでもなく笑はぬでもなく細目で私の顔を打ち眺め、貴公も大いに自重したまへと教訓をさづけて下さるかのやうに思はれる。もし出来ることなら、私はそのまゝお地蔵さまの門弟になつて、生涯その傍らに立つてゐたいといふ衝動を感じることもある。

ふるさとのお地蔵さまへの、井伏の思い入れの深さは並のものではなかったようである。

五

井伏鱒二の生家は、四川小公園から下り、川を隔てた東側の小高い山の中腹にあるという。この辺りは畑の中に民家が点在している。散歩中の方に尋ねると、「その山を回った裏側、道端に辻堂がありますからその前を登ったところ。まだ人が住んでおられますからね。」と教えてくださる。

車を降りて、山裾の道路を回ってみる。と、道の右手一角に辻堂らしきものが見える。大きなお地蔵さまもある。素朴な灯籠と地神と刻まれた太い石柱も立っている。ここが井伏の子供のころの遊び場だったんだと納得できる。お地蔵さまの白い大きなよだれかけが印象的だ。川と畑を背に、遠くの山と集落が見渡せるこの一角の雰囲気は、何か飛鳥時代にでももどったような不思議な感じである。平成の世に、まだこんな風景が残っているのだと感動を覚えた。

「この辻堂にお年寄りたちが坐っておしゃべりをしたんでしょう。」「話し声が聞こえてくるようですね。」と友人と話しながら、すぐ前の坂道を登っていく。見上げるような立派な石崖に突き当る。その上に山吹色の土塀が続く。石崖沿いに左に折れて登ると入口である。すぐ右に倉を改造されたような住居が一棟。その奥正面に大きな屋根の堂々たる母屋がある。続く右側に離れ。ここには、疎開中に井伏が住んでいた（『新潮日本文学アルバム井伏鱒二』〈新潮社〉）という。母屋の時代がかった木製の表札には「井伏」とのみ記されていた。

広い敷地は、山を借背に規模の大きな豪壮な庭園となっている。きれいに刈り込まれた庭木の間に亭《ちん》なども設えられ、風雅な庭でもある。今は、家兄の子孫が住んでおられるのだろうか。感嘆しつつ、しばらく立ちつくして後にした。

六

長編『集金旅行』に井伏の生家が写し出されているというので読んでみた。

東京荻窪にあるアパート望岳荘の主人が急死する。小学一年の遺児を、引き取り手が現れるまで面倒をみるため、部屋代を踏み倒して逃げてしまった人たちから、未収金を取り立てることになった。主人と親しかった「私」と、かつての恋人から慰謝料を巻き上げてくるという年増の美人コマツさんと二人で、集金旅行に出かける。

旅は、岩国から下関、博多、尾道と続き、福山市郊外の文学青年のところに向かう。

今度私が集金に行かうといふ相手の男は、福山市から五里北方の深安郡加茂村大字粟根といふところにゐる。本人は望岳荘アパートに一年あまり止宿してゐた早稲田出身の文学青年で、後半の四箇月分の部屋代を踏み倒してこの田舎に逃げ帰つたものである。この文学青年の名前は鶴屋幽蔵といふ。（略）鶴屋幽蔵はでつぷり太つて大体の感じが小説家志望の男とは思はれない。

鶴屋幽蔵が井伏であることは、生家の地名といい、その風貌といい、想像がつく。幽蔵の家まで、福山から府中行き両備軽便鉄道で万能倉という駅まで行き、そこから二里弱の道程を人力車で行く。家が近づいて、次のように描かれる。

路は最後に急な坂みちになつて、その坂をのぼると路ばたに辻堂と大きな石地蔵の建つてゐるところで車夫は梶棒を卸した。（略）そこから枝みちになつてゐる坂をのぼつて行つた。私は車夫に待つてゐるやうに云ひふくめ、コマツさんといつしよに若い衆の後ろについて行つた。坂の突きあたりには高い石崖があつた。石崖の上の土塀から、柿の木と白壁の倉がのぞいてゐた。石崖に沿うて坂をのぼつて行くと、路は折れ曲がつて土塀と倉の間を行くやうになつてゐる。そして倉と対面に建つてゐる離れの廊下には、大きな机を持ち出して紋つき姿の中年の男が墨をすつてゐた。

（『井伏鱒二全集』第二巻による）

この場所を実際に歩いた私は、井伏の描写の正確さと見事な筆力に感じ入る。愛着をもって郷土を描く作家であることがよくわかる。この集金は、当日が幽蔵の祖父の葬儀の日であったために失敗に終わってしまい、間もなくこの小説は終わる。

『集金旅行』は、空想で旅行をしてみようと思って書いたというが、人間性への深い信頼によってユーモアが醸し出され、面白い小説であった。

（平成二〇年三月二〇日稿）

10　梶山季之の碑

一

昨平成一九年は、広島ゆかりの作家梶山季之の没後三十三回忌であった。その記念事業として、昨年一一月中旬、広島大学でも資料展が開かれた。「じゅんや博士　読書、文章作法の会」では、野地潤家先生のお勧めもあって、都合のつく数名が参加した。

午前九時半ごろ山陽本線西条駅に着くと、黒瀬在住のＭ・ＳさんとＫ・Ｓさんが車で出迎えてくださっていた。広島市内ではまだ早い紅葉は東広島ではすでに始まっていて、広大への道ブールバールは、赤や黄の並木が美しく、快適なドライブとなった。

広大キャンパスは静かで、会場となっている中央図書館一階の地域交流プラザ入口には、「キミハカジヤマトシユキヲシッテイルカ!!　梶山季之資料展」という大きな案内板が掲げられていた。

会場には人気《ひとけ》はなく、梶山の人柄をしのばせる資料や梶山の活躍を物語る展示が、約一五〇点ばかり展開されていた。

壁面展示は、「君は梶山季之を知っているか」と題した彼の紹介から始まった。

梶山季之（かじやまとしゆき一九三〇―一九七五）は、広島大学の前身校の一つである広島高等師範学校の出身の作家です。

梶山は、作家所得番付の一位ともなった人気の大衆作家であるとともに、現在演劇等で取り上げられるような、質の高い純文学作品（「李朝残影」、「族譜」等）を書いた作家でもありました。また、「トップ屋」としての梶山の活躍は、今日の週刊誌ジャーナリズムの取材と執筆というシステムを確立した人物でもあります。その作風は、取材による手堅い実証的方法であり、本学の学風にも合致したものといえます。

ノンフィクション・ルポライターとしての梶山は、松本清張が戦前・戦後の問題（一九三〇―五〇年代）を取り上げたのに対して、戦中期から高度経済成長にともなう同時代の問題を積極的に取りあげて高度経済成長を疾走した作家として歴史的・社会的に重要な意味を持っています。同時に梶山は、ライフワークとして朝鮮・移民・広島という三つのテーマに取り組むとともに（梶山が急逝したため著書『積乱雲』は未完のままとなった）、原爆被災白書運動を支援するなど、常に広島・平和の問題と向き合っていた「広島人」でもありました。（以下省略）広島大学文書館　館長小池

聖一

このあと、遺族の梶山美那江夫人より、梶山季之に関する資料の全ての寄贈をうけ、「梶山季之文庫」を創設すること、さらに、「人間裸に生まれて来て何が不足」と生きた梶山の生きざまを通じて、学生たちに奮起を促す文章で締めくくられていた。

続いて、「梶山季之と広島」として、広島での文学活動が紹介される。梶山は、昭和五（一九三〇）年朝鮮京城（ソウル）で生まれ、中学四年の時、終戦とともに両親の故郷、広島県佐伯郡地御前村（現・廿日市市）に引き揚げ、広島第二中学校（現・広島県立観音高等学校）三年に編入する。昭和二三（一九四八）年四月、広島高等師範学校に入学。文学青年仲間と同人誌作りに熱中、あらゆるアルバイトをして資金稼ぎを行った。一九五〇年九月、同人誌『天邪鬼』を創刊し、主宰者となる。翌五一年、生涯の伴侶となる小林美那江と出会う。原民喜とも交流し、彼の没後詩碑建立に奔走した。高師卒業後、中国新聞社の入社試験で両肺の空洞が発見され、記者生活のかたわら小説を書くという生活設計の夢は破れた。しかし、文学への思いは、坂田稔（京城で小学校時代の同級生、偶然高師で再会）と共著の形で、短編集『買っちくんねェ』を自費出版。さらに、多くの広島の同人誌を『広島文学』に統合して月刊にするよう活動を始めた。

展示は、「上京して作家の夢へ」、「トップ屋への道」「トップ屋の頃」、「ベストセラー作家として」、

「ライフワークへの準備」「ライフワークにとりかかる」と続く。

二

私たちは、黙って展示の文章をくい入るように読んだり、カメラに収めたりした。私は正直なところ、梶山季之という作家を誤解していた。梶山が高師時代、担任であられた野地潤家先生からいろいろエピソードを伺っていたし、ベストセラーになった『黒の試走車』くらいしか読んでいないで、週刊誌の「トップ屋」、雑誌の大衆小説作家、ひいてはポルノ作家という世の風評を信じていた。

今、展示から彼がなぜこういうプロセスを辿ったかが如実にわかり、特にその膨大な仕事量と活力に感動してしまった。執筆の最も多かった昭和四五（一九七〇）年には、年間一〇、五三八枚（四〇〇字詰原稿用紙）と一万枚を越していた。毎日休まず二九枚書き続けたことになる。梶山美那江編「仕事の年譜・年譜の行間」（『積乱雲　梶山季之――その軌跡と周辺』〈季節社〉所収）によると、一九四八年（一八歳）以後四五歳で没するまでの原稿を集計すると、一一二、六一二枚になるという。そうした仕事をこなしたスケジュール表が、会場に展示されていた。棒グラフで示された表は、毎月何本もの線が併行して並んでいる。最も仕事量の多かったとき（昭和四六年ごろ）、週刊誌の連載を六本抱え、新聞連載エッセイ二本と婦人月刊誌に小説二本をこなしたという。健康体でないからだで、どういう取り組み方をしたのだろうかと、超人的な仕事ぶりに圧倒されてしまった。

資料の展示品としては、貴重な手紙や写真、「積乱雲」の書き出しとみられる四種類の自筆の草稿など。また、一隅に、畳にこだわったという書斎も再現され、愛用した机の上に、原稿用紙に文鎮、万年筆にインク、スタンドなども並んでいた。

書簡類の中に、彼の卒論の指導者でもあった真下三郎先生宛のものもあったので興味を覚えた。

（前文省略）

扨て、私たちの貧しい著作集を御送りいたします。誤植が多く稚拙な作品集ですから御読み辛いかと存じますが。私たちとしては、かうした作品集の出版、採算が広島の地に於て可能であるか否かの、テストケースとして、一つの問題を提出したにすぎない積りです。冒険ですが若し赤字にならなかったら、広島からも自費出版ＯＫといふことになるのではないか、そんな風に考へてゐるのですが。

御読み捨て下さり御高評いただければこの上ない幸甚に存じます。（以下省略）

『買っちくんねェ』出版の折のものと思われる。

三

会場に展示されていた梶山季之の年譜を見て、Tさんが広島市加古町に梶山季之の文学碑があることを見付けてくださった。「加古町というと、厚生年金会館かアステールプラザでしょう。」とも助言してくださった。

帰路一目散に立ち寄ってみた。果たしてアステールプラザの裏、本川沿いカラー舗装の美しい緑地広場に見付けることができた。川を背にし、アステールプラザのレストランの方を向いて、高さ一、八メートル、幅一メートルほどの白っぽい大理石でできた斬新なものであった。普通の文学碑らしからぬモニュメント風で、中央の碑銘の書かれた部分から三方に、真青い天頂を突いて、むくむくと丸こい白い塊が盛り上がった不思議な形をしていた。あとで、それは彼の未完のライフワーク「積乱雲」をイメージして作られたことがわかり、まさにそうだと思った。

小林正典氏の「『梶山季之文学碑』について」〈『時代を先取りした作家　梶山季之をいま見直す』〈中国新聞社〉〉によると、碑の設計をされた荒川明照氏〈東京芸大教授〉が「未完のまま終わってしまった『積乱雲』には云い知れぬ魅力を感じました。壮大な姿の変貌のなかに計り知れぬ創作意欲を感じ、陽光に雄大に映える『積乱雲』・雲の峰を感覚像として制作」と述べておられる。三つの雲の塊は、「積乱雲」の三つのテーマ朝鮮・移民・広島という梶山の生活のバックボーンともいうべきものが秘められていると考えてもよいのではないだろうか。

　碑銘は中央部に達筆の黒い文字で次のように刻まれていた。

花　不
語

　　梶山季之

たった三文字、「花は語らず」。梶山はサインを求められるとよくこう書いたという。前出書によると、「亡くなる前月一九七五（昭和五〇）年四月に書かれたと思われる『花不語』の色紙が奈良・唐招提寺に奉納されている。」とある。碑銘は色紙に書いた梶山の筆であろう。

　碑の前面下部に解説が記されていた。「この碑銘『花不語』（花は語らず）は、故人が揮毫に用い、心

情の一端を托した言葉である。」で始まり、市内水主町《かこ》（現加古町）に居住し、学生時代を送ったこと。以後広島での文学への貢献、上京後の活躍、昭和五〇年五月、取材先の香港で客死したことが記され、「故人の旺盛な活力と文業を偲び、有志あい集って、広島の未来にわたる文化振興のため、縁となることを願い、ここ故人ゆかりの地にこれを建つ。平成三年五月　梶山季之文学碑建立委員会」とある。

この碑の設置については、かなり難航したようである。当時広島市観光課長であった小林正典氏（前出書）によると、梶山十三回忌頃（昭和六二年）に発案され、完成は十七回忌（平成三年）であった。当時は平和公園などに慰霊碑、記念碑、文学碑の建立が多く、石碑公害とも言われたそうだし、梶山の作品評価にも誤解があったようである。しかし、小林氏や大牟田稔氏・水馬義輝氏ら文化人の尽力により、文化施設であるアステールプラザ周辺のゆかりの地に設置の運びとなったのである。

今改めて、「積乱雲」をイメージした美しい碑の前に再び立った。梶山のスーパーマン的活動に対して、世間では虚像ばかりふくれ上がったが、彼は何も語らず、何も抗弁しなかったという。今に見ていろという思いを秘め、「花は語らず」といったのではないかと推察され、胸をしめつけられるような思いであった。

梶山季之の作家助手であった橋本健午氏が真の梶山像を伝えるために書いたという著書『梶山季之』〈日本経済評論社〉を読んで、壮絶なスーパーマンの素顔を知ることができた。

四

梶山季之はマジメ人間であり、思いやりのある優しい心の持ち主であったという。「困った時の梶頼み」という言葉が出版界にあったそうだが、原稿の注文をほとんど断わらなかったし、締切りに必ず間に合わせ、書いたものは一応おもしろいという三拍子揃った物書きで、しかも誤字脱字などもほとんどなかったという。

一方、正義感が強く、強い信念の持ち主でもあった。トップ屋という仕事がら、政財界の腐敗や汚職など権力にとって都合の悪いことを嗅ぎ付けたり、小説に書いたりすると、警視庁からやんわりワイセツで摘発されたこともあった。しかし、悪や不正に対して敢然と戦い、言論擁護の姿勢を貫いたという。性的表現の取り締まりに対しても、一貫した主張をもっていたそうである。

人気作家ということで、交友も多く、夜にはバーで飲むことが多かったそうだが、どんなに遅く寝ても六時に起床、他人が起きてくるまでに、週刊誌の連載一本（一七、八枚）くらいは軽く仕上げていたとか。書くスピードは、平均一時間に五、六枚。週刊誌の連載小説だと、大体一回一七、八枚を約三時間で書き上げる。太目の万年筆で、手首はほとんど動かさず、ペン先だけが上下するという独特の書き方だそうだ。インク壺はなぜか左上、手が動く間に次を考えるという。わが家で大勢の来訪者と歓談中でも、ちょっと抜けて書斎で原稿を仕上げ、何事もなかったように戻ってきて仲間に加わったり、時には来訪者に酒をふるまって、相手が飲んでいる間も原稿の手を休めなかったりと、どんな所でも原稿が書けた人のようである。また、講演旅行などでドンチャン騒ぎの後も、朝まで原稿を書いていたということが普通であったとか。

何といっても、彼のライフワークへの思い入れの深さは相当のもので、原稿料や印税は、大河小説（「積乱雲」）を書くための資料収集につぎ込んでおり、すでにかなり集めていて、構想も立てられていた。

前出書によると、梶山の死の三年前（昭和四七年一月七日付）に書かれた、娘美季さん宛の遺書があった。

美季に　　父より

人間は、いづ《ママ》れ死ぬのです。父の事故死を悲しんではなりません。それが、父の運命だったのですから。

ママを大切にして、十八歳になるまでは、ママの云うことを素直に聞くのですよ。それからあとは、自分で考え、自分で判断して、生涯、後悔しないと思ったら、そのように行動しなさい。

パパは今、ポルノ作家と云われたまま、死にましたが、志はもっと高いところにあったのです。たとえば『李朝残影』（筆者注・直木賞候補になったが落選）のような小説を、うんと書き残したかったのです。

しかし、運命には逆らえませんでした。

世間の人々は、ポルノ、ポルノと軽蔑しますが、そう云う人たちが、パパの小説を読んで呉れたからこそ、パパは流行作家になったのだと云うことを、忘れないでいてください。

パパが、ポルノを書いた頃には、日本では言論統制が厳しくて、性について書く勇気のある小説家はいませんでした。だから、パパは抵抗を覚えて書いたのです。そして、その結果、性描写に対する言論の自由を、日本にもたらしたのです。このことも、よく銘記しておきなさい。

誰かが、茨の道を切り拓かねばならない。勇気のない人たちは、そのパパを楯として、あとから歩いて来たのですからね。世の中とは、そんなものです。

美季が大きくなる頃には、もう誰もポルノなんて騒がないでしょう。

我が儘を云わずに、誇りを持って生きて下さい。父は、それだけを祈っています。

小学校時代「ポルノちゃん」などといわれていた美季さんに対して、橋本健午氏は、「本当の志はもっと高いところにあったのだ。他人は理解しなくても、わが娘に真意を伝えたい……と。」と結んでいる。

梶山美那江編『積乱雲　梶山季之――その軌跡と周辺』の分厚い本に、命をかけて「積乱雲」に取り組んだ梶山季之の姿が浮彫になっているが、未完に終わってしまい、さぞかし無念であったことだろう。その思いがこの遺書からもひしひしと伝わってきて、涙がこぼれてしまった。

（平成二〇年九月二八日稿）

11　宮島の文学碑

一

昨年（平成一七年）の秋、正岡子規の句碑を訪ねて宮島に渡った。千畳閣のある塔の岡、亀居山にあるその碑は、周囲の斜面が崩落する恐れがあるということで立入禁止だった。私はがっかりして帰って来たが、気持ちが収まらなかった。すぐに「宮島にある正岡子規の句碑」と題して作文にも書いた。

その頃、毎週日曜日に中国新聞紙上で、〝神宿る　みやじまの素顔〟というシリーズが始まっていた。それは、美しい写真と共に、自然や神事や人々の営みなどさまざまな宮島の姿が紹介されていた。今年四月になって、思い切って中国新聞社へ手紙を出した。「中国新聞社のお力で、子規の句碑を紙上でも紹介していただけないだろうか」と拙文を添えてお願いした。

七月の初め、中国新聞社文化部T記者から返事をいただいた。子規の句碑のことは当初から承知していたけれども、各回のテーマに合致しないなどの理由で、活かすことができないでいるとして、「西様が研究の成果としてご教示くださいました句の幾つかは、私も初めて知った次第です。大変勉強になりました。今回の『神宿る』の中で、子規の句碑を直接取り上げることはできませんが、文中にて少し触れるなど、紹介することはできないか、検討してみます。」とあった。

一〇月に入ってからT記者から突然電話があり、子規の句などについて取材に来られた。そして、午後から宮島の文学碑めぐりのお伴をすることになった。

二

連絡船の中から秋空に映える鳥居を眺めながら、子規の句についてT記者といろいろ話し合った。宮島観光協会のホームページに掲載されている、子規以外の四つの文学碑を訪ねることになった。

御笠浜にあるという〝渡邊為吉の碑〟は、山側にあるトイレの右横にすぐに見つかった。高さ一メートル、幅六〇センチくらい、厚さ一〇センチ余りの灰色っぽい花崗岩がいきなり地上に建っている。かなり古いもののようだ。いつの時代に建てられたものなのか記述もないが、下部の方はすっかり崩落していて、読みづらい。二人してかろうじて読んだ。

花嫁に見せてやりたい安藝なすひ

裏面は、「神奈川県横濱　靴師渡邊為吉」と読める。横浜の靴師である渡邊為吉という人が宮島に詣でた折、みごとな安芸なすびに出会ったのであろうか。わが家に残して来た花嫁に見せてやりたいという、愛情あふれた誠に明るい句である。〝秋なすは嫁に食わすな〟というほどに美味なものとされている。「秋なす」と「安芸なす」をかけているおもしろさも味わい深い。

次いで、神社入口にある〝雨村の歌碑〟を目ざした。辺りを見回してもそれらしいものは見つからない。T記者が神社入口料金所の神職に尋ねると、前の灯籠にあるという。なるほど、広い回廊入口の両側に黄色っぽい大きな灯籠が一対建っている。高さ三メートルくらいもあろうか。左右とも柱正面に「御嶋廻」と大きな文字が刻まれている。左側のものは、裏面に「明治三十四年三月」、側面に「広島濱田治兵衛」と彫られていた。目ざす歌は、右側灯籠の海側の側面に、変体仮名混じりの達筆で、くっきりと見える。

蝶鳥の遊ぶ處やい都きしま　ほか計て華表潜る諸舟　　九十九暦　雨村

裏面には、やはり「広島濱田治兵衛」とあった。

「御嶋廻」は「おしま巡り祭」（いつくしま巡り祭）といって、「参拝者が御座船に擬した船で三笠浜を出発し、島の七浦、七恵毘須社を巡拝、最後に本社にお参りして式を終わるもの」（『日本国語大辞典』

小学館）のことであろう。濱田治兵衛という人が御嶋廻りをした記念に、雨村九九歳の歌を刻み、灯籠を奉納したのではなかろうか。雨村についてはさだかでない。

「蝶鳥の遊ぶ處やい都きしま」は、厳島を美化した表現だろう。七浦巡りを終えた御嶋廻りの帆かけ舟が次々に戻って来る。いよいよ本社に参拝しようと、華表（鳥居）をくぐっている。満々と満ちている春の汐に浮かぶ朱の鳥居とたくさんの白い帆、美しい風物詩のような歌である。

続いて、回廊をしばらく進む。本殿手前左奥にある神社内トイレ右側の小庭に、緑がかった自然石が台石の上に乗っている。二人が期せずして「あれだ！」と近づいていく。先のとがった、高さ一・五メートル、幅六〇センチくらいの薄っぺたい石、東面に美しい行書体が刻まれている。〝丹靖の句碑〟はここにあった。

宮嶋や何から誉む麗らゝかさ　　丹靖

丹靖〈文政五（一八二二）年―明治四二（一九〇九）年〉の姓は宇都宮。初め京都で仏門に入っていたが、後松山に移り俳句を学ぶ。子規の愚陀仏庵北隣りに住んで、子規の指導も受けている。

うららかな春霞の中、霊峰弥山の緑を背に大きな千畳閣の屋根と朱い五重塔、西に目を移せば、桜の中に多宝塔が見える。目前には穏やかな海に浮かぶ朱の大鳥居と壮大な社、すべてが調和していて美しい。そうした情景に魅せられた句であろう。

三

再び神社の入口に出た。馬屋の前に立って亀居山を見上げる。あの茂みの中に〝子規の句碑〟はひっそりと建っているのだろう。宮島観光協会ホームページのパンフレットに掲載されている写真をながめる。丸っこい山型の石の前面が黒っぽく四角に区切られている。文字は全くわからないが、ここに、「汐満ちて鳥居の霞む入江哉」と彫られているのであろう。『宮島町史　石造物編』によると、裏面には「明治二十八年句　昭和四十六年建　秋山謙蔵　刻　山徳文一」と刻まれているということだ。

次いで、〝爽雨の句〟を求めて、神社裏側の道に沿って通称六本松に向けて歩を進める。左側の社務所、収蔵庫を過ぎた所に、高さ数メートルほどの松が六本植えられていた。その側に大きなおむすび型の岩が座っている。縦横奥行とも二メートルもあろうか。南面の平らな部分の中央に、黒っぽく二、三〇センチばかり区切られて、確かに句が刻まれている。

潮の香のみたらしふくミ初詣　　爽雨

爽雨は姓は皆吉。明治三五（一九〇二）年福井県生まれ。「ホトトギス」同人。昭和二二（一九四七）年「雪解」を主宰している。

厳島神社の初詣。清々しい空気の中、潮の香さえ漂う。参道にはおみやげ屋が並ぶ。みたらし団子を売る店もある。「みたらしふくみ」はほほえましい初詣である。

ふと大岩の側面を見ると、この石の由来が書かれていた。昭和二〇年九月一七日の大洪水の折、弥山頂上より数十個の巨岩が流出。その一個を残して記念とするとともに、再び災害を繰り返さないよう、山を愛するよすがとするため、句碑を作ったという。神の島ならではと思った。

巡って来た四つの碑は、いずれも厳島の美しさが明るく詠まれていた。古い歴史と豊かな自然に恵まれた神宿る宮島が、時代を越えて人々に愛されてきたことがよくわかった。

四

一〇月一五日（日）の中国新聞朝刊を見て、驚いた。〝神宿る　みやじまの素顔〟最終五〇回目が、「秋の暮れ」というテーマのもと、子規の句が取り上げられ、宮島と文学でしめくくられていたからだ。嬉しかった。

（前略）ゆらゆらと回廊浮くや秋の汐　百年以上も前、正岡子規が詠んだ秋だ。「写実に徹した子規らしい句。美しさは変わらず、今に通じますね。」地域の文学碑巡りをしている元中学校教諭の西紀子さん（　）＝広島市南区＝が回廊を見やり、うなずいている。秋空のもと、西さんと宮島の句碑を訪ねた。（中略）

後半に、夕方一人千畳閣に座して、このシリーズを終えるに当たって、T記者の感慨を述べた後、ふと、西さんに聞いた子規の句が浮かんできた。

宮島の神殿はしる小鹿かな

鮮やかな瞬間をとらえている。板ける音を響かせてシカが駆け、姿を消す。はっとするほど美しく、それは幻のようでもある。

神宿る島のようだなと、とりとめのない物思いにふける。いつの間にか、空が染まっていた。

（文・N・T）

と、美しい朱の鳥居の浮かび上がった、秋の大夕焼けの写真と共に、掲載されていた。

私のふと思い付いた厚かましい注文に対して、長い間心の中で温め続け、感性豊かで、リズミカルなみごとな文章で応えてくださったT記者に、頭が下がる思いだった。

（平成一八年一一月四日稿）

12　三滝寺の文学碑

一

先日（平成一九年二月）ＮＨＫのローカル番組で、三滝寺に馬酔木が美しく咲いている映像が映し出された。今が見頃だという。そういえば、大木惇夫の「三滝寺」（詩集『失意の虹』所収）という詩の中に、馬酔木の花が詠まれていたことを思い出した。かつて、私は三滝寺にある大木惇夫の「流離抄」の詩碑について書いたが、ほかに彼の「ひなた」という詩碑のあることを知った。さらに、二月例会で野地潤家先生からいただいた『ひろしま通になろう』〈中国新聞社〉という本の中に三滝寺の紹介があり、大木惇夫のほかに尾上柴舟、久保田万太郎の文学碑のあることが記されていた。この機会にぜひ訪れてみようと思った。

二

三月上旬のよく晴れた午後、一時間に一本しかないという三滝行きのバスに乗った。初めての路線バスは遠く感じた。おまけに横川からの乗客は私だけ。終点三滝観音で降りると、右側の空地に緋桃の花が鮮やかに咲いていた。空は青く晴れ渡っているものの、このところ気温が低い。冷たい風が頬をなでる。右に多宝塔を仰ぎながら、石段を十数段上って境内に入っていく。

三滝はいつ来ても静か。せせらぎの音がこだましている。谷間中央のせせらぎに沿ってだらだら坂の参道石畳が続く。小さな橋を二つ渡ると、次第に傾斜が急になってくる。左右の傾斜地には大小の岩の間に地蔵菩薩など石仏が沢山並んでいる。いろいろな木々の中、所々に椿の花が色を添えている。ひとり静かに石段を登っていく。ここは亡き夫が石仏の写生によく訪れたところだ。私も一、二度付き合ったことがあった。

石仏の間に文学碑らしいものはないか、まるでウォークラリーでもしているようにきょろきょろしながら、鐘楼の近くまでやって来た。ふと鐘楼を見上げた目線に、一つの碑が目に入った。鐘楼右手下の、二メートルばかり高くなった岩場の上に、黒曜石に力強い白い文字がはっきりと刻まれている。見つけた！

ひなた　　大木惇夫
素直に日向を掘っている
そのうちいいこともある
山蘭のしろい匂ひがする
翠窓書

とある。側には高い木もあるが、ちょうどこの碑のところに陽が当たっている。「山蘭のしろい匂ひがする」と、この参道にぴったりの明るい短詩である。惇夫の全集に当たってみると、この詩は、『詩集風・光・木の葉──一九二五年恩師北原白秋先生に献ず』という彼の第一詩集に掲載されている。「この処女詩集『風・光・木の葉』こそは近来の名詩集である。君は既にこの第一集によって、当然に現代詩壇における優越した星座の一つに位置し得るであろう」（白秋序）と評されているように、繊細で、清々しい気品ある詩集である。白秋を慕って、小田原に住んだ数か月間に生まれた素描風の詩、一四四編が収められている。その冒頭の詩は彼の心情をよく表し、美しい。私も好きな詩だ。

風・光・木の葉
一すじの草にも／われはすがらむ、／風のごとく。

かぼそき蜘蛛の絲にも／われはかからむ、／木の葉のごとく。
蜻蛉《あきつ》のうすき羽にも／われは透き入らむ、／光のごとく。
風・光・／木の葉とならむ、／心むなしく。
（大正十五年十二月二十九日）

なお、「ひなた」の詩碑の筆は、福場翠窓という広島の書家で、惇夫の「三滝寺」の詩を三滝寺本堂の裏側壁面に豪快に墨書しておられる方である。

三

鐘楼の左側には少し広いスペースがある。大木惇夫の「流離抄」の詩碑もここの一番下にある。このスペースには、原爆関係の慰霊碑や文学碑が沢山並んでいる。原爆慰霊三十三歌碑や句碑のほか、郷土の歌人や俳人の碑も多く見られる。その一番上段に、高さ二メートルほどの大岩に黒曜石がはめ込まれ、白い達筆で刻まれた目立つ歌碑が建っている。歌もすばらしいが、変体仮名混じりの美しい書体に魅せられ、以前から気になっていた。署名は「八郎」とある。思いついて裏面に回ってみる。驚いた。

歌人柴舟文学博士尾上八郎の歌
昭和六年の作　旅を愛して山路を行く作者をしのびその名筆を石にきざむ
　昭和四十三年四月
　　　　柴舟歌碑建設会　加藤将之書

これが尾上柴舟の歌碑だったのだ。さすがと思った。

　わかことくこえなつみつ、人やありしふみすへしたり山かけのくさ　八郎

山路を行く作者のこの名歌が、三滝の雰囲気にマッチしているところから、この歌碑が作られたようである。

柴舟〈明治九（一八七六）年―昭和三二

（一九五七）年〉は、明治・大正・昭和にわたる歌人、書家。岡山県出身。東京大学卒業後落合直文の〈あき香社〉に入り歌を学ぶ。明治三五（一九〇二）年、金子薫園と共に「叙事詩」を出版。〈明星派〉に対して叙景詩運動を進めた。明治三八（一九〇五）年〈車前草社〉を結成、作詩につとめる。歌集に「静夜」「永日」「白き路」「空の色」「間歩集」などがある。書家としても有名で、平安朝時代の「草仮名の研究」「歌と草仮名」の著書がある。女子学習院の教授をつとめ、昭和一二（一九三七）年芸術員会員となった。

四

上の方でサラサラと竹箒の音がする。作務衣をまとったお坊さんの姿が見えた。三滝寺はいつもきれいに掃き清められていて、心が洗われるようだ。

残る久保田万太郎の句碑を求めて、ずんずんと登っていく。瀬音が大きくなったと思ったら、左手茶堂前の庭に面して、大きな「梵音の滝」が目前に現れた。数メートルもあろうか、水は勢いよく落ちてくる。右手本坊前に馬酔木を見つけた。かわいいピンクの花を付けた木の後方に白いのもある。コントラストが美しい。突然鐘の音がゴーンと響き渡った。参拝者があるらしい。とうとう三滝寺本堂まで来てしまった。観音像に手を合わせ、傍らの受付所で万太郎の碑のありかを尋ねた。多宝塔のところにあるという。急いで山を下り、入口に近い多宝塔をめざす。

多宝塔への石段を登りつめると、塔の裏側に出た。石段のすぐ右手隅に一つの碑を見つけた。

落花濃し三滝のお山父母恋へば　汀女

傍らの木札に「昭和五十一年一月建之　三滝多宝塔奉賛会」とある。思いがけなく中村汀女の句碑にも出会った。高さ一五〇センチ、幅四〇センチほどの自然石に、達筆の黒い文字が刻まれている。左右に赤い椿がある。苔の上に二、三輪落ちていて、風情を添えていた。

中村汀女〈明治三三（一九〇〇）年―昭和六三（一九八八）年〉は、熊本県出身の昭和期の俳人。高浜虚子に師事。結婚後一時句作をやめたが、昭和九（一九三四）年「ホトトギス」同人となり、昭和一五（一九四〇）年第一句集「春雪」を出版。家庭の日常を情感豊かに詠む女流俳人として知られた。昭和二二（一九四七）年「風花」を創刊し、主宰。昭和五五（一九八〇）年文化功労者となる。『中村汀女句集』（一九六〇）がある。

碑に刻まれている句は、「三滝のお山」とあるから、恐らくここを訪れて詠んだものであろう。望郷の念にかられている。

多宝塔正面に回る。久保田万太郎の句碑は塔の右手にあった。幅一メートル、高さ七〇センチほどの扇型の自然石に、小さい文字で変わった字配りで彫り込まれていた。

焦土かく風たちまちにかをりたる

久保田万太郎

囲りに松や山茶花など植えられ、庭風に設えられていた。

久保田万太郎〈明治二二（一八八九）年―昭和三八（一九六三）年〉は、大正・昭和期の小説家、劇作家、俳人。東京出身、慶大卒。明治四四（一九一一）年小説「朝顔」と戯曲「遊戯」を「三田文学」に発表、永井荷風門下の三田派俊才として認められる。翌年第一作品集「浅草」を出版。戯曲「暮れがた」が有楽座で上演されるなど、在学中から恵まれたスタートを切った。その後劇評家としても知られ、「春泥」などの小説や「大寺学校」などの戯曲を次々に発表。〈浅草の詩人〉といわれるように東京の下町情緒を〈情緒的写実主義〉によって描き続けた。句集「道芝」「流寓抄」もある。戦後は主に演劇、放送界で活躍。昭和三二（一九五七）年文化勲章を受章した。『久保田万太郎全集』全一五巻（一九六八）などがある。

碑に刻まれている句は、「焦土かく」というから、戦後間もない広島を訪れて、三滝を詠んだものではなかろうか。街は焦土と化しているけれども、ここ三滝は新緑も萌え、風薫るほっとする空間であると。「三滝観音参詣案内図」には、入口近くにある「赤蠅橋」は久保田万太郎の命名とある。

五

早春の三滝を訪れ、四人の文学者の碑に巡り合うことができた。多宝塔は、和歌山県の広八幡神社別当寺の塔として建立されていたものが、昭和二六（一九五一）年に原爆犠牲者の供養のためこの地に移されたという。ここ三滝は、千年以上も続く三滝寺の霊験あらたかな信仰の地であり、供養の地でもある。そして、常にせせらぎの音の絶えない、静寂な深山幽谷の趣が感じられる場所である。こうしたところに、文学を愛する広島人がゆかりの文学者の碑を沢山建てたのであろう。

私はすっかり心も癒され、満ち足りた思いで三滝を後にした。

（平成一九年三月二〇日稿）

13　三滝郷土作家の碑

一

ふと思いついて、再び三滝寺を訪れた。広島の郷土作家の碑についても書こうと思ったからだ。四月下旬（平成一九年）の三滝の森は、楓もみじの若葉が目に染み入るようで、三月上旬の三滝とはすっかり様相を異にしていた。裸木の時は気づかなかったが、三滝にはこんなに楓が多かったかと驚いた。今日は午後から曇り空だったが、谷間全体が新緑で湧いているようで明るく、心地よい。鐘を打つ音が度々谷間に響き渡る。参詣者が次々に登ってくる。

郷土作家の碑がいくつか並んでいた鐘楼附近をめざして、苔道を一目散に登っていく。私も一礼して、太い棒を力いっぱいに打ち付けて鐘を鳴らしてみた。いかにも力のない弱々しい音が響いた。それでもその余韻の中に、煩悩をふり払ったような心持ちになれて、すかっとした。

二

鐘楼の左横のスペースに、二つの碑が並ぶ。手前の方には、杉の低い生垣があり、樫、楓、椿などの植込みをバックに、小さい岩などをあしらって体裁よく庭風に設えられている。

目立つ大きい方の碑は虹の句だ。

葱さげて　焦土のはての　虹あふぐ

踞　石

高さ一メートル余り、幅一メートル弱の末広がり状の自然石に、黒い達筆の散らし書きが刻まれている。その碑の載っている高さ三〇センチほどの台石に黒い板《ばん》がはめ込まれ、次のような説明があった。

踞石伊藤一義先生は三良坂町出身　師範学校教諭小学校長を歴任　石楠幹部同人　戦後地方俳壇の時代をめざして夕凪を創刊　昭和二十六年六月歿
創刊十五周年に当り建之　夕凪社

焦土と化した広島の街、横川あたりから似島の安芸の小富士がよく見えたときく。夕食の買物帰り、夕立もあがった。帰路を急ぐ行く手、廃墟の果てに大きな虹がかかった。しばし立ち止まって空を仰ぐ。美しい。日頃のうさを忘れて幸せな気分に浸る。買物籠に葱がのぞいている。

焦土と虹のコントラストがすばらしい。また、「葱さげて」が非常に斬新である。虹の美しさの中に生活の実感がただよう。

踞石氏〈明治二八（一八九五）年―昭和二六（一九五一）年〉は、広島の俳句結社「夕凪」の創始者である。「夕凪」の指針は「常に感性を磨き、生活実感を大切にし、味わい深く清新な作品の探求」（『句集夕凪』第九集〝序にかえて〟〈同人代表内田大正〉）にあるということだが、この句にもその趣意がよくあらわれている。

「葱さげて」の句は、うちひしがれた広島の人々の心に明るい希望を抱かせてくれたことであろう。焦土を詠んだ名句である。

踞石の碑の右隣に、少し小さめのおむすび型の碑が並んでいる。

そのおくの　鳥のくにへの　あしびみち
正　文

碑の左側面に説明が刻まれている。

これは創刊三十五周年を記念し　われらの総意によって建てられたもので　句は同人代表高井正文の　当寺裏山道での作である
昭和五十七年秋
夕凪社

踞石の碑の二〇年後に建てられたもののようだ。三滝寺の裏手の方では小鳥の声がよく聞かれるそうだ。大木惇夫の詩にもせきれいやいろいろな鳥が登場している。正文の「そのおくの鳥のくに」という表現はおもしろい。馬酔木の花はすでに終わっていたが、参道を「あしびみち」というのも当を得ている。三滝の雰囲気をよく表わした句である。

高井正文氏は、昭和三四年から平成六年まで「夕凪」の同人代表をつとめ、平成一〇年に没している。

三

鐘楼からしばらく登って行くと、左側に茶堂がある。その下右側に、高さ一八〇センチ幅一〇〇センチもある大きな石の表面を、四角にくり貫いた目立つ碑に出くわす。

わがつひの欣求ほのほとなりて燃ゆ
人ようるはしく世よたひらけく
康　夫

原爆歌集『閃光』（山本康夫〈真樹社〉）の中にも収められている歌である。

原爆で長男を失っている作者であるが、この歌は何か人生を達観したような心持ちになって、心から平和を願っている感じを受ける。

三滝にはもう一つ山本氏の碑がある。この碑から少し登った右手に本坊が見えてくる。その横のやや高い所に、高さ一五〇センチほどの細長い碑が立っている。前を谷川が流れていて、しゃがの花が咲き、風情がある。

群れおふる楓もみちを漏るる日に
　谷の苔道ほのかに匂ふ

康　夫

今私は、楓もみじのトンネルをくぐり、「谷の苔道ほのかに匂ふ」を実感しながら登ってきた。この歌は、三滝参道のたたずまいをうまく詠んでいる。

碑の古さからこちらの方が早く建てられたのではないかと思う。山本氏は生前から自分の碑を比治山その他にもいくつか建てたということだ。

山本康夫氏〈明治三五（一九〇二）年―昭和五八（一九八三）年〉は長崎県生まれ。昭和四年中国新聞社に入社。早くから新聞歌壇の選者として活躍。昭和三一年退職。歌は尾上柴舟に師事した。（三滝に柴舟の詩碑が建てられていることが納得できた。）昭和五年歌誌「處女林」を発行、昭和七年「真樹」と改題して、県内最多の同人を擁する歌人集団をリードした。昭和三年第一歌集「萱原」、昭和五四年第一二歌集「樹の遠景」を刊行するなど、歌集歌論など多数の著作がある。「山本康夫全歌集」（昭六三）に包括されている。没後は妻節子氏によって〈内面客観主義〉短歌精神が継承され、多くの歌人を養成している。

また、この近くには山本氏の前妻山本紀代子氏の碑もみられる。康夫氏の碑から少し下り、鐘楼の

上三メートルあたりの右側（上を向いて）斜面にある。高さ一五〇センチほどの細長く白っぽい石に、

わが心つはなのわたのとふ如く
はなち散らさむ光のなかに
紀代子

と刻まれている。山本夫妻は、原爆で長男を、食中毒で次男を相ついで失っている。「わが心」を「はなち散らさむ光のなかに」といった気持ちがわかるような気がする。

山本紀代子氏〈明三七（一九〇四）年―昭三六（一九六一）年〉は、おしどり夫婦として歌を作り、歌集「帛紗」も没後まとめられている。下関生まれ、昭和三年康夫氏と結婚。夫の定年と共に茶道教授として生計を助け、かたわら作歌をしていたが、宮島歌会の帰途宮島口で交通事故に遭い、死去している。享年五六歳だった。

四

「晩鐘」を主宰した山隅衛氏〈明治二六（一八九三）年―昭和三四（一九五九）年〉の歌碑も二つ見られ

る。

一つは鐘楼のすぐ右横、山壁中程の丸い自然石に彫られている。

つく鐘のたまゆらの音天地の
よはの響きひゝきいるなれ
衛

もう一つは、鐘楼から一〇メートルばかり下がった右側（上を向いて）、やはり山壁の自然石に刻まれている。かなり風化していて読みづらい。「三滝観音参詣案内図」を参考にやっと読めた。

あしたには起てとゆふにはやすらへと
三たきの山の鐘はなるなり
衛

いずれも「三たきの山の鐘」の音を詠んでいる。「つく鐘」の響きが心に染み入り、自らを静かに省みている。そして、「あしたには起てとゆふにはやすらへと」励まされており、仏教心の厚い作者の心情が伺える。山隅氏は、山頭火のような「孤独を生きた漂白最後の歌人」（豊田清史著『原水爆秀歌』〈日本文芸社〉）といわれ、人間性追求の歌が多い。

五

三滝には、このほか原爆三十三回忌に因んで公募した短歌と俳句から、それぞれ三三首、三三句を選んで建立された二つの碑もある。

「原爆慰霊三十三歌碑」の中に、

真夏日の熱気に耐へてゆく焦土
不意に遇ひたり死体の山に　山本　紀代子
呻きあげて転べる兵の群を縫ひ
吾子の骸を運びゆきたり　山本　康夫

山本夫妻の、原爆で失った長男を詠んだ歌を見つけ、胸を締めつけられる思いで、楓のトンネルを下った。

（平成一九年五月四日稿）

あとがき

「じゅんや博士　読書、文章作法の会」に入会して七年が過ぎた。この会は、野地潤家先生（広島大学名誉教授、鳴門教育大学名誉教授・元同学長）にご指導いただいている、広島市安東公民館における毎月一回のグループ活動である。

野地潤家先生は、読むことや書くことについて、私たちの生きることとからめて、たくさんの資料を準備され、ご講義くださる。毎回、コピーによる資料はもとより、先生のご高著や市販の書物までご恵贈くださることもしばしばである。私たちは先生の重厚なご講義に感動しながら、貴重な多くのことを学んでいる。

書くことの分野においては、当初は会員の提出する文章を至れり尽くせりに、時には厳しく、添作をしてくださった。先生は文章を書くことを決して強制はなさらない。しかし、「書き残しておかなければ、生きた証が消えてしまいます」と常に熱く話されるご指導を体して、会員も自発的に作文を提出するようになった。会員の書くことが軌道にのってからは、直接の添削指導はなさらないで、読むことの指導の中で、文章表現力を高めていく指導を展開されている。書く生活の重要性を説いて意欲を高められ、名文に学ぶこと、あるいは問題のある文章については注意を喚起なさるなど、高度なご指導を賜っている。

平成一六年一〇月の例会で、先生から〝広島文学碑めぐり〟という八葉の絵はがきシリーズ（「ヒロシマ文学を考える会」発行）をいただき、「これらの文学碑を訪ねて文章に書いてみるといいですね」と課題を提供してくださった。私は当時大木惇夫の作品を読んでたまたま惇夫の碑めぐりの作文を書いたところだったので、続いてこの課題を取り上げてみようと思った。爾来、一か月一編のペースで書き進め、絵はがきの文学碑が終わると、広島市内へ、広島県内へと文学碑を求めて歩くようになり、文章化していった。途中家庭事情により休んだ時期もあったが、あしかけ六年にわたって続き、今日に至った。

何としても文学碑めぐりは楽しかった。事前に調べた文学碑をあちこち捜しながら、碑に出会い対面した時の感激は一入である。人から聞いたり、書物や新聞で読んだり、写真で見たりしていても、実際に自分の目で見、手で触れてみると、あたかもその作家に会ったような気がして、周囲の実景と相まって、その作者なり作品の中に入っていける。碑に刻まれたことばを通して先人たちの足跡をかいま見る思いで、感動したものである。と同時に自ら足を運ぶことの大切さを実感した。

遠路県北の方へ、また県東部の方へと求めて行くこと自体、期待がふくらみ、自然にもひたることができて楽しかった。その上、その作家について調べ、関連作品や研究書などを読んで、鑑賞が深まり、その作家がだんだんわかってくることは、この上なく充実感のあることであった。私はその喜びを、毎月会員の方に報告するつもりで書いてきた。

途中題材に窮していると、どこからか情報が飛び込んでくる。それは新聞報道であったり、広報紙であったり、書物であったり、文学館や図書館であったり、また友人の助言でもあった。とりわけ、出かけた先で思いがけず文学碑にめぐり合ったこともあり、その喜びは格別であった。また、碑文に刻まれている作品について、関連資料を図書館で捜すうち、思いがけない資料に出くわしたりして、糸を手繰り寄せるようにその作品や作者のことが明らかになってきて、理解を深めることができた。

「テーマをもって常にアンテナを高く張っていれば、おのずから相手の方から飛び込んできてくれる」とおっしゃる野地先生のおことばを実感として受けとめることができた。

同じテーマで書き続けていると、自分なりに工夫はしていたつもりであったが、文章構成がワンパターン化してきて、なかなか型破りのおもしろい作文にはならなかった。

何より苦労したことは記述面であった。碑を訪れて心に焼き付け、カメラにも収め、しっかりメモを取ってきたつもりでも、いざ書き進めてみると、細部にわたって表現することができない。近場へは再び訪れることも度々あった。感受性や観察力の乏しさを痛感した。

思えば、子供の頃からさして読書にも親しまず、綴り方の時間は〝アズリカタ〟の時間で、長じてからも詩歌をたしなむでもなく、句をひねるでもなく、ことばで表現することに努力を怠ってきた。

そのことを痛切に悔いながら、ひたすら書き続けた。当然のことながら、文章はもたついて歯切れが悪く、不明瞭な部分が多い。何としても語彙不足からくる同じ語句の繰り返しや、感性のなさも加わって稚拙な表現が目立ち、恥ずかしい限りである。ならば、碑を訪ねる人のためによくわかるように書くことはできるのではないかと、途中から反省し、専らわかり易く書くことを心掛けた。

そのうち、書き続けることによって以前よりは書くことが楽になってきた。野地先生の文章からその典型を学び、毎月のご講義を拝聴したたまものである。また、毎日読む新聞の文章から学ぶことも多かった。感性豊かできらっとしたことばのあるリズミカルな文章、簡潔で手堅い構成など示唆を受けた。ともかく上手に書こうなどと考えず、ほんとうのことをできる限りの力で書いていけばいいのだと思い、その結果楽しんで書けるようになった気がする。そのことは、広島に関わりのある文学者が少し身近になったこととあわせて、私にとっては大きな喜びであった。

この度、野地潤家先生のお勧めもあり、原稿用紙もかさんできたので、安東公民館の第一九回グリーンフェスティバル（公民館まつり）の機に、この幼拙な文章を勇気をもってまとめてみようという気持ちになった。全体の構成については、広島の文学碑を代表する原爆に関わる碑をまずひとまとまりとした。その他はガイドブック的な役目もあると考え、句碑、歌碑、詩碑、文章の碑などとジャンル別に配列した。執筆順とは大幅に異なったので、通して読んでみると、内容的にちぐはぐな部分もある。また、表記について、常用漢字や動植物のかたかな書きにはこだわらなかった。

終りに、こうした勇気をいただいたのも、「じゅんや博士　読書、文章作法の会」会員の皆様のお励ましがあったからこそである。特に毎年のグリーンフェスティバル展示用に小冊子にまとめてくださっていた代表の白川朝子様、会員の原田ノリ様、坪井千代子様の献身的なご尽力に負うところが大きい。また碑をめぐるに当たって、運転係を務めてくれていた夫を中途で亡くし、あなたこなたの友人・知人のお力添えによってあちこちの碑をめぐることができた。それもこれも温かい友情に支えられてのこと、感謝の気持ちでいっぱいである。

最後になりましたが、常に深いご指導とお励ましを賜り、身にあまる序文を頂戴いたしました野地潤家先生に心より感謝申し上げます。また発刊に当たり、親身にお世話くださいました溪水社　木村逸司社長様、担当の木村斉子様に厚く御礼を申し上げます。

先達の刻みし歴史《あと》よ碑に佇てば
はうふつとして雲の湧き出づ

平成二一（二〇〇九）年五月七日

西　紀子

引用・参考文献

大木　惇夫　『緑地ありや　愛と死の記録』　講談社　一九五七・一・三〇

大木　惇夫　『大木惇夫全集』第三巻　全園社　一九六九・一二・一

大田　洋子　『屍の街』　講談社　一九九五・七・一〇

大田　洋子　『大田洋子集』三巻　三一書房　一九八二・九・三〇

原　民喜　『夏の花』集英社文庫　集英社　一九九三・六・五

正田　篠枝　『被爆歌人の手記　耳鳴り』　平凡社　一九六二・一一・三〇

正田　篠枝　『ざんげ　原爆歌人正田篠枝の愛と孤独』現代教養文庫　広島文学資料保全の会編
社会思想社　一九九五・七・三〇

水田九八二郎『目をあけば修羅　被爆歌人正田篠枝の生涯』　未来社　一九八三・一〇・一二

峠　三吉　『峠三吉詩集にんげんをかえせ』増岡敏和編　新日本出版社　一九八二・七・二〇

峠　三吉　『峠三吉全詩集にんげんをかえせ』且原純夫編　風土社　一九七〇・一一・一〇

峠　三吉　『峠三吉作品集』上 峠一夫／下 増岡敏和　編　青木書店　上 一九七五・七・一／下 一九七五・八・一五

増岡　敏和　『原爆詩人峠三吉』新日本新書354　新日本出版社　一九八五・九・一〇
増岡　敏和　『八月の詩人――原爆詩人・峠三吉の詩と生涯』　東邦出版社　一九七〇・八・三一
栗原　貞子　『黒い卵』　人文書院　一九八三・七・二〇
栗原　貞子　『栗原貞子詩集――日本現代詩文庫――17』　土曜美術社　一九八四・七・一五
栗原　貞子　『栗原貞子全詩編』　土曜美術出版販売　二〇〇五・七・二
井伏　鱒二　『井伏鱒二全詩集』岩波文庫　岩波書店　二〇〇四・七・一六
井伏　鱒二　『井伏鱒二全集』第二巻　筑摩書房　一九七四・四・二〇
井伏　鱒二　『井伏鱒二』新潮日本文学アルバム46　新潮社　一九九四・六・一〇
松本　武夫　『井伏鱒二――人と文学』日本の作家１００人　勉誠出版　二〇〇三・八・三〇
萩原　得司　『井伏鱒二の魅力』　草葉書房　二〇〇五・七・一
井伏鱒二在所の会編　『回想十年望郷の人井伏鱒二』　二〇〇三・七・一〇
正岡　子規　『子規全集』九巻　改造社　一九二九・八・一
正岡　子規　『子規全集』二巻　講談社　一九七五・六・一八
正岡　子規　『子規全集』十三巻　講談社　一九七六・九・二〇
梶木　　剛　『正岡子規』　勁草書房　一九九六・一・五
水原秋櫻子　『水原秋櫻子全集』一巻　講談社　一九七八・三・二〇

水原秋櫻子　『水原秋櫻子全集』二巻　講談社　一九七八・九・二〇
水原秋櫻子　『水原秋櫻子全集』三巻　講談社　一九七七・一一・二〇
水原秋櫻子　『水原秋櫻子全集』四巻　講談社　一九七八・二・二〇
水原秋櫻子　『水原秋櫻子全集』五巻　講談社　一九七九・五・二〇
水原秋櫻子　『水原秋櫻子全集』十三巻　講談社　一九七九・一・二〇
藤田　湘子　『秋櫻子の秀句』　小沢書店　一九九七・七・二〇
倉橋　羊村　『水原秋櫻子』蝸牛俳句文庫　蝸牛社　一九九二・一一・一〇
牧野富太郎　『花の名随筆6　六月の花』　作品社　一九九九・五・一〇
種田山頭火　『山頭火全集』五巻　春陽堂書店　一九八六・一一・三〇
種田山頭火　『山頭火全集』七巻　春陽堂書店　一九八七・五・二五
種田山頭火　『山頭火全句集』村上　護編　春陽堂書店　二〇〇二・一二・一〇
種田山頭火　『山頭火・風のうた』和田純一郎編著　ひじかわ開発株式会社　一九九七
大橋　毅　『証言風狂の俳人種田山頭火』　ほるぷ出版　一九九三・一・二五
村上　護　『種田山頭火　うしろすがたのしぐれてゆくか』　ミネルヴァ書房　二〇〇六・九・一〇
植山　正胤　『山頭火研究』　溪水社　一九九三・九・一
木下　夕爾　『詩集田舎の食卓』　葦陽文化研究会　一九八三・一二・一二

木下　夕爾　『笛を吹く人』　的場書房　一九五八・一・五
木下　夕爾　『定本木下夕爾句集』　牧羊社　一九六六・八・四
朔多　恭　『新版木下夕爾の俳句』　北溟社　二〇〇一・三・二二
市川　速男　『木下夕爾ノート――望都と優情――』　講談社　一九九八・一〇・二七
宇根　聰子　『わが国語科実践・研究への軌跡』　溪水社　一九九六・七・一
『日本古典文学大系　萬葉集一』　岩波書店　一九五七・五・六
『日本古典文学大系　萬葉集二』　岩波書店　一九五九・九・五
『日本古典文学大系　萬葉集四』　岩波書店　一九六二・七・二
『日本古典文学大系　竹取物語　伊勢物語　大和物語』　岩波書店
一九五七・一〇・五
中村　憲吉　『中村憲吉全集』第一巻　岩波書店　一九三八・五・二〇
山根　巴　『中村憲吉　歌と人』　双文社出版　一九九八・一〇・三〇
吉田　漱　『中村憲吉論考』　六法出版社　一九九〇・一一・三〇
関口　昌男　『中村憲吉とその周辺』　短歌新聞社　一九九四・八・二三
若山　牧水　『若山牧水全集』一巻　増進会出版　一九五八・五・一
若山　牧水　『若山牧水』日本文学アルバム23　筑摩書房　一九五九・五・二五

近　義松『牧水の生涯』短歌新聞社　二〇〇二・二・二二
森脇一夫『若山牧水　近代短歌・人と作品』南雲堂出版　一九六一・八・五
武川忠一責任編集『現代の短歌』和歌文学講座10　勉誠社　一九九四・一・一〇
篠　弘編著『現代の短歌　100人の名歌集』三省堂　二〇〇三・三・一
安藤英男『頼山陽伝』近藤出版社　一九八二・三・二四
安藤英男『訳註頼山陽詩集』白川書院　一九七七・七・二五
中村真一郎『頼山陽とその時代』中央公論社　一九七一・六・二五
見延典子『頼山陽上下』徳間書店　二〇〇七・一〇・三一
『頼山陽の生涯』財団法人頼山陽記念文化財団　二〇〇五・二・一
倉田百三『光り合ういのち　わが生いたちの記』倉田百三文学館友の会　二〇〇二・一二・一二
倉田百三『愛と認識との出発』岩波文庫　岩波書店　二〇〇八・一〇・一六
倉田百三『出家とその弟子』新潮文庫　新潮社　一九七九・一二・三〇
林　芙美子『林芙美子全集』第一巻　文泉堂出版　一九七七・四・三〇
清水英子『林芙美子・ゆきゆきて「放浪記」』新人物往来社　一九九八・六・一五
深川賢郎『フミさんのこと――林芙美子の尾道時代――』溪水社　一九九五・六・二八
『尾道と林芙美子・アルバム』尾道読書会・林芙美子研究会編　一九八四・八・一

志賀　直哉　『暗夜行路』新潮文庫　新潮社　二〇〇六・三・三〇
『歴史をつづる文学者達』尾道市制施行100周年記念行事実行委員会芸術文化部会
一九九八・六・二八
鈴木三重吉赤い鳥の会編　『鈴木三重吉への招待』　教育出版センター　一九八四・五・二五
鈴木三重吉　『〔赤い鳥〕をつくった鈴木三重吉「児童文学」をつくった人たち6』　ゆまに書房
一九九八・六・二五
吉川　英治　『吉川英治』新潮日本文学アルバム29　新潮社　一九八六・二・五
橋本　健午　『梶山季之』　日本経済評論社　一九九七・七・一〇
梶山美那江編　『積乱雲　梶山季之その軌跡と周辺』季節社　一九九八・二・一
『時代を先取りした作家梶山季之をいま見直す』　中国新聞社　二〇〇七・一一・一〇
山本　康夫　『原爆歌集閃光』　真樹社　一九九八・八・六
『句集夕凪』第九集　夕凪編集委員会　夕凪社　二〇〇二・五・三一
豊田　清史　『広島県短歌史』　溪水社　一九八二・四・二〇
豊田　清史　『原水爆秀歌』　日本文芸社　一九六二・八・一
岩崎　文人　『広島の文学』　溪水社　一九九七・一〇・二〇
磯貝英夫編　『ふるさと文学館』第四〇巻〔広島〕ぎょうせい　一九九四・二・一五

『ひろしま通になろう』上田宗冏・頼祯一監修　中国新聞社　二〇〇七・一・九
『音戸町誌』音戸町誌編纂検討委員会編　ぎょうせい　二〇〇五・三
『宮島町史石造物編』　宮島町　一九九三・一二・一五
『日本人名大事典』1〜6　平凡社　一九八六・三・一五

【著　者】

西　紀子（にし　もとこ）

昭和７（1932）年　広島県尾道市生まれ
昭和29（1954）年　広島大学教育学部卒業
昭和29（1954）～平成２（1990）年　広島の市立中学校で勤務

広島の文学碑めぐり

2009年６月１日　発　行

著　者　西　紀子

発行所　㈱溪水社
広島市中区小町1-4（〒730-0041）
電話（082）246-7909／FAX（082）246-7876
Eメール：info@keisui.co.jp

ＩＳＢＮ978－4－86327－057－2　C0091

内文学碑所在地

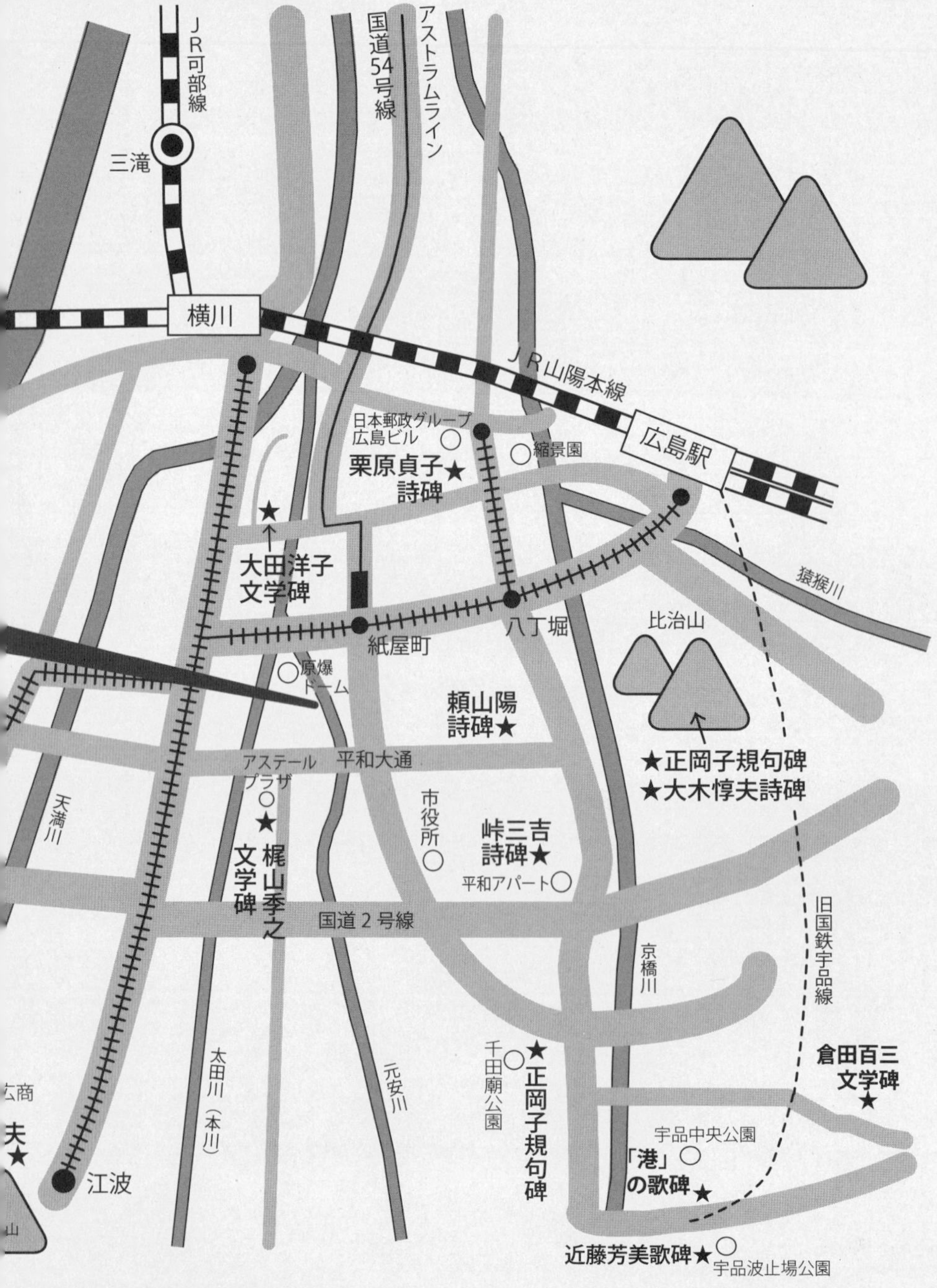
JR可部線
三滝
国道54号線
アストラムライン
横川
JR山陽本線
広島駅
日本郵政グループ広島ビル
縮景園
栗原貞子★詩碑
★↑大田洋子文学碑
猿猴川
比治山
紙屋町
八丁堀
原爆ドーム
頼山陽詩碑★
★正岡子規句碑
★大木惇夫詩碑
アステールプラザ
平和大通
天満川
市役所
峠三吉詩碑★
平和アパート
★梶山季之文学碑
国道2号線
京橋川
旧国鉄宇品線
太田川（本川）
元安川
千田廟公園
★正岡子規句碑
倉田百三文学碑★
宇品中央公園
「港」の歌碑★
広商
夫★
江波
山
近藤芳美歌碑★
宇品波止場公園